ROSE-LINE BRASSET

Juliette

AUTOUR DU MONDE

HOLLYWOOD

ATHÈNES

Kennes
Éditeur
de coups de cœur

Retrouvez-nous sur www.kenneseditions.com

Rejoignez-nous sur notre page Facebook : www.facebook.com/KennesEditions

Suivez-nous sur notre compte Instagram : kenneseditions

Dépôt légal : octobre 2020 | D/2020/13.105/116 | R1/2021

ISBN 978-2-3807-5186-4 | NUART 82-4334-6

Illustrations : Géraldine Charette
Graphisme : René St-Amand
Mise en pages : Martel en-tête

Imprimé en Europe

ROSE-LINE BRASSET

Juliette autour du monde

Juliette à Hollywood .... p. 7
Juliette à Athènes .... p. 249

Kennes

Déjà parus :

1. *Juliette à New York*
2. *Juliette à Barcelone*
3. *Juliette à La Havane*
4. *Juliette à Amsterdam*
5. *Juliette à Paris*
6. *Juliette à Québec*
7. *Juliette à Rome*
8. *Juliette à San Francisco*
9. *Juliette à Londres*
10. *Juliette à Hollywood*
11. *Juliette à Athènes*
12. *Juliette à Hawaii*
13. *Juliette à Tokyo*
14. *Juliette à Mexico*
15. *Juliette en Australie*

Juliette autour du monde :

1. *Amsterdam – Paris*
2. *Barcelone – La Havane*
3. *Québec – San Francisco*
4. Rome – *Londres*
5. *Hollywood - Athènes*

Avant-propos

Bienvenue dans l'univers coloré de Juliette Bérubé, une adolescente québécoise qui suit sa mère journaliste autour du monde. À travers le journal de voyage de la jeune fille, vous aurez l'occasion de vous familiariser avec les expressions typiquement québécoises utilisées par les jeunes de chez nous. Afin de vous aider à vous y retrouver, les termes suivis du symbole [L] sont expliqués dans des lexiques situés à la fin du livre. Si ces mots et expressions vous font sourire, profitez-en pour les mémoriser en vue d'un séjour au Québec. On vous attend avec impatience !

Bises
Rose-Line

Rose-Line Brasset est journaliste, documentaliste et auteure depuis 1999. Elle détient une maîtrise en études littéraires et a rédigé plusieurs centaines d'articles dans les meilleurs journaux et magazines canadiens sur des sujets aussi divers que les voyages, la cuisine, la famille, les faits de société, l'histoire, la santé et l'alimentation. Globe-trotteuse depuis l'adolescence, elle est aussi l'auteure de *Voyagez cool!*, publié chez Béliveau, et de deux ouvrages parus aux Publications du Québec dans la collection « Aux limites de la mémoire ». Mère de deux enfants, elle partage son temps entre la vie de famille, l'écriture, les voyages, les promenades en forêt avec son labrador, la cuisine et le yoga.

Juliette à Hollywood

Pour mes enfants, en souvenir de nos
innombrables après-midis au cinéma.
À Dominique, mon ami et indispensable allié.

Samedi 10 novembre

14 H 30

Drrring !

Drrrring, drrrring !

Drrrrrrrriiiingggg !

Je lève les yeux au ciel. Je ne peux pas le croire !

— Ne me dis pas que c'est ton téléphone, m'man !

— Oups ! T'as raison, on dirait que j'ai oublié de le fermer !

« Chuuuuut », font des gens assis derrière nous.

— Grrr ! ! !

— Ça va ! Je suis désolée !

Sous le regard désapprobateur de nos voisins de rangée, ma mère quitte précipitamment son siège et court vers la sortie de la salle de cinéma.

— Qu'est-ce qu'elle fait ? murmure Gina, ma meilleure amie.

— Elle parle au téléphone...

—Taisez-vous ! s'exclame une voix derrière nous.

Re-grrr ! ! ! Évidemment, on se fait gronder par la faute de ma mère !

Nous sommes toutes les trois venues voir *Les animaux fantastiques 2*. Maman est certainement la seule personne au monde à ne pas savoir qu'il faut éteindre son cellulaire[L] au cinéma. Le pire, c'est qu'elle a téléchargé cette affreuse sonnerie. Tu sais, celle avec le son strident qui imite les appareils fixes du début du XXe siècle : Drrring ! Avoue que c'est atroce ! 😑

15 H 10

Il devait s'agir d'un appel important parce qu'elle ne réapparaît que pour les dernières minutes de la séance. À côté de moi, elle gigote comme une puce qui viendrait de gagner à la loterie. Je suis soulagée à l'arrivée du générique ! En sortant de la salle, Gina et moi discutons du film.

—C'était vraiment génial ! J'aurais trop voulu jouer le personnage de Tina. Et toi ? demande Gina.

—Moi aussi ! J'adore Eddie Redmayne. Il est si… spécial.

— Avoue que c'est sa tignasse rousse qui te fait craquer ! s'esclaffe Gina. Je suis d'accord avec toi, il est pas mal *cute* [L].

— Juliette, il faut que je te parle ! nous interrompt ma mère.

— Qu'est-ce qui se passe ? rétorqué-je, un brin exaspérée.

— En arrivant à la maison, tu devras faire ta valise.

— Hein ?

Ça ne peut pas être vrai ! Avant qu'on entre dans la salle, il y a deux heures à peine, il n'était pourtant pas question de voyager ce mois-ci. Il n'y a pas le moindre jour férié qui nous donne un congé en novembre...

— Pour aller où cette fois, madame Bérubé ? s'enquiert Gina, les yeux ronds de curiosité.

— À Hollywood !

Je stoppe net tandis que Gina, la bouche ouverte, semble tétanisée.

— Tu me niaises [L], m'man ?

— Pas du tout. Le rédacteur en chef du magazine *Sortir* m'envoie faire une interview avec Denis Villeneuve, qui commence le tournage de son prochain film de science-fiction. Ce sont les studios Legendary qui nous invitent. C'est cool, non ?

Je fronce les sourcils. Je ne suis pas certaine de bien comprendre ce qui se passe ! Les informations se bousculent dans ma tête… Et puis, depuis quand ma mère emploie-t-elle le mot « cool » ? C'est le monde à l'envers et ça m'empêche de me concentrer ! 😵

— Hollywood ? LE Hollywood ? Celui où il y a les stars et tout ? On nous invite ? Toutes les deux ? Vraiment ? ? ? Naooon… 😲

Je n'arrive pas à y croire ! Je me pince. Aïe ! Ça fait mal !

— Absolument ! Oh, Julieeette ! Je suis follement excitée ! Rentrons vite à la maison. J'ai des tas de choses à faire.

— Mais, mais… Comment feras-tu pour l'école ? bégayé-je. Ils n'accepteront jamais que je m'absente de nouveau !

— Nous prenons l'avion très tôt lundi matin. On n'a donc pas le temps de demander une permission ! Tu seras absente moins d'une semaine. J'enverrai un mot par courriel à la direction dès ce soir. Lorsqu'ils le liront, nous serons déjà loin. Ils comprendront.

Son optimisme et sa désinvolture me sidèrent. Je suis en voie de battre des records d'absentéisme à l'école depuis le début de mon secondaire[L]. Je prends du retard en maths, je suis incapable de retenir quoi que ce soit en sciences, ma technique au basketball est horrible, et tout ce qu'elle trouve à dire est : « Ils comprendront. » Non, mais, et les licornes existent, peut-être ? Je vais me faire massacrer à mon retour, ça c'est sûr ! (Ne ris pas. Tu n'apprécierais pas du tout être à ma place. Je t'assure !) Par contre, je dois avouer que pour une fois, je bénis le travail de journaliste de maman parce que JE MEURS D'ENVIE d'aller à L.A.[1] !!! ☺ Hol-ly-woooood ! Tu imagines ? Yahooouuu ! Je vais peut-être enfin croiser de véritables stars !

— Mon rêve… réussit à articuler Gina, verte de jalousie.

Elle avale péniblement sa salive avant de poursuivre, faisant contre mauvaise fortune bon cœur :

— Il faudra qu'on s'organise pour se parler sur FaceTime tous les jours ! Je connais TOUS les potins sur le milieu du cinéma, alors je pourrai certainement t'être utile. En attendant, je vais t'aider à t'organiser. *OMG !*[I.] Tu risques de tomber nez à nez avec Zachary Gordon ou avec le beau Hayden Christensen. Je ne peux pas le croire ! Tu auras besoin d'un carnet d'autographes et

1. Abréviation utilisée pour désigner la ville de Los Angeles, dont Hollywood est sans doute le plus célèbre quartier. (Se prononce : « el-é ».)

peut-être aussi d'une liste des adresses des vedettes les plus en vue. Il te faudra surtout des vêtements appropriés. Une chance que je dors chez toi ce soir. On fera tes bagages. Tu aimerais que je te prête des trucs ? J'ai un très joli…

Mon amie s'illumine, jacasse sans pouvoir s'arrêter et fait déjà des plans pour moi. On dirait bien qu'une nouvelle aventure commence. T'en penses quoi ? ☺

Lundi 12 novembre

13 H 20

Maman m'emmène au cinéma presque chaque semaine depuis que j'ai dix jours. (Tu as bien lu.) Je n'ai aucun souvenir des films que j'ai vus à cette époque, mais du plus loin que je me souvienne, j'ai toujours aimé l'ambiance de ces salles obscures, parfumées à l'odeur de pop-corn fraîchement éclaté ! Aller au cinéma, c'est mettre ma vie sur pause et plonger tout entière dans l'histoire qu'on me raconte. J'apprends des tas de choses, je vis plein d'émotions : je ris, je pleure, j'ai peur. C'est magique ! Tu comprendras que ce voyage est LE voyage de mes rêves. (Pauvre Gina, c'était le sien aussi… Mais son tour viendra, je n'en doute pas !)

Notre arrivée à Hollywood s'avère aussi prometteuse que si nous nous trouvions au cœur d'un film de Disney ! Au Los Angeles International Airport, après avoir récupéré nos bagages sur le carrousel et fait tamponner nos passeports, nous rejoignons la sortie où nous attend un homme élégant en veston-cravate tenant un carton sur lequel est écrit en majuscules : MRS MARIANNE BERUBE.

—*I'm* Marianne Bérubé, fait ma mère en lui tendant la main avec un sourire épaté.

—*I'm Walter, I'll be your driver. Welcome to Los Angeles, young ladies*[1], se présente-t-il avant de s'incliner pour prendre nos bagages.

Après avoir quitté le sol de Québec à 6 h 30 pour voler vers Toronto, puis Los Angeles, nous sommes plus qu'heureuses de ne pas avoir à prendre un bus. Comme il y a trois heures de décalage horaire, ce n'est que le début de l'après-midi en Californie. Nous sommes frappées par la chaleur. Maman laisse échapper un soupir d'aise lorsque Walter nous invite à monter à l'arrière d'une superbe Lincoln Navigator toute blanche et… climatisée. Ragaillardie, elle lui pose mille et une questions et commente abondamment le paysage, tandis que je somnole jusqu'à notre arrivée à l'intersection de Las Palmas Avenue et Hollywood Boulevard.

1. Je m'appelle Walter. Je suis votre chauffeur. Bienvenue à Los Angeles, mesdames.

13 H 40

— *Here we are !*

Nous y sommes ! Une fois la voiture garée, Walter (Walt, pour les intimes ☺) nous accompagne jusqu'à la réception pour récupérer la clé magnétique de notre chambre. Ensuite, il reprend galamment nos bagages et nous invite à le suivre dans l'ascenseur jusqu'au huitième et dernier étage. Dans le couloir, il nous entraîne jusque devant la porte numéro 804, insère la carte magnétique et s'efface pour nous laisser entrer.

— *Enjoy your stay !*

Profitez de votre séjour, dit-il. Tu parles ! À peine avons-nous mis le pied sur le seuil que maman et moi tombons en extase devant la vue qui s'offre à nous. En fait, il ne s'agit pas du tout d'une chambre, mais plutôt d'un grand appartement. Et il est EXTRA-FABULEUX-PLUS-QUE-SUPER-GÉNIAL-MAGNIFIQUE LUXUEUX-DÉMENT ! En fait, je cligne des yeux plusieurs fois, histoire de m'assurer que je ne rêve pas…

— C'est pas possible. Je crois qu'il y a eu une erreur ! s'exclame ma mère en reculant instinctivement vers le couloir. Cet appartement ne peut pas nous être destiné. Il est bien trop grand. Bien trop chic. Bien trop… trop ! Qu'est-ce que c'est que cet hôtel ? Vous êtes certain de nous avoir amenées au bon endroit ?

— *You are Marianne Bérubé, right* ? demande Walt, l'air surpris. *If so, you are in the right place and this is your apartment*[2].

J'avoue que moi aussi je trouve que ça semble trop beau pour être vrai, mais je me dis que nous sommes dans la cité des anges[3] après tout ! À vue de nez, l'appartement, qui s'étend sur deux niveaux, paraît plus grand que notre maison à Québec ! Bousculant légèrement ma mère pour pénétrer plus avant, je me permets une petite visite des lieux. En plus du salon meublé de divans moelleux, il y a une vaste et luxueuse cuisine, une immense salle de bain et un bureau tout équipé. Un escalier mène à une mezzanine. Moins timide que ma mère, je grimpe à l'étage.

— Viens voir, m'man ! Il y a deux chambres à coucher, un boudoir et deux salles de bain encore plus grandes que celle d'en bas !

— Je préfère m'assurer qu'il n'y a pas de méprise. Pas question de m'installer pour être

2. Vous êtes bien Marianne Bérubé ? Si c'est le cas, vous êtes au bon endroit. C'est l'appartement qu'on vous a réservé.

3. En espagnol, *Los Angeles* signifie « les anges ». Charmant, non ? ☺

ensuite mise à la porte, s'obstine maman en s'emparant résolument de sa valise. Allez, viens, Juliette !

Walt a beau lui répéter que c'est inutile d'aller vérifier, que cet appartement appartient à Legendary Entertainment et que les studios y logent leurs invités de marque, elle ne veut rien entendre.

Le pauvre homme continue de marmonner en suivant ma mère, qui est de retour devant l'ascenseur. (Soupir !) Walt et moi n'avons d'autre choix que de redescendre avec elle.

13 H 45

À la réception, le visage de l'employé qui nous a accueillies exprime tour à tour la stupeur, la perplexité et l'amusement. Quoique les objections de maman semblent l'avoir un brin ébranlé, il insiste pour qu'elle garde la clef. Puis, devant son entêtement, il finit par donner un coup de téléphone aux studios. Il faut encore cinq bonnes minutes avant que tout doute soit dissipé et que Walt ne reprenne avec fermeté les poignées télescopiques de nos valises pour les mettre de nouveau dans l'ascenseur où s'entassent, cette fois, cinq jeunes filles d'une beauté époustouflante et deux jeunes hommes à l'allure encore plus renversante.

(Si la plupart des gens de L.A. leur ressemblent, je ne vais pas tarder à collectionner les complexes, moi !) Jetant un œil découragé à mon jeans difforme et à la veste doublée qui me donne vaguement l'air de Peau d'âne, je me dis qu'il me faut absolument renouveler ma garde-robe. Au huitième étage, tout le monde descend. Je me demande à qui ils peuvent bien aller rendre visite…

De retour sur le seuil de l'appartement, Walt nous quitte avec précipitation, non sans annoncer qu'il reviendra nous prendre demain matin, à neuf heures tapantes.

— Ça nous laisse plein de temps pour profiter de ce fabuleux endroit ! s'extasie maman.

— Et pour découvrir les alentours, m'empressé-je d'ajouter. Regarde, cette porte-fenêtre donne sur une terrasse extérieure !

Je sors pour jeter un œil.

— Viens voir, m'man ! La terrasse est immense. Elle fait la longueur de l'appart et elle donne sur une cour intérieure où il y a une piscine. Youpi !

— Je n'en reviens toujours pas ! s'exclame ma mère en me rejoignant. Dommage que nous n'ayons pas le temps d'en profiter.

— Raison de plus pour jouir de chaque minute. Tu crois que des stars habitent ici ? Ces jeunes que nous avons croisés dans l'ascenseur, je suis certaine qu'ils font du cinéma !

— Hum, c'est possible. Je ne serais pas surprise que l'immeuble tout entier serve à loger les invités de différents studios.

— On va faire un tour à la piscine ? suggéré-je. (S'il y a des célébrités dans les parages, c'est là que nous avons le plus de chances de les croiser, non ? D'après toi ?)

— Nous irons plus tard. J'aimerais d'abord voir le Walk of Fame.

— Le quoi ?

— La Promenade des célébrités, en anglais Walk of Fame, est un très célèbre trottoir situé sur Hollywood Boulevard, juste en bas. Je suis certaine que tu en as entendu parler.

J'écarquille les yeux de surprise.

— Hein ! Ce trottoir-là ? 😮 Juste en bas ? Tu es sérieuse ?

— Tout à fait.

On y trouve près de 2 600 étoiles roses avec, gravé sur chacune, le nom d'une célébrité du monde du cinéma ou de la musique. (Tu le savais ?)

— *OMG !* Tu crois que Sarah-Jeanne Labrosse, Lourdes ou Millie Bobby Brown y ont une étoile ?

— Je ne sais pas pour elles, mais les frères Lumière, Charlie Chaplin, George Gershwin et

Marilyn Monroe ont leur étoile... et aussi Clark Gable, Elvis Presley, Marvin Gaye, Harrison Ford et...

—Pfff! Ils sont tous morts avant le début du siècle!

J'ai souvent l'impression que ma mère est restée scotchée au XXe siècle. (Et toi, la tienne?) En tout cas, là, je crois que je l'ai piquée au vif.

—Eh! Harrison Ford est bien en vie, crois-moi, rétorque-t-elle, choquée. Il a joué dans le film que Denis Villeneuve a réalisé tout juste avant *Dune*. Et si ça peut te convaincre, je sais que Daniel Radcliffe, Drew Barrymore, Julie Andrews, Amy Adams, le Canadien Ryan Reynolds, Reese Witherspoon et Scarlett Johansson ont aussi leur étoile sur Hollywood Boulevard.

—Connais pas... Et Taylor Swift? Ou Shawn Mendes?

—Euh... Talia Suisse et Shawn Machin, je ne sais pas...

Je réprime un fou rire.

—Taylor Swift et Shawn Mendes, m'man!

Elle hausse les épaules.

—Peu importe! Allons, tu connais Daniel Radcliffe! Il jouait Harry Potter dans les films de la série. Et Julie Andrews est la première à avoir interprété Mary Poppins. Quant à Scarlett

Johansson, elle joue Natasha Romanoff dans *The Avengers* tandis que Drew Barrymore interprète Gertie, la petite sœur d'Elliott, dans *E.T.*

—Je n'étais même pas née quand *E.T.* est sorti…

—Je t'ai offert le DVD il y a des années, non ?

—Non.

—Bien, il faudra remédier à cela ! répond-elle en secouant la tête comme si elle s'était rendue coupable d'un crime impardonnable.

Tu l'as vu ce *E.T.*, toi ? 😀

14 H

Maman a choisi la plus grande chambre, évidemment. Dans la mienne, il y a deux lits jumeaux. J'aurais tant aimé la partager avec ma *best*[L] ! 😐

Nos vêtements sont à peine suspendus dans les garde-robes que nous sortons de nouveau, bien décidées à voir ce fameux Walk of Fame.

—On en profitera pour faire quelques courses au retour, mentionne ma mère en refermant la porte derrière nous.

—Pour magasiner[L] des maillots de bain ? m'enquiers-je d'un air faussement innocent.

—Non, pour acheter de quoi manger. Nous avons un frigo et une cuisinière, autant en profiter.

— Hum… On pourra acheter de la crème glacée et des spaghettis ?

— Bien sûr.

— Alors d'accord ! ☺

À notre grande surprise, il y a foule dans le couloir. Près d'une quarantaine de jeunes, tous plus beaux les uns que les autres, font sagement la file, attendant je ne sais quoi. Je ne tarde pas à repérer ceux avec qui nous avons pris l'ascenseur. Doublant la queue, nous découvrons qu'ils attendent que s'ouvre une porte sur laquelle est collée une feuille de papier indiquant « Legendary Entertainment ».

Nous devons presque jouer des coudes pour nous frayer un chemin jusqu'à l'ascenseur.

— Que se passe-t-il d'après toi ? demandé-je.

— Nous allons bientôt le savoir !

S'adressant à une jeune fille aux magnifiques cheveux blonds et aux faux cils de la longueur de spaghettis, maman questionne :

— *Excuse me, miss. What exactly are you waiting for ?*

La beauté sourit, découvrant une éblouissante rangée de dents.

— *They're casting for a movie,* fait-elle en battant si fort des cils que nous sentons presque une petite brise nous caresser la joue.

— Tu as compris ? vérifie maman en se retournant vers moi. C'est un *casting* pour un film !

— Un *castle* ? Qu'est-ce que c'est ? dis-je en entrant dans l'ascenseur.

Ma mère éclate de rire.

— Pas un *castle*, un *cas ting*. C'est le nom qu'on donne au processus de sélection des acteurs et des figurants d'un film. Autrement dit, ces jeunes gens attendent pour passer une audition.

— Vraiment ? Oh ! Tu crois que je pourrais passer l'audition moi aussi ?

— Je doute que tu aies l'âge requis, pitchounette. Tu as vu les jeunes filles qui attendaient à la queue leu leu ? Il ne s'agissait pas précisément de fillettes.

Grrr !

— Je ne suis pas précisément "une fillette" non plus ! J'ai treize ans, bientôt quatorze, tu sauras !

— Peut-être, mais il reste que je doute que ce soit un métier pour toi, du moins pour le moment. Il comporte beaucoup d'embûches et les risques de désillusion sont grands.

Re-grrr ! J'aimerais savoir ce qu'elle veut dire par « je doute que ce soit un métier pour toi », mais je n'ose pas le lui demander de peur de ne pas apprécier sa réponse. J'aimerais tant être admirée par des milliers de personnes à travers le monde, comme Millie Bobby Brown ou Elle Fanning !

— Je crois avoir reconnu certains de ces jeunes acteurs. Pas toi ? poursuit-elle.

— Qui, par exemple ?

— Eh bien, cette petite blonde. Tu sais, celle qui était la plus près de la porte ? Ce ne serait pas Emily VanCamp ?

— Qui ?

— Tu sais, celle qui jouait Sharon Carter dans *Captain America* ?

— Ah oui ! Hum... Je ne suis pas sûre, mais ça se pourrait parce que, de mon côté, je crois avoir reconnu Chris Hemsworth.

— Qui ? demande ma mère.

— L'interprète de Thor.

— Tu es sérieuse ? ! ?

J'éclate de rire.

— Je n'en suis pas certaine, non.

Jamais auparavant ma mère et moi n'avons été aussi près du monde des célébrités qu'aujourd'hui. C'est terriblement enivrant ! ! ! Décidément, cette semaine s'annonce trop *chiiill*[L] ! Qu'en penses-tu ? ☺

14 H 10

Sur Hollywood Boulevard, il fait autour de 26 degrés. Heureusement, nous avons troqué nos jeans et blousons pour des robes légères. Je n'en reviens pas de la chance que j'ai de pouvoir sentir mes orteils bouger librement dans mes sandales alors que nous sommes en plein mois de novembre. 😂

Comme l'a annoncé maman, le fameux trottoir des stars est réellement au pied de notre appart'hôtel. Par contre, le quartier me semble un peu... hum, comment dire... Ordinaire ? Il ne ressemble pas à ce que je m'attendais à voir. Les immeubles sont comme ceux de Montréal et les alentours me rappellent la rue Sainte-Catherine. Je ne vois rien d'autre qu'une enfilade d'établissements de restauration rapide, de boutiques et d'hôtels, le tout donnant sur un trottoir plutôt sale quoique décoré d'étoiles que l'on peine à apercevoir tellement il y a de touristes.

— Sans blague, tu es certaine que nous sommes à Hollywood ? demandé-je. J'ai apporté mon iPad pour prendre des photos, mais je ne vois rien à photographier. Où sont les studios ?

Maman semble aussi déçue que moi.

— Je croyais moi aussi qu'on verrait des paillettes et qu'on croiserait autant de beau monde que lors d'une soirée des Oscars. ☹ Mais ça nous arrivera peut-être demain matin lors de notre visite aux studios ! Legendary Entertainment et la plupart des autres studios sont dorénavant situés dans les collines que tu vois autour de la ville. Quant à ce quartier, à sa défense, je dois dire que c'est dans les années 1950 et 1960 qu'il a connu son apogée.

Elle s'illumine et poursuit :

— La ville entière a été construite autour de l'industrie du cinéma. Des années 1920 jusqu'aux années 1950, des gens venaient de partout pour s'installer ici, rêvant d'accéder au monde du septième art. Des compagnies comme la Fox, la MGM ou la Warner Bros avaient le pouvoir de faire naître en un seul film des étoiles plus scintillantes les unes que les autres. Les célébrités de cette époque ont marqué à tout jamais l'histoire du cinéma.

Elle pointe du doigt une vitrine un peu kitch où s'entassent des souvenirs à l'intention des touristes, c'est-à-dire des assiettes, des porte-clefs, des affiches et des tasses arborant des portraits.

— Tu vois ce local ? Il a abrité un très célèbre salon de coiffure dans les années 1950. Il était fréquenté, entre autres, par l'immortelle Marilyn Monroe !

Quand elle prononce ce nom, le visage de maman s'éclaire d'une réelle admiration. (Euh... je n'ai aucune idée de qui est cette actrice, mais elle devait être formidable pour susciter une telle réaction !) Je secoue la tête de droite à gauche en haussant les épaules pour signifier mon ignorance.

— À quoi ressemble-t-elle ? demandé-je.

— Son portrait est là, sur la tasse à café. Regarde ! On disait qu'elle était la plus belle femme du monde. Jamais une actrice n'a été aussi célèbre, tu sais !

— Oh, vraiment ?

La coiffure de la vedette me laisse perplexe. Je ne m'attendais pas à ce qu'elle ait les cheveux aussi courts et frisotés.

— Quel âge a-t-elle aujourd'hui ?

— Elle est décédée en 1962.

— Oh !

Ma mère n'était même pas née au moment du décès de son idole ? Trop bizarre ! La popularité des stars d'aujourd'hui est de plus courte durée, il me semble. Mais peu importe, je me demande ce que dirait « la plus belle femme du monde » de se voir réduite à sourire pour l'éternité sur ces horribles tasses à café...

— M'man-an ?

— Oui, ma puce.

— C'est quoi exactement, le septième art ?

— Le cinéma.

— Oui, mais pourquoi l'appelle-t-on ainsi ?

— Tout simplement parce qu'il s'agit de la septième discipline qu'on a classée comme art.

— Ah bon ! Quelles sont les autres ?

Je me doute qu'il y a la musique et la peinture, mais… quoi d'autre ? En marchant, ma mère explique :

— En fait, il y en a neuf : l'architecture, la sculpture, la peinture, la musique, la littérature, la danse, le cinéma, la photographie et la bande dessinée.

Je suis étonnée. L'architecture, vraiment ? Comme pour le prouver, un bâtiment attire justement mon attention, un peu plus loin. En approchant, je constate qu'il diffère des autres par sa taille et son élégance. Majestueuse, l'entrée est ornée d'imposants piliers, de deux haies de palmiers et d'immenses dessins représentant des figures égyptiennes. Au-dessus de nos têtes flotte une enseigne : « American Cinematheque ».

— C'est quoi ce bâtiment ? Il y a quoi là-dedans à ton avis ? Des mausolées ?

Maman rit.

— C'est l'Egyptian Theatre, le fameux cinéma à l'égyptienne de Sid Grauman. Une très célèbre salle de cinéma évoquant la splendeur de l'Égypte. Il paraît que c'est ici qu'ont eu lieu les plus fabuleuses soirées de premières de l'histoire du cinéma.

Elle sort son guide touristique de Los Angeles de son sac à main et le consulte avant de poursuivre :

— Il a été inauguré en 1922 et c'est un des rares joyaux architecturaux de la ville. Dans les années 1980, il était presque en ruine. La Cinémathèque américaine en a pris possession et l'a restauré. Aujourd'hui, on y présente des classiques du cinéma ou des films de jeunes réalisateurs peu connus. Aimerais-tu voir l'intérieur ?

— Je veux bien.

Malheureusement, nous nous butons à une porte fermée. Un lundi après-midi, est-ce possible ? Sur la porte, une affichette indique que les séances débutent à 19 h 30. Dommage ! Nous collons nos deux paires d'yeux à la porte vitrée. Personne. Le hall d'entrée et la cour intérieure sont décorés comme on imagine que devaient l'être les pyramides égyptiennes. Il y a même des hiéroglyphes sur les murs ! C'est à la fois très beau et très bizarre, au milieu de ce quartier. Pas banal en tout cas.

— Viens, je t'emmène plutôt au Chinese Theatre, annonce ma mère.

— Laisse-moi deviner... C'est une salle de cinéma, mais décorée à la façon d'un temple chinois ?

Elle sourit.

— On ne peut rien te cacher !

14 H 50

Nous marchons depuis un court instant lorsque maman s'arrête. Pas la moindre trace de cinéma à la chinoise en vue, pourtant. Elle a les yeux rivés sur une des étoiles incrustées dans le sol.

— Que t'arrive-t-il ? Quelqu'un de connu ? demandé-je, perplexe.

— C'est l'étoile de Charlie Chaplin, fait-elle, la voix marquée par l'émotion et la main posée sur le cœur. Le plus grand artiste que le cinéma ait connu.

Cette fois-ci, le nom me dit quelque chose. Il s'agit d'une sorte de mime ou de clown de l'époque où le cinéma était en noir et blanc, si je ne me trompe pas...

— C'est le petit bonhomme habillé de noir avec un drôle de chapeau, une moustache et une canne que l'on voit sur certaines affiches vintage, non ?

Accroupie devant l'étoile, ma mère ne me répond pas. La voilà qui caresse du doigt le marbre rose (et sale 😛) du trottoir. Je n'en reviens pas. Une vraie de vraie groupie ! 😂

— Tu ne crois pas que tu exagères, m'man ? Tu es en train de te salir les doigts et de te pâmer pour un acteur qui était populaire il y a plus de cent ans.

— Tu ne comprends pas, riposte-t-elle en se relevant. Charles Chaplin n'est pas une célébrité ordinaire. Il a fait sa première apparition sur scène à l'âge de cinq ans, à la fin du XIXe siècle. Abandonné par son père et élevé dans la pauvreté avec son grand frère par une mère à la santé mentale fragile, il a eu un destin réellement extraordinaire. Son film le plus célèbre, *Le Kid*, évoque d'ailleurs son enfance misérable. En fait, la plupart de ses films illustrent les efforts de son personnage, Charlot, pour survivre dans un monde hostile. À la fois acteur, scénariste et réalisateur, Chaplin avait une manière bien à lui de présenter et de rendre attachants les plus démunis, soulignant leurs qualités aussi bien que leurs difficultés. Il n'était ni plus ni moins qu'un génie et personne ne l'oubliera jamais, crois-moi !

— Oh !

J'avoue que je suis quand même un peu impressionnée. Elle me raconte cette histoire avec tant de passion qu'on pourrait presque imaginer qu'elle se sent personnellement concernée. (Il faut dire que grandir sans père, c'est vrai que ce n'est pas toujours jojo. J'en sais quelque chose. Mais je me porte bien. Du moins, je crois… Et toi, as-tu grandi sans l'un de tes parents ?)

— Il s'est consolé et est devenu très riche par la suite, non ? lancé-je avec optimisme. (J'aime les histoires qui finissent bien ! ☺)

— Je ne sais pas s'il s'est jamais complètement consolé. Sa mère, usée par la misère, a fini par perdre l'esprit, malgré la belle maison que son fils lui a offerte à la fin de sa vie.

J'ai soudain la gorge sèche. Elle commence à m'ennuyer avec son histoire de misère. ☹ Je préfère les vedettes heureuses et bien en vie ! Et puis, j'aimerais voir le reste de la rue…

— Bon, on continue, m'man ? fais-je en lui prenant la main et en la tirant légèrement (et subtilement ☺) vers moi.

Elle soupire.

— Ça me rend triste de constater que malgré la grandeur du personnage, des hordes d'inconnus piétinent cette étoile chaque jour sans même y prêter attention.

— M'maaan-an ! Il y a des étoiles roses sur environ un kilomètre et on n'en a admiré que deux. Je suis certaine que plusieurs de ces autres stars sont pétantes de santé et riches à craquer. C'est réjouissant ça, non ? Je veux voir celle de Shakira. Et puis, tu ne devais pas m'emmener voir un cinéma chinois ?

— Ouais. Tu as raison, allons-y. Moi, je souhaite voir celle de Carlos Santana.

15 H 05

Quelques pâtés de maisons plus loin, passé les étoiles de Nicole Kidman et de Shakira (non, malheureusement, aucune trace de la chanteuse dans les environs) et juste en face de celles de Shrek et de Mickey Mouse (je ne blague pas !), nous nous retrouvons devant un bâtiment évoquant les splendeurs de la Chine impériale. Wow ! Il est gigantesque et son entrée ressemble réellement à celle d'une pagode, avec des piliers rouges et des ornementations rappelant les véritables temples bouddhistes. Quel étrange quartier !

— L'immeuble est également classé monument historique culturel de Los Angeles, m'informe maman. Il appartenait au même propriétaire que le cinéma à l'égyptienne.

— Sir Bigman ?

— Sid Grauman, oui.

Bien qu'impressionnée par l'édifice, je risque d'avoir oublié le nom de ce monsieur dans moins d'une minute. C'était un drôle de bonhomme, quand même ! Ses salles de cinéma ressemblaient à des décors de parcs d'attractions avant l'heure. Si on en croit les bannières suspendues sur la façade, il s'agit dorénavant d'un cinéma IMAX. On n'arrête pas le progrès !

Sur le parvis, il y a des empreintes de mains et de pieds figées dans le ciment.

— Regarde, maman, il y a les traces de R2-D2, le petit robot de la série *Star Wars !* Et là, les empreintes de Johnny Depp, le pirate des Caraïbes ! ☺

— Et ici il y a celles de Clark Gable, d'*Autant en emporte le vent*, et les traces des talons aiguilles de Marilyn Monroe ! s'extasie ma mère à son tour. Cette tradition vient d'un petit accident survenu à la fin de la construction du bâtiment.

— Ah oui ? Quel genre d'accident ?

— En 1927, alors que s'achevait la construction de l'immeuble, une actrice de cinéma a posé le pied dans le ciment encore frais en visitant le chantier. Grauman a eu l'idée d'exploiter son empreinte et a créé une tradition qui a persisté jusqu'à nos jours. Chaque année, de nouvelles empreintes viennent s'ajouter.

— Wow ! Ça va en faire un paquet bientôt ! 😮

Dommage que Gina ne soit pas là ! pensé-je. Elle qui rêve de devenir une star. Un jour, ses empreintes de mains et de chaussures se retrouveront ici. Je n'en doute pas. J'en suis aussi certaine que je suis sûre que j'aurai fait le tour du monde avant d'avoir trente ans.

— Tu vois là ? m'interpelle ma mère.

Elle pointe du doigt un grand bâtiment moderne, juste à côté du Chinese Theatre. Il ressemble à un banal centre commercial.

— Qu'est-ce que c'est ?

— Tu peux lire le nom qui est inscrit au fronton ?

— Dolby Theatre. Laisse-moi deviner. C'est une autre salle de cinéma ayant appartenu à Gros-Man ?

Elle sourit.

— Non, mais c'est une très célèbre salle de spectacle. Puisque le nom ne te dit rien, je te donne un indice. C'est là qu'a lieu chaque année, fin février ou début mars, une très importante cérémonie qui souligne…

— Oh wow ! Tu parles de la soirée des Oscars ?

— Exactement !

Malade[L] ! Je n'arrive pas à croire que mes pieds touchent le trottoir où est déroulé le tapis rouge que foulent les plus grandes stars VIVANTES du cinéma. Mon cœur se met à battre la chamade.

— On peut y aller ?

— Je crains qu'il n'y ait rien à voir là-dedans cet après-midi, répond ma mère, rabat-joie.

— Et le centre commercial ? On peut certainement le visiter, non ? Les vedettes y font peut-être leurs courses le lundi...

— Les vedettes font leurs courses à Beverly Hills, choupinette. Et puis, tu as vu le temps qu'il fait ? On a la chance de se balader sous un soleil magnifique tandis que nos amis restés à Québec grelottent sous quatre degrés, maximum. Il n'est absolument pas question d'aller nous enfermer dans un centre commercial climatisé cet après-midi !

Je fais la grimace, mécontente de ne pas avoir réussi à la convaincre. Je DÉTESTE quand elle m'infantilise en m'appelant « choupinette ». Résignée, je sors mon iPad mini et je prends des dizaines de photos du théâtre, du parvis et du trottoir. Je les mettrai sur Instagram tout à l'heure. Gina appréciera, j'en suis certaine ! ☺

15 H 25

Nous passons encore quelques minutes à chercher des noms connus parmi les empreintes, puis je réprime un bâillement.

— On fait quoi après, m'man ? Si on ne magasine pas, j'aimerais avoir le temps de profiter un peu de la piscine. Et j'ai faim. Pas toi ?

— Je suis affamée ! J'ai vu qu'il y avait un supermarché dans une rue perpendiculaire tout à l'heure. J'aimerais acheter quelques trucs à rapporter : du lait, des œufs, des céréales, de quoi faire des sandwichs et…

— Et des spaghettis, n'oublie pas !

Elle rit.

— Je n'oublie pas ! Allons-y alors. J'ai moi aussi très hâte d'enfiler mon maillot de bain et d'essayer cette fabuleuse piscine.

15 H 55

De retour devant l'appart'hôtel, je me demande s'il y a toujours une file d'attente dans le couloir de notre étage. En attendant, tu ne devineras jamais qui nous croisons ! Tu donnes ta langue au chat ? Attache ta tuque[L] ! Gal Gadot en personne pousse la porte de l'immeuble au moment même où nous allions la tirer pour entrer ! Tu sais qui c'est ? Tu as vu *Wonder Woman*, non ? C'est l'actrice qui y tient le rôle principal ! Oui, c'est elle. Je te le jure ! Je l'a-dooo-re !

Plus malade encore, elle nous tient la porte en souriant pendant que nous avons les yeux ronds et la bouche ouverte de stupéfaction.

— *OMG!* s'écrie ma mère. J'hallucine ou nous venons de croiser Wonder Woman? J'ai été si étonnée que j'ai oublié de dire *thank you!*

— Que faisait-elle ici, selon toi? réponds-je, éblouie. Elle est venue auditionner avec les autres, tu crois?

— Je n'en ai pas la moindre idée, mais c'est fort possible. Après tout, nous sommes à Hollywood, non?

J'adore ma vie!!! ☺

16 H

Lorsque s'ouvre la porte de l'ascenseur, plusieurs jeunes en sortent, la mine basse.

— Les auditions sont la plupart du temps une épreuve très difficile pour les acteurs, commente maman.

— Oh, tu crois?

— J'en suis certaine. Il y a beaucoup d'appelés, mais peu d'élus, dit-on. À la fin du processus de *casting* d'aujourd'hui, très peu seront retenus, aussi beaux et talentueux soient-ils.

Une fois au huitième étage, nous constatons que le couloir est désert. Ne reste que quelques détritus jonchant le sol: des bouteilles d'eau vides et des bouts de papier parsemés de griffonnages.

— C'est scandaleux! s'indigne maman en ramassant une canette d'eau gazeuse. Ces jeunes ne se préoccupent pas du tout de l'environnement!

Consternée, j'allais abonder dans son sens lorsqu'un objet attire mon attention. Je me penche pour le ramasser.

— Regarde, m'man. On dirait que quelqu'un a perdu un carnet!

Il s'agit d'un banal cahier à couverture cartonnée comme en possèdent tous les étudiants. Il est noir et les pages sont à moitié remplies de gribouillis. La plupart des mots me paraissent illisibles. On croirait l'écriture de ma mère. ☺

— Ça ressemble à un journal ou à un agenda, dis-je.

Intéressée, maman délaisse son ramassage.

— N'y a-t-il pas un nom sur la couverture?

— Non.

— Sur la première page, peut-être?

J'ouvre le cahier à la première page et je déchiffre tant bien que mal cette inscription:

October 10th

This is the first year that I don't go back to study at the end of summer and it saddens me. But I really want to be famous one day and there was no other option than to stay here, in Los Angeles in order to try my luck again. However, it's still really difficult. Actually, it's much harder than I ever imagined it would be. Life here is a jungle and I'm feeling very lonely. On the other hand, I really believe that I had to do this.

There's an audition for another science fiction movie next month. There are many possible roles to be assigned and I sincerely think that I can get one. My agent recommended that I arrive at this huge casting well prepared. All of a sudden, I feel a disturbing uncertainty coming over me. Am I really that talented ? Am I good looking enough ?

What about my hair, my body, my mouth, my eyebrows ? Am I really as exceptionnal as my mother used to tell me ? Sometimes all of this pressure almost makes me loose the desire to live[4].

---

4. C'est la première année que je ne retourne pas étudier à la fin de l'été et ça me rend un peu triste. Mais je veux réellement devenir célèbre un jour et il n'y a pas d'autre option que de rester ici, à Los Angeles, afin de tenter ma chance de nouveau. Cependant, ça demeure vraiment difficile. En fait, c'est plus dur que je ne l'avais imaginé. La vie ici est une jungle et je ne connais personne. D'un autre côté, je crois fermement que je dois le faire.

Il y a une audition pour un autre film de science-fiction le mois prochain. Plusieurs rôles seront distribués et je pense que je peux en décrocher un. Mon agent m'a recommandé de bien me préparer pour l'audition. Tout à coup, le doute m'envahit. Ai-je assez de talent ? Est-ce que mon apparence est assez bien ? Qu'en est-il de mes cheveux, de ma silhouette, de ma bouche, de mes sourcils ? Ai-je autant de talent que ma mère le disait ? Parfois, toute cette pression m'enlève presque le goût de vivre.

Je ne comprends pas tout, mais j'en saisis juste assez pour ressentir un important malaise. Je sens la chaleur me monter au visage, comme si je venais de me rendre coupable d'une terrible indiscrétion. Il est clair que je n'aurais pas dû lire ce que je viens de lire.

— C'est effectivement un journal intime et il n'y a pas de nom.

— S'agit-il d'un homme ou d'une femme ? questionne maman.

— Je ne sais pas...

— Montre-moi.

Elle prend le cahier et se met à lire. À son tour, elle rougit de confusion et le referme en moins d'une minute.

— Nous ne devrions pas le lire. Un journal personnel, c'est sacré, dit-elle.

— On en fait quoi, alors ?

— Je ne sais pas. Idéalement, il faudrait trouver le ou la propriétaire et le lui remettre, ou le détruire.

J'écarquille les yeux de surprise.

— Le détruire ? On ne peut pas faire ça ! Il y a des notes dans ce cahier. La personne en a sans doute encore besoin !

— Tu as raison. Nous n'avons donc pas le choix.

— Que veux-tu dire ?

— Il va nous falloir mener une petite enquête…

16 H 10

De retour à l'appartement, maman a jeté les déchets ramassés dans le couloir, déposé le cahier sur un coin du comptoir de la cuisine, puis préparé des sandwichs au jambon. J'étais en train de tomber d'inanition, alors j'en dévore deux avec extra beurre, fromage et moutarde. Miam ! Je raffole des sandwichs de ma mère ! En particulier quand elle n'y ajoute pas de la luzerne ou un autre truc germé…

En enfilant mon maillot, je remarque qu'il tire au niveau de la taille.

— Hum, je crois qu'il me faut un nouveau maillot, m'man. Celui-là commence à être trop petit. J'ai grossi depuis la fin de l'été, on dirait.

Il faut dire que ce costume de bain est déjà démodé. Maman me l'a offert en avril et je n'en ai pas d'autres. La plupart des filles que je connais en ont au moins trois… Minimum. Non ? (Tu en possèdes combien, toi ?)

— Grossi ? Je ne crois pas, mais tu as sans doute grandi. À ton âge, c'est normal. Ne t'en fais surtout pas, tu es mignonne comme tout !

Je commencerais à ressembler à une baleine à bosse qu'elle persisterait à dire que je suis « mignonne »...

Je m'approche du miroir accroché dans l'entrée pour m'examiner. Hum... Bon, elle a peut-être raison. Je souris à mon image. ☺ Je suis pas mal du tout, finalement !

— Tu es prête ?

— Oui !

16 H 20

Autour de la piscine, des chaises longues qui semblent sortir tout droit d'un magazine de décoration de luxe n'attendent que nous. Dans un coin, il y a aussi des fauteuils confortables, un sofa et quelques petites tables. Le grand luxe ! Par contre, il n'y a pas un chat à la ronde... C'est bien dommage !

Oups ! Je me suis trompée. Il y a un couple qui arrive. Et il me semble les connaître.

— *OMG !* Julieeetttttte ! Regarde qui arrive. Ce ne serait pas Taylor Lautner et Kristen Stewart ?

— Voyons, m'man ! D'abord, ce n'est pas parce que Taylor Lautner et Kristen Stewart ont joué ensemble qu'ils sont amis dans la vie. En plus, cette fille ressemble beaucoup plus à Selena

Gomez qu'à Bella Swan. Ça pourrait même être elle… Tu sais, l'ex de Justin Bieber ? Quant au gars, c'est vrai qu'il n'est pas mal, mais c'est la première fois que je le vois.

— Selena Gomez, c'est bien ce que je disais ! insiste maman en hochant la tête. Que dirais-tu de nous approcher un peu ?

— Je ne suis pas certaine que…

Trop tard ! La voilà qui fonce déjà vers eux. Misère ! Je ne reconnais plus ma mère. Ça ne lui ressemble pas d'être si fanatique ! ☹ Pourvu qu'elle ne nous attire pas d'ennuis… Mieux vaut que je la rattrape !

— Qu'est-ce qui te prend ? chuchoté-je à son oreille. Ce genre d'indiscrétion n'est pas ton genre, d'habitude.

Nous nous sommes installées dangereusement près d'eux… Trop pour que ça ait l'air naturel !

— Je sais, mais nous avons une enquête à mener, ma puce, et j'ai vraiment l'impression de les avoir vus dans la file d'attente du *casting*, se défend-elle en étendant sa serviette sur une chaise longue. Qui sait si l'un d'eux n'est pas l'auteur du journal intime ?

— Tu as peut-être raison, concédé-je, espérant la faire taire et ainsi éviter d'attirer l'attention du couple.

Nous voilà donc étendues au soleil, nos quatre oreilles bien tendues… Ils sont en grande discussion. Je ne comprends pas tout, mais je distingue ceci :

— *I'm not surprised. You are always losing something,* accuse la jeune femme.

— As-tu entendu ? demande maman en se tournant vers moi. Ce jeune homme a semble-t-il perdu quelque chose et la fille dit que ça lui arrive tout le temps !

— Chuttt ! Pas si fort !

C'est vrai, quoi ! Si elle continue, on se fera repérer dans la minute… Les idées continuent cependant de se bousculer dans ma tête.

— Tu crois vraiment que le journal pourrait lui appartenir ? ne puis-je m'empêcher d'ajouter, les yeux rivés sur le couple. C'est un homme…

— Je ne vois pas pourquoi un jeune homme ne tiendrait pas un journal. La couverture est tout ce qu'il y a de plus neutre et, de nos jours, rien ne distingue plus l'écriture des garçons de celle des filles.

Hum. Elle a quand même un peu raison.

— *May I help you ?*

Le sosie de Selena nous demande si elle peut nous aider ! Son visage arbore une expression à la fois polie et sévère. Il semble clair qu'elle a remarqué notre indiscrétion et veut y mettre fin.

—Euh! *Do you know where are the washrooms*[5] ? improvisé-je.

—*Over there,* répond-elle en pointant du doigt une porte à l'opposé de l'endroit où nous sommes.

—*Thank you!* fais-je en baissant les yeux de confusion et en entraînant fermement ma mère vers les toilettes.

—Je n'ai pas eu le temps de lui demander si elle ou son copain avait perdu un journal cet après-midi! se désole maman.

—J'ai été prise de court et je n'ai pas eu de meilleure idée. Je suis désolée! dis-je en ouvrant la porte des toilettes.

—De toute façon, réfléchit maman, le propriétaire du journal aurait risqué de se sentir mis à nu et de nier. Mieux vaut faire preuve de subtilité. Je suggère de retourner là-bas dans trois petites minutes et d'essayer d'en apprendre un peu plus tout en demeurant discrètes. Le bout de texte que nous avons lu laissait paraître une véritable souffrance psychologique chez son auteur. S'il s'agit du jeune homme, il se confiera peut-être à sa compagne.

5. Euh! Savez-vous où sont les toilettes?

En matière de discrétion, je ne suis pas certaine que notre prestation ait été digne de mention jusqu'à présent, mais je ne vois pas quoi faire d'autre, alors j'acquiesce.

16 H 30

Lorsque nous sortons des toilettes, les deux jeunes gens ont disparu. Notre début d'enquête est un échec sur toute la ligne ! 😑

— C'est ta faute aussi, m'man, accusé-je. Tu t'es montrée aussi discrète qu'un éléphant dans un jeu de quilles.

— Parle pour toi, rétorque-t-elle. Le coup des toilettes, c'était ton idée, pas la mienne. Si nous n'avions pas bougé, nous aurions eu la chance d'en apprendre un peu plus, c'est certain !

Grrr ! (Elle m'énerve tellement parfois !)

— Bon, qu'est-ce qu'on fait maintenant ? demandé-je.

— On plonge dans la piscine ? Je ne vois pas ce qu'on pourrait faire d'autre…

— Ouais, t'as raison. Allons-y !

17 H

J'adore nager, même si je préfère la mer à la piscine, en général. (Hein? Oui, je sais, j'ai déjà pas mal de chance d'être ici. Je ne me plains pas. Détrompe-toi!) Après trois petites saucettes et une dizaine de longueurs, je m'étends sur une chaise longue pour écouter la musique de mon iPod et lire un peu. (Naooon, pas mon manuel de maths. 😜 Je l'ai oublié à la maison...) Maman a apporté avec elle deux guides de voyage. Un sur Los Angeles en général et l'autre sur Hollywood en particulier. C'est en consultant ce dernier que j'apprends que les studios Universal sont sur le site d'un ancien élevage de poulets.

— C'est l'un des plus vieux et des plus grands studios de tournage encore en activité, annoncé-je à ma mère, et il est situé tout près d'ici. On pourrait peut-être y aller demain?

— Hum, demain, j'ai rendez-vous avec Denis Villeneuve. Le chauffeur doit passer nous prendre à neuf heures.

— Je sais, mais après?

— Bien... tu ne me croiras pas, mais alors qu'en 1915 le promoteur n'exigeait que vingt-cinq cents pour entrer sur le site, repas inclus, le prix d'une entrée varie aujourd'hui entre cent et trois cents dollars par jour et par personne, lunch non inclus…

— Tu me niaises ?

— C'est ce que dit mon guide.

— Malade !

Elle pose sur moi un regard désolé.

— Sincèrement, je ne pense pas que nous ayons les moyens d'y aller, pitchounette. Je te demande pardon.

Pauvre maman ! Elle fait de son mieux, mais son salaire ne peut pas satisfaire toutes mes envies… Quand elle fait cette mine-là, je fonds comme neige au soleil. Une idée me traverse l'esprit. J'ai peut-être une solution !

— Et si je te donnais tout ce qu'il y a dans ma tirelire au retour ?

Elle a l'air émue, mais pas convaincue.

— Oh ! Tu es adorable, pucette, par contre, je crains que ce soit largement insuffisant.

Je ravale ma déception. Pourquoi a-t-il fallu que je vienne au monde dans une famille monoparentale ? Grrr… Autant passer à autre chose !

— C'est pas grave. Oublie ça ! En attendant, as-tu prévu quelque chose pour ce soir ?

— Je pensais t'emmener souper sur Hollywood Boulevard. Ça te dit ?

— Au restaurant ? Quel genre de restaurant ? Un endroit où on sert des spaghettis ?

— Le Pig'n Whistle. C'est juste à côté de l'Egyptian Theatre. J'ai vérifié et ils servent toutes tes pâtes préférées, y compris des tortellinis et des raviolis.

— Drôle de nom pour un resto, non ? Je me trompe ou ça veut dire "cochon et sifflet" ?

Elle éclate de rire.

— Tu ne te trompes pas, mais ne me demande pas pourquoi on l'a baptisé ainsi parce que je n'en sais rien. Dans mon guide touristique, on indique cependant que c'est l'un des restos préférés des stars lorsqu'elles viennent dans le quartier.

— On y va maintenant ?

— Pourquoi pas ? Le soleil commence à baisser de toute manière.

18 H

Après nous être douchées, puis habillées avec ce que nos garde-robes contiennent de plus chic, nous descendons sur Hollywood Boulevard avec la ferme intention de nous amuser. Maman porte une petite robe noire toute simple, des chaussures à talons hauts et du rouge sur ses lèvres. Elle est trop belle !

Quant à moi, j'ai enfilé la robe de soie verte que ma grand-mère m'a rapportée de Floride, le printemps dernier. J'ai aussi appliqué une petite touche de mascara sur mes cils et maman m'a prêté une de ses paires de pendants d'oreille. Ceux qui sont sertis de pierres vertes. Un coup d'œil dans le miroir de l'entrée me confirme que je suis à la hauteur.

Alors que nous descendons la rue en essayant d'imiter la démarche de vraies stars, nous faisons des plans pour la journée de demain. J'ai trop hâte de visiter les studios Legendary ! Et si un réalisateur remarquait mon joli minois et devinait, rien qu'à me regarder, que j'ai un talent naturel pour le jeu ? Ce serait très cooool ! ☺

J'en suis là de mes réflexions lorsque j'aperçois dans la vitrine d'une boutique le plus mignon mini-maillot de bain qu'il m'ait été donné de voir ! Trop, trop *CUTE* ! Il présente un motif genre patchwork bleu et rouge. Le haut est torsadé et la culotte tient grâce à deux anneaux sur les hanches. Rien à voir avec l'antiquité que j'avais à la piscine cet après-midi. IL ME LE FAUT ABSOLUMENT !

— Regarde, m'man ! Yé teeellement beau, ce bikini ! J'en ai jamais vu d'aussi beau ! Et toi ?

Ma technique est simple : d'abord, arrêter tout net et m'extasier sur le maillot. Ensuite, arborer la mine la plus irrésistible qui soit : grands yeux levés vers elle, cils qui papillonnent tout doucement, petite moue semi-piteuse avec la lèvre inférieure qui frémit. Enfin, lui asséner le coup fatal.

— Et le maillot que tu portais tout à l'heure ?

— Avoue que celui-ci est bien plus beau. Je me sens un peu à l'étroit dans l'autre. Les coutures risquent de lâcher. Et puis, regarde, celui d'à côté t'irait à ravir. Après tout, ça ne coûte rien de les essayer !

Je pointe innocemment un magnifique maillot une pièce coupé dans un somptueux tissu doré. Maman regarde sa montre et semble réfléchir deux quarts de seconde, puis :

— J'avoue qu'il est encore tôt pour souper. On entre, mais juste pour regarder, d'accord ?

(Padam ! Qu'est-ce que je te disais ? Ça marche à tous les coups ! ☺)

18 H 30

— *May I help you ?*

À l'intérieur de la boutique, une toute jeune vendeuse nous accueille en nous proposant son aide. Elle est perchée sur des talons si vertigineux qu'ils rendent sa démarche irréelle. Elle nous détaille de la tête aux pieds sans esquisser le moindre sourire.

—Je déteste ce genre de boutique attrape-touriste, chuchote maman à mon oreille. Cette fille est aussi chaleureuse que si nous faisions du porte-à-porte en quêtant pour un organisme de bienfaisance. On dirait qu'on la dérange.

C'est drôle, mais de mon côté, j'ai la vague impression de l'avoir déjà vue quelque part. Il faut dire que toutes ces blondes hollywoodiennes se ressemblent un peu: cheveux longs blond platine, jambes longues, face longue, cils longs, prunelles insolentes et lèvres pulpeuses.

—*We would like to try on those two bath costumes please*, explique maladroitement maman.

—*What?*

—*We would like to try those…*

—*Oh! You want to try on those bathing suits*[6]? reformule la jeune femme.

—Oui, c'est ça, réponds-je à mon tour.

6. — Nous voudrions essayer ces deux costumes de bain, s'il vous plaît.
— Pardon?
— Nous voudrions essayer ces…
— Oh! Vous voulez essayer ces maillots de bain?

La vendeuse pose sur moi un regard surpris et son visage s'adoucit. Elle ébauche une sorte de sourire.

— Oh, vous parlez français ? Vous êtes parisiennes ?

Elle a posé la question dans notre langue, mais avec un accent aussi marqué que celui de maman en anglais.

— Nous sommes québécoises, riposte-t-elle.

— Je suis née au Paris, poursuit la vendeuse. Mon père est français, mais je ne l'ai pas vu depuis des années. Je suis arrivée ici avec ma mère *twelve years ago*[7] alors je n'ai pas souvent l'occasion de pratiquer le langue.

— Très intéressant. Où est la cabine d'essayage ?

Ma mère est à peine polie. Ça ne lui ressemble pas. Elle n'a décidément pas apprécié la mine renfrognée que nous a servie la jeune femme à notre arrivée.

— *Oh, sorry. Right here.*

S'excusant, elle nous indique les cabines. Une fois seule, je me dépêche d'enlever ma robe pour enfiler le minikini. Je me regarde dans le miroir avec satisfaction. Sûre de moi, je repousse le

7. Il y a douze ans.

rideau et sors de la cabine, un petit sourire aux lèvres, en quête d'un avis :

— *What do you think ?*

— *Oh, I'm not sure, honeypie…* laisse échapper la vendeuse. *You have a little belly you know,* fait-elle en pointant mon abdomen.

J'ai mal compris ou elle dit que j'ai un petit ventre ? 😲 Mon sourire disparaît subitement.

— *I'm afraid this bikini would look better with a flatter stomach. Perhaps you would like to try on a one-piece ?*

OMG ! Je ne rêve pas ! Elle dit que le bikini aurait meilleure allure sur une fille avec un ventre plat et m'offre d'essayer un une-pièce. Abasourdie, je n'arrive pas à émettre le moindre son pour me défendre tandis qu'elle continue, en français cette fois :

— Pour porter ce genre de truc, il faut être ultramince et avoir un peu plus de poitrine. *Right,* madame ?

Elle s'adresse maintenant à maman qui vient de sortir de sa cabine, le maillot à la main.

— Il ne vous allait pas non plus, n'est-ce pas ? C'est vrai que ce vêtement ne cache pas les défauts chez un femme plus vieux. Voulez-vous que je…

— Ce ne sera pas nécessaire, la coupe ma mère, dont les yeux lancent des éclairs. Le problème n'est pas qu'il ne me va pas, mais plutôt que la couleur ne me plaît pas du tout ! *Thank you.*

Puis s'adressant à moi avec un sourire crispé :

— Ma chérie, ce maillot te va À RAVIR, mais, à mon avis, son prix est ridiculement élevé pour aussi peu de tissu. Je suggère que nous allions voir ailleurs.

À mon oreille :

— Rhabille-toi et fichons le camp d'ici, immédiatement.

— Mais… fais-je.

— Pas de discussion. Je t'attends devant la porte.

18 H 50

Sur le trottoir, ma mère fulmine.

— Non, mais quelle idiote, cette fille ! Tu te rends compte ?

— Euh, non… Pas vraiment. Que veux-tu dire ?

Mal à l'aise, je jette un coup d'œil en direction de mon estomac.

— Je vais lui en faire, moi, des "*little belly*" et des "*honeypie*" ! Cette anorexique est à peine plus âgée que toi, mais deux fois plus maquillée que ma propre mère. De vous deux, il est clair que c'est elle, la tarte[8] ! Toi, un petit ventre ?! C'est TOTALEMENT ridicule ! Tu pèses à peine plus qu'une plume et ton corps est tout ce qu'il y a de plus parfait ! Tu as treize ans, bon sang, pas vingt-trois ! Grrr !

C'est donc cela ! Maman est furieuse parce que la vendeuse a insinué que nous n'étions pas assez minces pour les maillots de bain que nous avions choisi d'essayer. Je jette un œil en direction de mes cuisses. Il est vrai que je ne suis pas bien grande. Plus on est petite, plus on paraît boulotte. Cette fille a peut-être raison, après tout. Je devrais sans doute arrêter de manger des desserts et me mettre à la course à pied. Mieux, je vais sauter le repas de ce soir et le petit-déjeuner de demain matin et de tous les jours qui suivront. Bonne idée ! (Qu'en dis-tu, toi ?)

— Ne va surtout pas prêter attention à ces idioties ! On t'achètera un nouveau costume de bain dès demain. Je t'emmènerai magasiner tout de suite après notre rendez-vous de la matinée. Ça te va ?

— Euh, eh bien… euh, oui. Enfin, peut-être… On verra…

---

8. *Honeypie* veut littéralement dire « tarte au miel ». Hi ! hi ! hi !

Finalement, je ne suis pas certaine que ce soit une bonne idée d'acheter de nouveaux maillots cette semaine. Il vaudrait peut-être mieux attendre que je perde mon ventre, non ?

— Tu as faim ? demande maman.

— Pas trop, non. C'est bizarre... Il faut dire qu'on a mangé un gros sandwich avant de descendre à la piscine.

— C'était il y a mille heures ! s'impatiente-t-elle. Moi, je meurs de faim. Regarde, le resto est juste là.

— C'est un restaurant, ça ? On dirait plutôt une autre salle de cinéma datant du début du XXe siècle.

Mis à part les boutiques, on dirait qu'il n'y a que ça, ici, des salles de cinéma. Ma mère se déride enfin et éclate de rire.

— Tu as bien raison. Allez, viens !

18 H 55

L'intérieur du resto est à l'image de son extérieur, c'est-à-dire chic, clinquant et un brin tape-à-l'œil. Parcourant du regard la salle décorée de marbre et de bois sculpté, nous sommes littéralement éblouies. Par la beauté du décor, oui, absolument, mais aussi par le look luxueux des clients. Tout à coup, ma petite robe me semble bien ordinaire.

— On ferait peut-être mieux de tourner les talons et d'aller manger ailleurs, m'man.

— *OMG,* Julieeette ! Jamais de la vie ! Je viens d'apercevoir George Clooney au fond de la salle. Il est en train de parler avec Matt Damon et Brad Piiiiiitt ! Ils discutent très certainement d'un prochain film.

La voilà qui se trémousse comme une gamine de huit ans. Elle risque de perturber la salle entière en se précipitant sur les trois hommes pour leur demander un autographe, une photo ou Dieu sait quoi d'autre. Je sens que je vais mourir de honte ! Déjà que nous portons de vieilles robes. 😛 J'ai l'impression que tout le monde nous regarde ! Je n'ai qu'une envie, retourner à l'appartement et vomir...

— Tu ne vas pas t'évanouir, au moins ? insinué-je, maussade.

— M'évanouir, non, mais tu crois que je peux leur demander une autographe ?

— "Un" autographe, maman. On dit "un" autographe...

Elle est si exaltée que sa voix atteint un sommet inégalé dans l'aigu. J'allais répondre à sa question lorsqu'une affichette attire mon attention : « *Please, do not disturb our distinguish clientèle. No autographs or pictures under penalty of expulsion*[9]. » Je retiens à peine mon sourire.

— Désolée, m'man. C'est interdit, fais-je en lui montrant l'affichette.

— Oh !

Déçue, elle se laisse conduire vers notre table par un serveur à l'air on ne peut plus snob et dont la tenue rappelle celle d'un… pingouin. Une fois assise, elle ne tarde pas à s'animer de nouveau, dévisageant tous les clients et jacassant comme une pie.

— Le Pig'n Whistle a ouvert ses portes en 1927, m'apprend-elle. Comme toutes les grandes premières de films avaient lieu à l'Egyptian Theatre, à côté, les invités de marque et les stars avaient l'habitude de venir terminer la soirée ici. D'après ce que je peux voir, l'endroit est toujours aussi populaire !

Elle fixe effrontément les trois hommes assis au fond de la salle.

En pleine discussion, ceux-ci ne semblent heureusement rien remarquer ! Pauvre maman.

9. S'il vous plaît, ne dérangez pas notre clientèle. Aucun autographe ou photographie sous peine d'expulsion.

Elle a l'air tellement contente, alors je suis contente pour elle.

De mon côté, je risque de trouver la soirée longue ! La plupart des clients semblent tout droit sortis des années mille neuf cent tranquille. La vérité, c'est qu'il n'y a que des vieillards. Brad Pitt, Matt Damon et George Clooney ne font pas exception. Pas un seul couple de moins de trente ans ni de familles avec des ados. Pire, certains « bonshommes » semblent s'intéresser à ma mère ! (À moins que ce ne soit à moi ? Ark-que ! 😝)

Devant le menu, je suis plus qu'indécise. Tout a l'air bon, mais en même temps, il ne semble rien y avoir en dessous d'un million de calories, minimum ! (Quoi ? Tu te demandes depuis quand je compte les calories ? Pour répondre à ta question : je m'y intéresse depuis trente minutes. C'est-à-dire depuis qu'une vendeuse de maillots de bain m'a fait comprendre que j'ai un bourrelet autour de la taille...)

— As-tu envie de tortellinis ?

— Hum, je n'ai pas très envie de pâtes, réponds-je.

— D'un steak avec des frites ?

— Non, merci. Je n'ai pas envie de frites non plus.

— Avec de la purée de pommes de terre ?

— Bof !

— Il y a aussi du poulet frit.

— Pas le goût de poulet frit ce soir.

Elle pose son menu pour venir mettre sa main sur mon front.

— Tu te sens mal, ma chérie ?

— Je suis un peu fatiguée, avoué-je. Il est vingt-deux heures à la maison.

— Pauvre choupinette. Je te comprends, mais il n'est pas question de rentrer avant d'avoir avalé un petit quelque chose. Allez !

— Peut-être un potage… Il y a de la soupe aux légumes, tu crois ? Ou sinon une salade ? J'ai très envie d'une salade verte pour souper !

— Comme tu veux, se résigne ma mère, non sans me jeter un regard soupçonneux.

21 H

De retour à l'appartement, je m'enferme à double tour dans ma chambre. J'aimerais joindre Gino ou Gina sur FaceTime. Pas de chance, personne ne répond. ☹ Il faut dire qu'il est déjà minuit à Québec, un lundi soir… Je me résigne donc à ne pas pouvoir raconter ma journée. Debout devant le miroir, je commence à me déshabiller. Je m'examine de la tête aux pieds d'un œil critique.

Depuis ma plus tendre enfance, ma mère n'arrête pas de répéter que je suis « la plus jolie des petites filles » ou « la plus mignonne des ados ». Comment savoir si elle me dit la vérité ? Je suis sa fille, après tout. Elle ne va pas dire que je suis laide, avoue ! Par contre, du plus loin que je me souvienne, elle ne m'a jamais dit non plus que j'étais « belle ». Il y a anguille sous roche à mon avis ! J'aimerais bien savoir ce que tu en penses. Être « belle », c'est beaucoup plus qu'être simplement « jolie » ou « mignonne », on est d'accord ? Non ? Être belle, c'est être parfaite, non ? Mais toujours selon ma mère, la perfection n'existe pas.

Cette Marilyn Monroe, par exemple, elle était un peu plus ronde que maman, et elle était pourtant considérée comme la plus belle femme du monde dans son temps. Alors, qu'est-ce qui fait la différence entre une femme quelconque et une femme belle ? Ma mère dit que la beauté est dans l'œil de celui qui regarde, que c'est une question de goût et d'amour. Je crois que ça veut dire que l'on trouve beau ceux qu'on aime. Ce type de beauté a-t-il autant de valeur que celle des mannequins ? À l'école, notre prof d'éducation physique dit que c'est une question de jeunesse et de santé et que tous les jeunes sont beaux. Ce n'est pas vraiment plus clair ! Dans un livre que j'ai lu, l'auteur affirmait que la beauté, c'est ce qui plaît et que c'est l'harmonie des traits ou des caractéristiques physiques qui flattent l'œil. Dans un autre, il était écrit qu'il n'y a pas de beauté sans charme. Ai-je des traits harmonieux ? Suis-je charmante ? (Soupir !) Comment veux-tu que je réponde à ces questions ! D'autant plus que je n'ai que treize ans, ce qui veut dire que je n'ai pas fini de changer. Vais-je m'améliorer ou devenir aussi laide que monsieur Pythagore, notre vieux prof de maths qui a les dents jaunes et qui fait de l'embonpoint ? Une chose est sûre, pour jouer dans un film à Hollywood, il faut être très, très… Il faut être spectaculaire. Il faut être exceptionnel, sortir du lot. Gal Gadot a beau avoir un nom à coucher dehors, elle est à mon avis la plus belle femme du monde ! Pourtant, elle n'est pas plus blonde que moi. Comme elle, j'ai les cheveux bruns et les yeux marron. Malheureusement, je suis loin d'être aussi grande. À côté d'elle, j'ai l'air d'une naine. Souhaitons que je n'aie pas non plus fini de grandir ! Cette journée est si… bizarre que je sens mon esprit en pleine ébullition. La vérité, c'est que je ne sais trop quoi penser de tout ce qui s'est passé. Je suis toute perturbée. Finalement, j'enfile un grand t-shirt et je me mets au lit.

Mardi 13 novembre

8 H

Ma première pensée en ouvrant les yeux est que je suis en train de me transformer en baleine et que je dois faire un peu plus attention à ma ligne si je veux un jour arriver à la cheville de Gal Gadot… ou même de Marilyn Monroe. Quand j'ouvre la porte de ma chambre, une première épreuve me frappe de plein fouet : je sens une délicieuse odeur de petit-déjeuner qui monte depuis la cuisine. Hmmm ! La journée ne s'annonce pas facile ! Bien décidée à ne rien avaler de plus qu'un bout de toast, je descends l'escalier pour aller rejoindre ma mère.

Je la trouve plongée dans la lecture du journal intime que nous avons trouvé hier. Elle est si absorbée qu'elle ne lève même pas la tête à mon arrivée. Sur la table, une montagne de crêpes attend sagement d'être dévorée. Je me force à détourner les yeux.

— Tu fais quoi, là, m'man ? N'avons-nous pas conclu qu'il est trop indiscret de lire ce journal personnel ?

— Je sais, ma puce, mais j'essaie simplement d'en savoir un peu plus sur cette personne afin d'être en mesure de l'identifier, voire de l'aider, se défend-elle.

Sans lever les yeux, elle ordonne :

— Assieds-toi et mange ! Je t'ai fait des crêpes.

Je reste plantée là, ne sachant trop quoi faire.

Au bout d'une minute de silence, ma mère daigne enfin poser les yeux sur moi et s'écrie :

— C'est terrible, tu sais !

— Quoi ? Qu'est-ce qui est terrible ?

— L'obsession que cette personne a de son physique et, surtout, de ses soi-disant défauts. La vie d'acteur semble relever beaucoup plus du cauchemar que du conte de fées. Enfin, pour certains…

Elle referme le cahier d'un mouvement sec avant de se lever pour aller le ranger dans un tiroir.

— J'en ai assez lu pour aujourd'hui. Les souffrances que cette personne s'inflige me font trop pitié. Tu ne manges pas ? J'ai préparé ces crêpes spécialement pour toi.

Grrr ! Décidément, ma mère, elle ne comprend jamais rien.

— Je n'ai pas très faim ce matin. Tu crois toujours que le mystérieux propriétaire du journal pourrait être le jeune homme que nous avons croisé à la piscine hier ?

— Je ne sais pas, mais ça se peut. À la lecture, il n'est pas possible de savoir s'il s'agit d'un homme ou d'une femme. L'anglais est très différent du français sur ce plan-là. Allez, goûte-moi ça. L'appétit vient en mangeant, tu verras. Il pourrait tout aussi bien s'agir de Gal Gadot, tu sais. Personne n'est à l'abri des problèmes de santé mentale.

— Naoon ! C'est impossible, voyons ! Elle est bien trop belle pour que tu imagines des trucs pareils.

— Ne dis pas cela. Tu serais surprise de savoir à quel point les belles personnes sont souvent les premières à se critiquer et à se faire souffrir avec acharnement. Allez, mange !

Elle dépose deux crêpes dans mon assiette avant de les enduire de beurre et d'arroser le tout d'une indécente quantité de sirop. Je sens ma détermination me lâcher. L'arôme qui vient chatouiller mes narines est irrésistible. Je me résigne à m'asseoir.

— Je n'en mange qu'une seule.

— Elles sont délicieuses, tu verras.

Du bout des lèvres, j'avale une première bouchée. Hmmm ! C'est vrai que c'est bon… Entre deux bouchées, je demande :

— Est-ce qu'on va toujours aux studios Legendary aujourd'hui ?

(Oooh, misère ! J'adore les crêpes de ma mère…)

— Oui, Walt va nous prendre en bas dans moins d'une heure pour nous emmener à Burbank. C'est une banlieue située à environ dix kilomètres d'ici. Il se peut que nous ayons l'occasion de visiter les studios, mais rappelle-toi que le but de cette journée est d'abord de me permettre de réaliser une interview avec Denis Villeneuve. Tu me suis ?

— Je sais, mais c'est tellement exceptionnel d'avoir la chance de pénétrer dans ces studios ! J'ai trop hâte ! réponds-je la bouche pleine. Tu crois que nous croiserons encore des célébrités ?

Ses yeux se mettent à briller de l'éclat d'exaltation qui doit scintiller dans les yeux des groupies du monde entier. Son sourire se fait extatique et elle joint les mains comme pour prier.

— Mon sixième sens me dit que oui ! Je souhaite rencontrer Harrison Ford, Leonardo DiCaprio, Brad Pitt, Ryan Reynolds et Ryan Gosling depuis que je suis toute petite.

— Harrison Ford, je veux bien te croire, mais je doute que Ryan Gosling, Ryan Reynolds et Leonardo DiCaprio aient été de ce monde quand tu as fini l'école primaire.

— Que veux-tu dire ?

— Eh bien, que Leonardo est né en 1974, Ryan Reynolds, en 1976 et Ryan Gosling, en 1980.

— Je suis née en 1971.

J'esquisse un sourire narquois.

— C'est ce que je disais. Tu ne peux pas avoir rêvé de les rencontrer quand tu étais enfant parce que c'était il y a très longtemps et qu'ils n'étaient même pas encore des acteurs à cette époque.

Elle grimace.

— Peut-être bien, mais avoue que s'il y a un endroit où nous sommes susceptibles de pouvoir enfin les rencontrer face à face, c'est dans un studio de cinéma. Je vais peut-être réaliser un rêêêve, poussinette ! Ce n'est pas rien !

J'éclate de rire.

— Oui, nous avons beaucoup de chance, fais-je en avalant la dernière bouchée de mes crêpes.

— Tu as tout mangé. Bravo choupinette !

(*OMG !* Je me suis fait avoir ! Grrr ! 😒)

9 H 30

Après une heure d'hésitation devant nos garde-robes à nous demander quoi porter (au cas où l'on croiserait des vedettes), maman et moi avons mis le pied sur le trottoir à neuf heures quinze pile. À notre grand étonnement, Walt a l'air mécontent. 😐

— *You are late, misses !* déclare-t-il.

(Il nous accuse d'être en retard. Quinze petites minutes, peut-on vraiment appeler ça du retard ?)

Fort heureusement, il en faut beaucoup plus pour décontenancer ma mère.

— *Oh really ? I don't think so ! What time is it now ? Not already ten, I think*[1] *!* rétorque-t-elle.

Sacrée m'man ! Le pauvre Walt a serré les dents.

Le premier kilomètre se déroule sans embûches. Hollywood Boulevard est achalandé, mais pas congestionné. Il suffit d'être patient aux innombrables feux rouges. Mais les choses se gâtent sur l'autoroute 101. Un épouvantable embouteillage nous ralentit et, à ce rythme, nous n'arriverons pas à Burbank avant 10 h 30…

Impatient, notre chauffeur regarde sa montre toutes les trente secondes, comme s'il allait se faire réprimander. Je prends la chose tout autre-

---

1. Oh, vraiment ? Je ne pense pas. Quelle heure est-il maintenant ? Pas encore dix heures, il me semble !

ment. Par la fenêtre ouverte, j'admire le paysage et je hume l'air sec et parfumé de Los Angeles. Quoi ? Des vapeurs d'essence, dis-tu ? Pas seulement, je te jure ! Sur le bas-côté de la route et dans les fossés, les lys du désert et les pavots de Californie embaument en plus d'être une splendeur pour les yeux. Je n'avais jamais rien senti de pareil auparavant. Je me sens bien loin de Québec tout à coup ! La vie de globe-trotteuse a parfois de bons côtés. Me retournant vers ma mère, je la questionne :

— Comme ça, le réalisateur que nous allons rencontrer est québécois ?

— Oui, Denis Villeneuve a grandi dans la région de la Mauricie.

Elle lit les notes qu'elle a glissées dans son sac à main.

— Il a d'abord fait des études collégiales en sciences de la nature, au Cégep de Trois-Rivières, puis des études universitaires en cinéma à l'Université du Québec à Montréal.

— Oh ! Il parle français ?

— Mais bien sûr !

— Et il a réalisé des films qu'on connaît ?

— Des tas. Il a tourné *Maelström, Polytechnique* et *Incendies* en français, puis *Prisoners, Enemy,*

Sicario, Arrival et *Blade Runner 2049* ici, à Hollywood, donc en anglais.

— Es-tu bien certaine qu'il est connu ? Je n'ai vu aucun de ses films...

— Ryan Gosling a tourné sous sa direction dans *Blade Runner !*

— *OMG !* Tu veux dire qu'il connaît RÉELLEMENT Ryan Gosling ?

— C'est bien ce que j'ai dit ! clame-t-elle. Il paraît même qu'ils sont copains.

— Tu crois que Ryan Gosling sera là ce matin ?

Elle me fait un clin d'œil.

— On ne sait jamais !

10 H 20

Avant de pouvoir entrer à l'intérieur des studios, il faut s'arrêter à une barrière et montrer patte blanche au gardien assis à l'intérieur de la guérite. Walt sort son laissez-passer en expliquant qui nous sommes et qui nous attend. Ce n'est que lorsque nous arrivons dans les bureaux que ma mère réalise qu'il est possible que nous soyons « un tout petit peu » en retard...

— *We were expecting you at ten o'clock. You're too late !*

— *I'm sorry, but the traffic was horrific*[2], s'excuse maman.

— *I understand but mister Villeneuve has just left.*

Elle annonce que monsieur Villeneuve vient de partir et elle n'a pas du tout l'air peinée de décevoir ma mère ! Grrr...

— *But my magazine sent me here to speak with him !* rétorque celle-ci.

— *I can't do anything for you now. Come back tomorrow at 10 o'clock sharp,* fait l'adjointe en regardant simultanément ma mère et Walt, avant de nous tourner le dos pour se remettre à taper frénétiquement sur le clavier de son ordinateur.

— Quelle chipie, cette bonne femme ! laisse échapper maman en retenant la porte pour me laisser sortir. J'essaie de lui dire que mon magazine m'envoie expressément pour rencontrer Denis Villeneuve, mais elle dit qu'elle ne peut rien faire et nous demande de revenir à dix heures tapantes demain.

— Oh ! Alors qu'est-ce qu'on fait maintenant ?

---

2. — Votre rendez-vous était à 10 h. Vous arrivez trop tard.

— Je suis désolée, mais il y avait une circulation d'enfer.

— *I have something to do just right now, but I can bring you back to the hotel after, or anywhere else you want to go*[3], propose gentiment Walt en soulevant sa casquette et en se passant la main dans les cheveux.

— *Oh ! What are we going to do in the meantime ?*

Maman s'inquiète ce que nous allons faire pendant ce temps.

— *You can walk around if you want. I'll be back in an hour. Please, don't be late !*

En reposant sa casquette sur son crâne, Walt propose que nous nous promenions un peu et dit qu'il sera de retour dans une heure. Évidemment, il nous prie de ne pas être en retard. On se demande bien pourquoi ! 🙄

— *We'll be here for sure,* le rassure maman. Nous serons au rendez-vous !

10 H 25

Il n'y a pas grand-chose à voir, du moins dans le coin où nous sommes. Que des immeubles de bureaux et des hangars (des lieux de tournage

3. J'ai quelque chose à faire, mais je peux vous ramener à l'hôtel ensuite, ou là où vous voudrez.

intérieur, selon ma mère, où il est fort probable qu'on ne nous laissera pas entrer sans un laissez-passer en bonne et due forme). Après un petit tour, nous piétinons. Le soleil tape tandis que nous nous demandons comment nous allons bien pouvoir occuper le temps qu'il reste. Des gens vont et viennent autour de nous, mais ils semblent tous très pressés et personne ne nous prête la moindre attention. Soudain, l'auteure de mes jours agrippe mon bras. Je me retourne et remarque qu'elle tremble. Ses pupilles sont aussi dilatées que si elle venait de voir apparaître un zombie !

— Ne te retourne pas, mais je viens de voir I-I-Indi-India-Indiana Jooones en personne !

— Qui ?

Malgré l'interdiction, je tourne la tête pour voir apparaître un homme très grand âgé d'environ soixante-dix ans qui vient dans notre direction. Sa tête me dit effectivement quelque chose, mais je ne sais pas où j'ai bien pu le voir…

— Harrison Ford. C'est, c'est lui, c'est BIEN lui, j'en suis certaine !

Émue, elle pose la main sur sa poitrine.

— Je crois que je vais m'évanouir ! C'est mon idole depuis toujours, comprends-tu ? J'ai vu les quatre films de la saga *Indiana Jones* au moins mille fois chacun et… Oh ! Regarde, il entre là, en face.

— Où il est écrit *"Cafeteria"*, constaté-je.

— Mais oui ! Que crois-tu qu'il va y faire ?

— Boire un café, peut-être bien ?

☺

— J'ai moi-même une envie folle de boire ou de manger quelque chose. On y va ?

— Tu crois qu'ils auront de la limonade ?

— Pas la moindre idée, mais ne traînons pas ! fait-elle en me tirant par le bras.

10 H 40

Après la lumière éblouissante de l'extérieur, il faut quelques secondes avant que nos pupilles ne s'habituent à l'éclairage intérieur. Debout sur le seuil, nous balayons la salle du regard en clignant des paupières.

— Il est lààà ! finit par s'exclamer ma mère en pointant du doigt le comptoir où l'on sert la nourriture.

Une dizaine de personnes sont attablées çà et là. Soudain, j'ai l'impression que tous les yeux sont fixés sur nous, à l'exception de ceux d'Harrison Ford.

— Chuuut ! Tu vas encore attirer l'attention sur nous, chuchoté-je, terriblement gênée. Mieux vaut nous asseoir et rester discrètes.

À peu de choses près, l'endroit est presque identique à la cafétéria de mon école. Plateau d'œufs au bacon en main, l'homme se dirige maintenant vers le fond de la salle.

— Oh ! Il s'en va rejoindre Denis Villeneuve qui est assis là-bas, constate ma mère. Mais que fait-il ici ? S'ils avaient rendez-vous à cette heure-ci tous les deux, ça voudrait dire que le réalisateur ne pensait m'accorder que vingt minutes à peine…

Elle est visiblement déçue.

— Il t'aurait certainement accordé plus de temps si tu avais été à l'heure. De toute façon, ton interview n'aurait peut-être pas duré plus de vingt minutes, non ? Ce sont des gens très occupés. Que pensais-tu lui poser comme question après : "Comment vous sentez-vous dans la peau d'un super réalisateur hollywoodien ?"

— Je prépare cette interview depuis trois jours. J'avais donc prévu des tas d'autres questions quand même ! Par exemple, quel est votre petit-déjeuner favori ? Ou bien, êtes-vous marié ? Avec qui ? Connaissez-vous personnellement Angelina Jolie ou Xavier Dolan ? Quel sport pratiquez-vous, quelle est la couleur de votre cravate préférée et qui, d'après vous, remportera l'Oscar du meilleur film cette année ?

— D'accord… mais on fait quoi maintenant ?

— J'aimerais savoir ce que ces deux-là ont à se dire. Tu crois que je pourrais simplement les interrompre et me présenter avec une phrase du genre : "Salut Denis, je suis Marianne Bérubé. Je m'excuse d'avoir manqué notre rendez-vous de tout à l'heure, mais maintenant que je suis là, pourquoi ne m'inviteriez-vous pas à casser la croûte en compagnie de votre ami ? Vous nous présentez ?"

— Ma pauvre maman ! Leur rencontre est sûrement de la plus haute importance et, en t'imposant, tu risques de les fâcher suffisamment pour mettre en danger ton interview de demain. Reviens sur terre…

— Tu as raison, acquiesce-t-elle, visiblement secouée. Si Denis Villeneuve devait me prendre en grippe et que je revenais à Québec les mains vides, mon rédacteur en chef risquerait de me passer tout un savon.

Elle semble réfléchir trois petites secondes avant de poursuivre :

— Mais l'occasion est trop belle et je suis trop curieuse pour tourner les talons et laisser passer cette chance. De plus, je suis certaine qu'une interview avec Harrison Ford ferait la joie de mon rédacteur en chef.

(Misère ! Ça risque de mal tourner cette affaire-làaà !)

10 H 45

Il y a au moins cinq minutes que nous sommes dans la cafétéria et je commence à me sentir vraiment mal à l'aise.

— C'est quoi exactement ton plan, m'man ?

— Bien, Denis Villeneuve ne me connaît pas puisque nous n'avons pas encore été présentés. En plus, nous sommes dans un lieu public. Rien ne nous empêche de choisir une table tout près de la leur et d'ouvrir grand nos oreilles.

— Tout près de la leur ? Mais la salle est presque vide ! Et nous venons tout juste de terminer notre petit-déjeuner, nous n'allons pas pouvoir rester avec seulement un café et une limonade sans avoir l'air hyper louches !

— Je nc vois pas où est le problème. Il suffit d'aller choisir une assiette de quelque chose et, mine de rien, de nous installer à la table derrière la leur et de faire semblant de ne pas nous intéresser à eux.

— J'ai le ventre encore plein des crêpes de ce matin.

— Allez, ne sois pas rabat-joie, s'il te plaît ! Il semble y avoir des tas de trucs à manger. Je crois que je vais prendre la même chose qu'Harrison Ford, c'est-à-dire des œufs et du bacon, dit-elle en se saisissant d'un plateau.

Ma mère et ses plans de galère !

10 H 50

Je ne sais pas pour toi, mais moi, ça me gêne toujours lorsque quelqu'un que je ne connais pas vient s'asseoir tout près de moi alors que la salle est à peu près vide, que ce soit dans un cinéma ou à la cafétéria. Personne n'aime les pots de colle, pas vrai ? Déjà que j'ai l'impression de me faire dévisager… J'ai horreur de ça ! Tous ces gens doivent se connaître. Il est clair qu'on va nous repérer et nous mettre à la porte de cet endroit vite fait.

— Je ne me sens pas à l'aise, m'man.

— Ne fais pas ta mauvaise tête, m'intime-t-elle. Je vis un moment très important !

Grrr !!! Je ne peux pas croire que c'est moi qu'elle accuse d'être une « mauvaise tête » !

À notre grande surprise, nous n'avons pas à payer ce petit-déjeuner. Il n'y a de caisse nulle part et, lorsque ma mère interroge un employé sur les modes de paiement, il hausse les épaules sans répondre.

—Il doit s'agir de la cafétéria du personnel travaillant sur un tournage, conclut-elle.

—Raison de plus pour tourner les talons et sortir d'ici ! protesté-je.

—Calme-toi, tout ira très bien.

Plateaux en main, nous cherchons le meilleur endroit où nous asseoir. Il y a des tables libres partout, mais ma mère fonce directement vers celle qui est juste à côté des deux hommes. Derrière elle, j'essaie de me faire la plus petite possible. Si je pouvais me rendre invisible, je le ferais. Je ne sais pas ce que tu en penses, mais j'ai comme l'impression que nous forçons un peu notre chance.

—*Hum, hum !* fait Harrison Ford en se levant alors que nous allions nous asseoir. *Scuse me ladies, my friend and I are having a strictly confidential interview. I'm sure you understand that. Please, be nice and choose another table*[4].

Quelle humiliation ! Je sens la moiteur envahir mon corps tout entier. Je dois avoir le visage aussi rouge qu'un camion de pompiers et la sueur coule

---

4. Pardon, mesdames, mais mon ami et moi sommes en plein milieu d'une conversation privée. Vous comprenez, sûrement. S'il vous plaît, soyez gentilles et choisissez une autre table.

sous mes aisselles. Nous venons de nous faire rembarrer sans ménagement et il est clair que tout le monde a compris que nous étions deux imposteurs. Aïe, aïe, aïe ! Malgré cela, ma mère ne lâche pas le morceau.

—*Oh sure ! That's not a problem*[5] *!* répond-elle du tac au tac en tournant les talons le plus naturellement du monde pour aller déposer son plateau à peine deux tables plus loin.

Je voudrais disparaître sous le plancher !

—D'ici, nous n'entendrons probablement pas ce qu'ils se disent, me confie-t-elle en regardant toujours en direction des deux hommes, mais j'ai quand même l'occasion de me rincer l'œil. La plupart de mes amies seraient prêtes à payer une fortune pour voir Harrison Ford en train de prendre son petit-déjeuner. Hi ! hi ! hi !

Elle en est là dans son babillage quand une très grande, très mince et très jolie dame vient de faire son apparition.

—*OMG !* Je vais encore m'évanouir, murmure-t-elle.

—Tu la connais ?

—Je crois qu'il s'agit de Julia Roberts !

—La méchante belle-mère dans *Blanche-Neige* ?

---

5. Bien sûr, pas de problème !

— Ouiiii !

Misère ! S'il s'agit vraiment de Julia Roberts, je n'ose imaginer ce que ma mère va pouvoir inventer pour l'approcher !

L'actrice commande un grand cappuccino au lait de soya et tourne les talons, gobelet de carton en main.

— Vite, il faut sortir d'ici ! s'écrie maman en se levant précipitamment.

— Que... Quoi ? Mais pour quoi faire, cette fois ?

— Je ne veux pas la perdre de vue ! Mon rédacteur en chef voudra certainement d'une interview avec elle !

— Hein ?

— Allez, grouille-toi !

En moins de temps qu'il n'en faut pour prendre une grande respiration, ma groupie de mère est déjà dehors. L'avantage, c'est que nous laissons nos assiettes pleines derrière nous...

D'un autre côté, j'aimerais comprendre ce qui lui arrive. Jamais je ne l'ai vue perdre la carte de cette façon. Décidément, cette ville lui fait un bizarre d'effet !

— Mais pourquoi la suivons-nous ? Ne vaudrait-il pas mieux demander un rendez-vous à son agent ?

— Tu as peut-être raison… On va la suivre juste pour savoir où elle va.

— Mais pourquoi voudrions-nous savoir où elle va ?

Ma mère prend moins de dix secondes pour y réfléchir.

— Parce que je suis une fan finie de Julia Roberts et que tout ce qui la concerne m'intéresse : ce qu'elle porte, ce qu'elle mange, qui elle aime, comment elle se coiffe, combien d'heures elle dort, à qui elle parle et les raisons qui font qu'elle se trouve ici aujourd'hui.

— Là, tu perds carrément la boule. Non, mais qu'est-ce qui t'arrive tout à coup ? Peu importe la vie de cette femme. C'est une actrice, pas la reine d'Angleterre !

(Je ne dis pas, s'il s'agissait d'Emma Stone ou de Gal Gadot, je réagirais peut-être différemment ! ☺)

— Tu veux rire ? La moitié des gens que nous connaissons voudraient être à notre place !

— Mon petit doigt me dit que nous allons surtout nous ridiculiser. Encore une fois.

(Je ne suis pas du tout certaine que Gino et Gina voudraient être à ma place.)

— Cesse de radoter et suis-moi !

Grrr !!!

11 H 10

Me voilà donc en train de suivre Julia Roberts, en priant pour qu'elle ne nous chasse pas comme deux moustiques indésirables. Lorsqu'elle s'arrête pour discuter avec deux femmes, mon cœur se met à battre comme un fou.

— Et maintenant ? Si on reste plantées là comme des pots de fleurs, elle ne va pas tarder à nous repérer.

Regardant autour d'elle, ma mère semble chercher un endroit où nous cacher.

— Allons derrière ces buissons fleuris. Nous entendrons ce qu'elles disent sans nous faire voir.

— Mais...

— Tais-toi et viens, chuchote-t-elle en me tirant par la main.

11 H 12

Embusquée derrière un massif de rhododendrons comme une vulgaire cambrioleuse, j'ai l'impression d'être en train de faire un rêve loufoque. Ce n'est pas tout à fait comme ça que j'imaginais ma visite à Hollywood, je dois te le dire !

Mon anglais n'étant pas aussi bon que celui de maman, je ne comprends pas tout ce qu'elles disent, mais les trois femmes sont en grande conversation. En plus de Julia Roberts, il y a une blonde aux cheveux presque blancs coupés très court. Elle porte un costume qui rappelle une combinaison de cosmonaute. J'en déduis qu'elle joue dans un film de science-fiction et je me dis qu'elle doit avoir rudement chaud sous ce soleil. À côté d'elle, il y a une rouquine d'environ trente ans juchée sur les plus hauts talons qu'il m'ait été donné de voir. Comment diable peut-elle marcher avec des échasses pareilles ? Ses cheveux ne me semblent pas plus naturels que ceux de l'autre et je suis en train de me demander s'il ne s'agit pas d'une perruque lorsque j'entends des aboiements aigus. Ouaf, ouaf ! Ouaf, ouaf, ouaf, ouaf, ouaf ! La tête d'un minuscule chien émerge soudain du sac à main de la rouquine. Il est trop mignon avec ses longs poils rassemblés en une petite fontaine retenue par un nœud de satin rose sur le dessus de son crâne.

— Oh ! Un yorkshire-terrier ! s'exclame maman.

La malheureuse aurait mieux fait de tenir sa langue. Les chiens ont l'ouïe particulièrement fine, c'est bien connu ! Quant aux yorkshires, si je ne me trompe pas, ils sont réputés pour leur nature intrépide et leur instinct de… chasseurs !

— Ouaf, ouaf, ouaf, ouaf, ouaf, ouaf, ouaf! continue l'animal en bondissant hors du sac à main avant de se mettre à courir dans notre direction.

Nous voilà démasquées, j'en ai bien peur! ☹

— Chuuut! Chuuuu-te-eee! fait ma mère dans une tentative désespérée pour amadouer la petite chienne qui grogne furieusement en lorgnant nos mollets.

OMG! Je suis persuadée que ce yorkshire arriverait à nous engloutir tout entières dans son minuscule estomac, ma mère et moi, si l'idée nous prenait de nous enfuir!

— Gentil chien... Assis! Allez, assieds-toi! Sois sage! tenté-je à mon tour.

Franchement, si la situation n'était pas si dramatique, je serais pliée en deux de rire tellement notre position est ridicule. Nous voilà tenues en joue par une bête qui doit peser environ deux kilos.

Contre toute attente, le cerbère continue d'aboyer avec de plus en plus de férocité, menaçant d'ameuter la ville entière. Je commence à me résigner à l'idée que les trois actrices vont nous découvrir dans les secondes qui viennent. Mon cœur arrête de battre. Je vais encore mourir de honte! Me désintégrer.

Déjà l'une d'elles nous apostrophe :

— *What are you doing there*[6] ? s'écrie-t-elle d'une voix haut perchée (qui, en passant, semble dénuée de tout sens de l'humour 😛).

— *Come see who's hiding over here*, poursuit la rouquine à l'intention des deux autres.

Mon Dieu, elles viennent voir qui se cache derrière le buisson ! (Soupir !) Nous n'avons pas

6. Que faites-vous là ?

d'autre choix que de sortir de notre cachette, la tête basse et le regard au ras du sol, tandis que les trois femmes nous dévisagent comme si nous étions des agents doubles à la solde des Coréens du Nord surpris en flagrant délit d'espionnage. À l'aide !

— *Who are you exactly ? What are you doing here ?* demande Julia Roberts, retenant manifestement un fou rire. (Elle est plus sympathique que sa copine, en tout cas.)

— *Forgive us ! My daughter and I are your biggest fans from Canada,* tente désespérément ma mère. *Could you please sign me an autograph*[7] ?

Ça y est. Je défaille, je tombe, je suis morte.

11 H 45

À mon grand soulagement, à 11 h 20 pile, notre chauffeur est revenu nous prendre là où il nous avait donné rendez-vous une heure plus tôt. Je ne me rappelle pas être jamais montée à bord d'une voiture avec autant d'empressement. Très gentiment, Walt a proposé de nous emmener faire un

7. — Qui êtes-vous exactement ? Que faites-vous là ?
— Veuillez nous pardonner ! Ma fille et moi sommes vos plus grandes fans au Canada. Puis-je vous demander un autographe ?

tour dans Griffith Park avant de nous ramener à l'hôtel, ce que nous avons accepté avec enthousiasme. « Voilà qui devrait permettre de chasser les démons de notre quasi désastreux avant-midi… » a dit maman en caressant le cuir de son sac à main où elle a précieusement rangé l'autographe que Julia Roberts a (quand même) généreusement accepté de lui signer.

Il y a deux monuments célèbres à voir dans ce parc, d'après mon guide touristique. Le fameux panneau « Hollywood » à l'extrémité ouest, et Griffith Observatory, perché sur le mont Hollywood et point culminant du parc. C'est là que Walt nous invite à aller. Heureusement qu'il est possible d'y monter en voiture, parce que le site entier est cinq fois plus grand que Central Park, à New York. Il compte 85 km de sentiers. Tu réalises ? C'est presque une forêt ! De nombreuses zones sont encore à l'état sauvage, d'ailleurs. Il paraît même que les grottes qui servent de « Bat-cave », dans les films de Batman, se trouvent quelque part par ici… 😮

Mais ce qui me frappe surtout, c'est l'aridité du paysage. Le climat est si sec que je me demande comment la végétation peut survivre. J'ai entendu dire que les feux de forêt étaient chose courante dans la région. Quelle horreur ! Je n'aimerais pas voir ça de près !

De là-haut, la vue est si formidable que j'en ai le souffle coupé ! À nos pieds, Los Angeles se déploie à perte de vue avec ses autoroutes bordées de panneaux publicitaires, le quadrillage de ses rues et de ses boulevards, les quartiers chics avec leurs résidences de stars cachées sous les palmiers. D'ici, la ville semble nous appartenir !

Je respire un grand coup et ouvre les yeux encore plus grands pour être certaine que je ne rêve pas. Je séjourne à Hollywood, nous croisons des stars dans tous les coins, et du haut de mes treize ans (bientôt quatorze ☺), l'âge où tous mes espoirs et tous mes rêves sont permis, je sens que l'avenir me sourit. Peut-être vais-je moi aussi un jour accéder à la célébrité ? J'aimerais tant réaliser de grandes choses à mon tour ! Et si j'étais destinée à devenir la meilleure actrice que le Québec ait connue ?

Un borborygme vient assombrir cet élan de passion. Eh oui, mon petit bedon rond se rappelle à mon esprit… Je l'avais presque oublié, celui-là. Grrr ! ! ! À partir d'aujourd'hui, je ne mange plus que de la salade de fruits !

— Viens ici, poussinette, il y a des longues-vues. Tu verras encore mieux. En contrebas, il y a le zoo de Los Angeles, un musée des transports, un carrousel avec des chevaux de bois, un amphithéâtre en plein air et deux parcours de golf!

— J'espérais surtout apercevoir les lettres "Hollywood"...

— Oui, bien sûr. D'après Walter, il faut aller de l'autre côté de l'observatoire. Il y a certainement des longues-vues là-bas aussi. On y va maintenant, si tu veux.

Je ne me fais pas prier pour accepter. De l'autre côté du terrain, en dehors des vertes pelouses de l'observatoire, l'horizon dévoile des collines rocailleuses auxquelles s'agrippent des conifères rabougris et des broussailles brûlées par le soleil. Et puis, là-bas, je les aperçois!!! Oooh! Au sommet du mont Lee, elles s'étalent dans toute leur splendeur. Les neuf lettres géantes érigées en 1923 et formant fièrement le mot mythique: H-O-L-L-Y-W-O-O-D! («Bois de houx», en français... ☺)

— Yahooou! C'est là, c'est là-bas, m'man! m'exclamé-je. Oh! C'est trop trop *chill*! Ne trouves-tu pas?

— Je suis aussi émue que toi, avoue-t-elle en passant son bras autour de mes épaules.

13 H

De retour dans la voiture, maman m'explique que ces fameuses lettres, aujourd'hui classées monument historique, n'étaient à l'origine qu'une installation publicitaire destinée à faire la promotion d'un projet de développement immobilier appelé « Hollywoodland », et que l'ensemble était éclairé par des milliers d'ampoules. En 1949, on a dû enlever les quatre dernières lettres parce qu'elles tombaient en morceaux. Les ampoules ont également été retirées parce qu'elles coûtaient trop cher en électricité et en entretien. Dans les années 1970, à la suite d'une grande campagne de financement soutenue par plusieurs stars, les lettres restantes ont peu à peu pu être restaurées, ampoules en moins. C'est une belle histoire, non ?

Sur le chemin de l'appart'hôtel, nous passons près de Universal Studios. Walt propose de nous déposer à l'entrée et de venir nous y reprendre ce soir, autour de 19 h 30, histoire de terminer la journée en beauté. Je suis bouche bée ! Devant la gêne de maman, notre chauffeur insiste en disant qu'il possède un laissez-passer familial qui lui permet d'entrer sur le site avec un autre adulte et deux enfants.

— *I come here with my wife and our two children all the time. Let me invite you !* fait-il aimablement.

Cet homme est un ANGE ! Pourvu que maman accepte ! Ohhh ! Pour le moment, elle hésite encore. Elle réfléchit trois autres interminables secondes puis se décide :

— *You're more than kind, Walter. Thank you very much, but…* (Son regard s'attarde à mon visage suppliant.) *Oh well ! We only have one life to live after all. We accept your offer. Thank you so much*[8] *!*

Je rêve… Elle a accepté !

— Yahoouhooouoooou ! Là tu parles, ma petite maman ! ☺

13 H 30

De nos jours, les studios Universal sont davantage un gigantesque parc thématique qu'un réel lieu de tournage. On y tourne encore certains films, mais à l'abri des regards curieux. Et la probabilité de croiser des stars dans la partie accessible au public frôle le zéro, selon Walt. À mon humble avis, c'est peut-être mieux ainsi, vu

---

8. C'est trop gentil, merci, mais… Oh, et puis après tout, on n'a qu'une vie à vivre. Nous acceptons votre offre. Merci beaucoup !

la façon dont ma mère se comporte depuis deux jours… Et puis, il y a largement de quoi compenser. Le laissez-passer de Walt nous permet de nous procurer des bracelets coupe-files, ce qui veut dire que nous n'avons pas à faire la queue pour entrer dans les diverses attractions.

Nous commençons par une visite des studios en tramway. En compagnie de nombreux autres touristes venus de partout dans le monde, nous parcourons l'équivalent de treize pâtés de maisons de décors de films d'action et de téléséries, dont *Desperate Housewives* (*Beautés désespérées*), par exemple, ou *Fast and Furious* (c'est-à-dire *Rapides et dangereux*).

Malheureusement, la narration se fait en anglais et je ne comprends pas tout, mais j'ouvre grand les yeux et je suis vraiment impressionnée. J'ai un peu le frisson et je sursaute à quelques reprises lorsque nous traversons les décors du film *The War of the Worlds* (*La guerre des mondes*), où nous apercevons les restes de l'épave fumante d'un Boeing 747 qui s'écrase dans le film. Mais j'ai la peur de ma vie et mon cœur saute hors de ma poitrine lorsque le requin géant de *Jaws* (*Les dents de la mer*) surgit devant nous ! Même chose quand nous visitons les décors de la série *The Walking*

Dead et que des zombies arrivent de partout ! Au secours ! ! ! (J'adore ! ! ! 😂)

14 H 45

— Tu as aimé la visite, pitchounette ?

— Plus encore ! C'était trop malade ! On va voir quoi, maintenant ? Il y a autre chose ?

— Oh que oui, ma chérie ! Nous avons l'embarras du choix, mais il faut être sélectives parce que le temps file à une vitesse folle. Que dirais-tu de visiter Le monde magique de Harry Potter ? À moins que tu ne préfères la Simpsons Ride ? C'est une visite du monde de la série *Les Simpsons* à travers Krustyland.

— Je ne sais pas trop ! Quoi d'autre ?

— Le Despicable Me Minion Mayhem, une attraction avec les Minions.

— Oooh, cuuute ! Autre chose ?

— Le monde des Transformers en 3D ?

— Hum ! Celui-là m'intéresse moins…

— King Kong 360 en 3D ?

— Crois-tu qu'on aurait le temps de faire la visite du monde des Minions, celle de Krustyland avec les Simpsons ET celle de King Kong ?

Elle éclate de rire. (J'adore quand elle rit, c'est toujours bon signe.)

— Si on ne flâne pas, j'imagine que oui. J'aime te savoir heureuse, ma Juliette à moi. On y va ?

— On y va ! ☺

20 H

Il restait mille choses à voir, mais il a fallu me résigner à rentrer. Après avoir mangé un repas composé de croquettes de poulet, de salade de chou et de crème glacée dans un des innombrables casse-croûtes parsemant la Universal Citywalk[9], nous avons rejoint Walt à la sortie, comme convenu.

De retour à l'appartement, je tombe de sommeil.

— On avait prévu sortir magasiner de nouveaux maillots ce soir, fait maman. Ça te dit toujours ?

— Pas question, je suis bien trop fatiguée.

(Et puis, je préfère attendre d'avoir la silhouette de mes rêves, je ne te le cache pas. Déjà que je me suis laissé aller avec la crème glacée...)

— Moi aussi. J'ai les paupières si lourdes et je ne désire plus qu'une chose : mon lit ! Mais quelle

9. La promenade où se trouvent les restaurants et les boutiques de souvenirs.

journée mémorable quand même, hein ? Je ne suis pas près de l'oublier, celle-là.

Je réprime un bâillement.

— Moi non plus, crois-moi.

Malgré mon état proche de celui de zombie, maman m'oblige à me brosser les dents et à enfiler mon pyjama. Ensuite, elle vient me rejoindre et s'assied sur mon lit pour me border, comme elle le fait normalement à la maison. Curieusement, une fois sous les couvertures, j'ai un petit regain d'énergie.

— Tu as aimé ta journée ?

— J'ai surtout a-do-ré mon après-midi !

— Quelle attraction as-tu préférée ?

— King Kong. J'ai eu trop peur ! J'ai adoré ! Dis, m'man-aaan ?

— Oui, poussinette.

— Tu veux bien me raconter une histoire ?

— Quel genre d'histoire ?

— Celle d'Hollywood, par exemple.

— Tu es certaine que ça t'intéresse ? Ça risque d'être long, pitchounette.

— Bien sûr que ça m'intéresse. Dis oui, s'il te plaît, ma petite maman d'amour.

— Eh bien...

21 H

— Aucune forme d'art n'est devenue aussi vite populaire que le cinéma, commence-t-elle. Mais c'est à Lyon, en France, qu'est né ce qu'on appelait à l'origine le cinématographe.

— Le cinématographe ?

— Oui, inventé par deux frères, Louis et Auguste Lumière…

Je m'esclaffe !

— "Lumière" ? C'est un nom de famille, ça ?

Elle sourit avec indulgence.

— Je sais que ça peut avoir l'air comique, mais ce n'est pas du tout une blague.

Elle poursuit :

— Donc, début 1895, les frères Lumière déposaient le brevet d'une nouvelle invention permettant de projeter des images animées et, à la fin de la même année, ils organisaient à Paris la première projection publique payante de très courts métrages qu'ils avaient réalisés.

— Wow ! Ça paraît si loin !

— C'est pourtant à ce moment précis qu'est officiellement né le cinéma, tu vois ? Il faut dire que ces tout premiers films ne duraient que quelques secondes.

— Vraiment ?

—Au début, il s'agissait surtout de documentaires. Il a fallu attendre vingt ans avant que de véritables histoires soient tournées et visionnées partout à travers le monde. Au tout début du XXe siècle, on tournait déjà des films fantastiques, des films d'action, d'amour ou même de science-fiction et d'horreur. C'était comme une explosion de feux d'artifice. Le premier film de vampires date de 1915. C'est incroyable, non ?

Étonnée, j'éclate de rire :

—Oh ! Et quel était le titre de ce premier film de vampires ? Pas *Crépuscule*[10] quand même ?

—Il s'appelait *Les Vampires*, tout simplement.

—Original !

☺

Faisant fi de ma remarque, elle continue :

—Évidemment, ces premiers films étaient muets en plus d'être en noir et blanc.

—Comment est-ce possible ? On ne devait rien comprendre de l'histoire si on n'entendait pas les paroles !

—Il y avait des intertitres. Et tout le travail des réalisateurs tenait justement au fait qu'il

---

10. En anglais, le mot « crépuscule » se traduit par « *twilight* », qui est justement le titre d'une célèbre saga cinématographique mettant en vedette des vampires. Tu connais ?

fallait redoubler d'ingéniosité pour transmettre l'information par la gestuelle. Les acteurs de cette époque étaient des virtuoses en la matière, en particulier Charlie Chaplin qui, avec ses mimiques, savait susciter les émotions comme personne d'autre ! De toute façon, peu de ces films étaient complètement silencieux. Il y avait de la musique. Dans la plupart des salles de cinéma, une personne accompagnait au piano ou à l'orgue les différentes péripéties qui se déroulaient à l'écran. Parfois, c'était un orchestre tout entier ! Les scènes dramatiques étaient agrémentées de musique plutôt sombre, les scènes loufoques, de musique légère.

— Mais sans paroles… quand même !

— Laisse-moi te montrer !

Elle ouvre son ordinateur portable. Nous passons l'heure suivante à regarder sur YouTube *The Kid*, un film réalisé et joué par Charlie Chaplin, en 1921. Un des meilleurs films de l'ère du muet, paraît-il ! Dans cette histoire, un vagabond au cœur tendre prend sous son aile un petit garçon (le « kid ») né sans papa et que sa mère abandonne parce qu'elle ne peut pas le nourrir.

Ça paraît trop triste, mais c'est aussi très drôle. Hilarant même ! D'après maman, si le film visait d'abord à sensibiliser les gens aux conséquences de la pauvreté et de la sécheresse du cœur, il s'agit cependant d'une brillante démonstration du pouvoir de la tendresse, de l'ingéniosité, de l'amour et de la débrouillardise. En tout cas, je verse un torrent de larmes et je ris à m'en décrocher la mâchoire en même temps ! Ils sont trop bons, les acteurs. En plus, il s'occupe super bien du petit garçon, le gentil Charlot ! Lorsque les deux font des mauvais coups et prennent la fuite pour échapper au policier, c'est absolument hilarant ! Jamais je n'aurais cru qu'un film muet puisse être si convaincant. (Tu l'as vu ? Sinon, je te le conseille ! Absolument. Tu trouveras très facilement le film sur YouTube, mais je dois t'avertir que c'est déchirant par moments et que, comme moi, tu ne pourras pas te retenir de pleurer ta vie.)

Je m'endors tout de suite après le film et je rêve que je retrouve mon père après de nombreuses péripéties, ici à Hollywood. Maman et moi allons vivre chez lui dans une fabuleuse maison située dans le quartier de Beverly Hills et valant quatre millions de dollars, minimum. *Happy end !* ☺

Mercredi 14 novembre

7 H

— Julieeeette ! Lèèève-toi ! s'égosille ma mère en tirant les rideaux de ma chambre d'un coup sec.

Misère !

— Il y a le feu ? grogné-je en peinant à ouvrir les paupières.

— Il y a surtout que je souhaite être sur le trottoir à 8 h 50 pile ce matin, et ainsi m'assurer d'être à l'heure à mon rendez-vous avec Denis Villeneuve. C'est le jour J. Cette interview se fera aujourd'hui ou jamais ! Déjà, hier soir, j'ai eu beaucoup de mal à expliquer à mon rédacteur en chef pourquoi je n'avais pas rencontré le réalisateur.

— Tu lui as parlé après que je me suis endormie ? Qu'est-ce que tu lui as dit ?

Elle esquisse un sourire espiègle et répond en rougissant légèrement :

— Je lui ai dit que Denis Villeneuve avait annulé en raison d'un entretien de dernière minute avec Harrison Ford.

— Tu lui as menti ?

Je n'en crois pas mes oreilles ! 😲

— Ce n'est qu'un tout petit mensonge qui n'aura pas de conséquences puisque je vais rencontrer Denis Villeneuve ce matin. Je n'allais quand même pas avouer que j'ai manqué le rendez-vous parce que nous avons mis trop de temps à nous habiller…

(Hum, j'avoue qu'elle marque un point, là. ☺)

7 H 30

Douchée, coiffée et habillée, je rejoins maman dans la cuisine. Alors qu'elle me tourne le dos pour s'occuper de la cuisson de nos œufs brouillés, je constate qu'elle a poursuivi la lecture du journal personnel que nous avons trouvé. Il est ouvert sur la table à la page où a été écrite la dernière phrase, et il y a un bout de carton blanc en guise de signet.

— Tu as trouvé quelque chose ?

— Oui ! fait-elle en se retournant. Je voulais te raconter ça, justement. Il y a cette carte de visite. Jette un coup d'œil !

Il n'y figure qu'un nom et un numéro de téléphone :

Jared Leto

310-424-6423

Le nom ne me dit rien. (Et à toi ?)

— Tu sais qui c'est ?

Retirant la poêle brûlante du dessus de la cuisinière, ma mère ne répond pas tout de suite.

— Donne-moi ton assiette que je te serve des œufs brouillés, dit-elle.

— Non, ça va, merci. Je n'ai pas tellement faim. Une petite toast fera l'affaire.

Tenant la cuillère pleine d'œufs, elle fronce les sourcils. Elle dépose quand même le contenu dans mon assiette, puis s'assied en face de moi.

— Peux-tu m'expliquer ce qui se passe, Juliette ?

Quand elle m'appelle Juliette, c'est que c'est du sérieux et qu'il ne me sera pas possible de m'en tirer sans une explication plausible. (Soupir !)

— Euh… j'ai pas tellement faim depuis qu'on est arrivées. C'est peut-être le décalage horaire. On dirait que j'ai toujours un peu mal au cœur, dis-je en mettant une main sur mon ventre.

Il existe un proverbe qui dit : « Ce n'est pas à un vieux singe qu'on apprend à faire des grimaces. » En gros, cela veut dire que ma mère n'est pas dupe… Posant la main sur mon front, elle me questionne :

— Un mal de cœur ? Tu n'as pas de fièvre, en tout cas. Si tu te sens mal, il ne sera pas question d'aller magasiner après notre rendez-vous et encore moins de t'allonger au soleil près de la piscine.

Oups ! Je ne l'avais pas prévue, celle-là ! 🙄

— J'irai certainement mieux cet après-midi, tenté-je.

— Juliette… Je me demande si tu n'es pas en train de t'affamer parce que la vendeuse de la boutique t'a mis en tête que tu avais une petite bedaine. Je me trompe ?

Je ne sais trop que répondre. La vérité ?

— Baah ! Pas du tout, voyons, m'man !

— Ton attitude m'inquiète. Le pire, c'est que cette jeune fille était complètement en dehors de la réalité. Elle-même était beaucoup trop mince et ne semblait même pas être en bonne santé. Toi, tu es en pleine croissance, tu fais du sport à l'école et tu as plus que jamais besoin de bien manger pour fournir à ton organisme les aliments dont il a besoin. Je t'assure que tu n'as pas l'ombre d'une once de graisse en trop. Dans un monde d'images, l'apparence physique est importante. Ici, à Hollywood, la beauté telle qu'elle est perçue est presque une dictature. Mais, dans le vrai monde, la beauté est dans la diversité, crois-moi. Cette petite vendeuse, qui est à peine plus âgée que toi, en passant, n'a pas la même vision des choses. Elle tente sans doute de devenir actrice, comme à peu près tout le monde ici, et elle fait de la projection… Elle est probablement insatisfaite de son physique.

Elle me montre le cahier abandonné sur la table.

— Comme l'auteur de ce journal ! Il y a là-dedans des pages et des pages de lamentations. Cette personne parle de sa crainte de grossir, de ne pas être à la hauteur des rôles pour lesquels elle postule, de la compétition que se font les acteurs entre eux pour obtenir du travail, etc. Un véritable cauchemar ! Je ne voudrais pas de sa vie.

— Tu crois que le journal appartient à ce Jared Leto ?

Elle secoue la tête.

— J'en doute, compte tenu de son âge. J'ai fait une recherche sur Internet et Jared Leto est un acteur né la même année que moi. Il a joué dans *Blade Runner 2049* de Denis Villeneuve. Ce qu'il y a de plus probable, c'est que l'auteur du journal a rencontré Jared Leto récemment et que ce dernier lui a remis sa carte. Il lui a peut-être proposé de lui présenter Denis Villeneuve ? Ou il l'aura invité à participer aux auditions qui ont eu lieu ici avant-hier... Mais ne changeons pas de sujet. Ton état d'esprit et ton attitude m'inquiètent. T'imaginer que tu es trop grosse ou pas assez belle à cause de critères farfelus risque de te rendre malheureuse et peut-être même de te mener tout droit à des troubles alimentaires.

Elle repousse une mèche de mes cheveux qui vient de tomber sur mes yeux.

— Tu sais, ma puce, l'univers hollywoodien propose un modèle de beauté plastique qui est malsain parce qu'il n'admet qu'un seul type de silhouette. La plupart des acteurs ressentent une pression énorme de correspondre à ce modèle inventé de toutes pièces par et pour l'industrie du cinéma. Il faut se rappeler qu'Hollywood demeure une industrie. On vend du rêve, ici, ça n'a rien à voir avec la réalité et le vrai monde ! La grande majorité des gens ne ressemblent pas du tout aux acteurs d'Hollywood, tu sais, et c'est très bien comme ça. Par ailleurs, ces actrices que tu trouves si belles se trouvent imparfaites, elles aussi, comme tout le monde. Elles doutent d'elles-mêmes et se rendent parfois malades à essayer d'entrer dans le moule qui leur est imposé. Plusieurs souffrent même le martyre en accumulant de douloureuses interventions de chirurgie esthétique. Les blondes aux cheveux souvent teints et aux lentilles cornéennes bleues ne sont pas nécessairement plus heureuses que toi et moi. Comprends-tu ? Le bonheur dépend de notre capacité à nouer des relations significatives avec notre entourage. Il ne dépend pas de notre apparence.

Je ne sais pas quoi dire… Pense-t-elle vraiment que Reese Witherspoon n'est pas plus heureuse qu'elle ? (Toi, t'en dis quoi ? Oh ! Tu crois que Reese Witherspoon n'est pas si différente que cela des autres mères et qu'elle a peut-être des problèmes comme nous ? 😐 Hum… Tu as peut-être raison. Je vais devoir y réfléchir…)

— Tu crois ?

— Absolument ! La vraie beauté consiste à prendre soin de soi, à veiller à sa santé, à trouver son propre style, en accord avec sa personnalité, et à s'ouvrir à la vie avec espoir et confiance. Tu es une magnifique jeune fille. Tu es active et sportive, tu es curieuse et sociable, et tu croques dans la vie avec une énergie extraordinaire. Tu as une famille et des amis qui t'adorent. Ton poids, ta taille, la couleur de tes cheveux et de tes yeux ont très peu d'importance à côté de tous ces atouts.

Elle m'embrasse sur le front avant de se relever.

— Allez, mange, ma beauté ! Ne faisons pas attendre notre ami Walter.

— D'accord !

J'ouvre la bouche et y enfourne une grosse bouchée d'œufs brouillés. Miam ! J'adore ! ☺

8 H 55

Un vent fou souffle sur la ville ce matin. Il est bienvenu parce que le mercure indique 29 degrés Celsius. La journée s'annonce *hot*[L] ! À peine avons-nous mis le pied sur le trottoir que notre gentil chauffeur sort précipitamment de sa voiture pour venir ouvrir la portière arrière avant de retourner derrière le volant et de démarrer en trombe.

— *We're going to be on time today*, fait-il en souriant.

— Oui, nous serons à l'heure aujourd'hui, répète maman en hochant la tête.

Puis, m'adressant son sourire :

— Et ce sera une belle journée !

9 H 30

Sur l'autoroute, le paysage typique où l'eau de pluie se fait rare continue de me fasciner. Maman dit que la région a déjà été un désert et que les réserves d'eau de Los Angeles sont limitées, d'autant plus qu'il pleut rarement en Californie, en particulier dans le sud. Voulant sentir de nouveau l'air parfumé par les fleurs de pavot, je baisse la fenêtre. Tant pis pour la climatisation ! À ma grande surprise, une odeur de fumée s'infiltre dans la voiture. Fronçant le nez, je jette un regard dans le rétroviseur à l'intention de Walt alors que je remonte la vitre électrique.

—*It's forest fire season*, explique-t-il. *There is an extensive fire that's been burning for two days now in the Bel-Air area, and it keeps spreading more and more everyday. The firefighters can't get it under control. I'm not a surprised though. We haven't had any rain since last March.*

—Oh ! fait ma mère, la bouche ouverte de stupeur.

Puis, se tournant vers moi, elle me traduit les propos de Walt :

—Apparemment, c'est la saison des feux de forêt. Il y en a un très gros qui brûle depuis deux jours dans le secteur de Bel-Air. Et il prend de l'ampleur chaque jour. Les pompiers n'y peuvent rien. Ce n'est pas surprenant puisqu'il n'a pas plu depuis le mois de mars.

—J'avais compris, m'man, on apprend l'anglais à l'école, tu sais.

(Tu avais compris, toi aussi ? ☺)

—*Is it dangerous for the houses up there?* demande-t-elle à Walt.

—*It could be*[1], répond-il.

9 H 55

Avec cinq minutes d'avance, nous voilà devant les bureaux où maman est attendue.

—Fiou! Je suis nerveuse tout à coup, avoue-t-elle.

—Fais-toi confiance, m'man! Respire un grand coup. Tu as interviewé des centaines de personnes depuis que tu fais ce métier. Denis Villeneuve n'est pas différent des autres!

—Tu crois? Mais il est une star à Hollywood. Il est un réalisateur très respecté, tu sais.

—Je ne peux pas croire que tu me dises cela après le discours que tu m'as tenu au petit-déjeuner. Veux-tu dire que tu te mets dans un état pareil parce qu'il est une vedette et que tu considères que de le rencontrer est plus important que de rencontrer une autre personne? Il ne vient tout de même pas de la planète Mars.

1. — Les habitations sont-elles en danger?
— Ça se pourrait.

Elle réfléchit un instant. Mes paroles semblent l'avoir atteinte.

— Euh ! Tu as sans doute raison…

Elle prend une grande respiration et redresse le dos.

— J'y vais ! Comment me trouves-tu ?

— Tu as l'air sûre de toi et très professionnelle. Tu feras une très bonne impression. Allez, courage !

Main dans la main, nous entrons dans l'immeuble.

— *You're on time today. Congratulations*[2].

Ça pourrait ressembler à de l'ironie, mais la dame arbore une mine aussi sévère qu'un surveillant d'élèves.

— *You may go in but the girl will have to wait here*.

Elle invite ma mère à entrer, mais m'interdit de la suivre. L'air ennuyé, maman soupire.

— Ça ne te dérange pas de m'attendre ici, poussinette ?

— Est-ce que je peux t'attendre dehors ?

— Si tu es prudente, que tu ne t'éloignes pas trop et que tu ne parles à personne…

— Ma-man ! Je ne suis plus un bébé !

2. Vous êtes à l'heure aujourd'hui. Félicitations.

— Je ne plaisante pas, Juliette. Il y a toutes sortes de gens ici !

— Je sais, près de quatre millions d'habitants, rien que pour Los Angeles, dont une certaine proportion de personnes mal intentionnées. Tu me l'as déjà dit. Ne sois donc pas si mère poule ! Je vais juste prendre l'air. Si quelqu'un m'aborde, je reviens ici en courant. Okay ? Promis, juré.

— Bon, d'accord. Je te fais confiance.

Elle fait mine de m'embrasser sur le front. J'ai juste le temps de m'esquiver.

— À tout à l'heure, m'man.

— À tout de suite, Juliettounette.

10 H

Une fois dehors, je constate qu'il y a pas mal plus de va-et-vient que la veille. La chaleur serait accablante si le vent ne venait pas me caresser le visage. Et on dirait que l'odeur des feux de forêt se rend jusqu'ici. Je plisse le nez. Maman dit qu'il pleut à peine 30 jours sur 365. Moi, je n'aime pas trop la pluie, alors je crois que je déménagerais ici dès demain matin, feux de forêt ou pas, si on m'en offrait la possibilité ! ☺

Un camion de déménagement est en train de décharger un mobilier de maison tout entier au débarcadère situé à l'arrière du hangar le plus près de moi. Des gens entrent et sortent par la porte avant, l'air aussi stressés que pressés. Je ne reconnais personne jusqu'à l'apparition d'une silhouette qui me semble familière. La jeune fille blonde qui vient de sortir du hangar en courant semble bouleversée. Embarrassée par ses sandales à talons hauts, elle manque de trébucher. Sur ses joues, le mascara se dilue en traçant deux longs sillons disgracieux.

Lorsqu'elle passe près de moi, mon impression de la connaître se précise. La pauvre fille ressemble drôlement à… à, ben voyons ! À la vendeuse de la boutique de maillots de bain !

— Hé ! Je te connais ! Bonjour ! Que t'arrive-t-il ? C'est drôle de te voir ici ! Te souviens-tu de moi ?

La fille arrête tout net de sangloter pour me regarder, bouche bée.

— *What ? What did you say*[3] ?

Elle me regarde comme si elle ne comprenait pas un mot de notre langue. Me serais-je trompée de personne ? Je hausse les sourcils en même temps que les épaules.

— Tu parles français, non ? On s'est vues il y a deux jours à la boutique de maillots où tu travailles.

3. Quoi ? Qu'avez-vous dit ?

— Oh ! Vraiment ?

Séchant ses larmes, elle me regarde avec timidité.

— Tu es française ?

— Non, québécoise.

— Ah bon !

— Ma mère et moi sommes passées à ta boutique il y a deux jours.

— Je vois beaucoup de monde, tu sais. Es-tu là toi aussi pour la deuxième *casting* ? me demande-t-elle, la mine soudain méfiante.

Continuera-t-elle de me parler si elle apprend que je ne suis là que pour accompagner ma mère ? Bof, je m'ennuie à mourir toute seule sous le soleil et je suis heureuse d'avoir l'occasion de faire connaissance et de jaser un peu avec quelqu'un dont l'âge est plus près du mien que de celui du cinéma à l'égyptienne. Alors…

— J'accompagne ma mère qui est journaliste et qui fait une interview avec Denis Villeneuve.

— Oh wow ! Ta mère est journaliste et elle interviewe des réalisateurs aussi célèbres que Denis Villeneuve ? Elle doit être géniale. Tu en as de la chance !

Surprise, j'examine son visage. Elle a l'air tout ce qu'il y a de plus sincère et je ne décèle pas le moindre signe de dérision. Je lui souris.

— Je m'appelle Juliette, et toi ?

Elle sourit à son tour.

— C'est fou ! *I'm Julia. Nice to meet you,* Juliette. Heureuse de te rencontrer !

Elle passe la main sur ses joues.

— Je dois être affreux !

Comme tous les anglophones qui parlent le français, elle mélange le masculin et le féminin. Je plonge la main dans mon sac pour en sortir un paquet de mouchoirs en papier.

— Pas du tout. Tu as un peu de mascara sur les joues, mais rien de grave.

Tandis qu'elle se débarbouille, je continue de l'observer. Cette fille est magnifique. Elle a de très grands yeux, de longs cils fournis et des lèvres naturellement roses. Une beauté, je te dis. Elle a cependant l'air si malheureuse que ç'en est déroutant. J'aimerais bien savoir ce qui lui arrive.

— Quel âge as-tu ? demandé-je pour assouvir ma curiosité.

— *I'm seventeen*[4]. Et toi ?

— J'ai treize ans, bientôt quatorze.

Elle continue de sourire gentiment, mettant en valeur une formidable rangée de dents d'une blancheur éblouissante. (Rappelle-moi de demander à

4. J'ai dix-sept ans.

ma mère d'acheter du dentifrice blanchissant dès notre retour à la maison !)

— J'aime la couleur de ton cheveu. On dirait qu'il y a des reflets roux dedans. Et puis, il est si longue et si épaisse ! C'est magnifique. Tu as beaucoup de chance !

Je n'en crois pas mes oreilles !

— Oh ! Vraiment ? Merci.

Portant la main à mes cheveux, je rougis comme une fillette de onze ans. (Ça alors ! Elle est blonde et elle envie mes cheveux bruns. Je rêve ou personne n'est jamais content de soi ?)

— Tu restes longtemps ici ?

— Je ne sais pas trop. Nous partirons probablement demain, c'est-à-dire aussitôt que maman aura bouclé son interview.

— C'est dommage. J'ai l'impression que nous aurions pu devenir amies. Avant que tu pars, on peut faire quelque chose ensemble. Vous habitez où ?

— Sur Hollywood Boulevard, à l'intersection de Las Palmas Avenue.

Elle sursaute.

— Oh ! C'est là-bas qu'il y avait le *casting* pour le prochain film de Denis Villeneuve.

— C'est vrai, mais comment le sais-tu ?

— J'étais là !

— Oh !

Je ne me trompais donc pas lorsque j'ai eu cette impression de déjà vu, lundi soir, à la boutique. Nous avons dû croiser Julia dans le couloir, parmi les autres candidats.

— Et c'est quoi au juste, ce film ?

— Un film de science-fiction. Ce n'est pas ma type de film préféré, mais toute le monde rêve de jouer pour Denis Villeneuve. Il a reçu des prix prestigieux. Vous êtes forts, les Québécois !

Elle poursuit :

— Je rêve d'être actrice depuis que je suis toute petite. Ce travail à la boutique de maillots, c'est pour payer ma loyer. Un jour, je serai célèbre et je vivrai dans une des belles maisons de Bel-Air ou de Beverly Hills.

Quand elle dit cela, son visage s'illumine et je la trouve encore plus belle.

— Tu vis seule avec ta mère, toi aussi ?

— Je vis seule tout court. Mon mère s'est remariée et elle vit en Floride avec son nouveau mari. Je n'ai pas voulu les suivre parce que c'est ici que je peux réaliser mes rêves.

— Oh ! Tu dois te sentir abandonnée. Ça doit être affreux !

— Pas trop.

Elle baisse la tête et son visage redevient triste.

10 H 30

Julia est franchement sympathique, finalement ! Assises dans l'herbe, nous discutons de tout et de rien. Elle me raconte comment elle partage son temps entre les auditions, les cours privés d'art dramatique qu'elle suit avec un professeur très réputé, et les aléas de son travail de vendeuse à temps plein. Je suis béate d'admiration ! Elle a déjà joué dans plein de longs métrages et rencontre des tas de célébrités, tout le temps. Vraiment trop cool !

— Je voudrais tant être à ta place ! m'exclamé-je. Tu es belle, gentille, intelligente, puis tu vis à Hollywood, l'endroit le plus merveilleux au monde !

— Tu changerais peut-être d'avis si tu étais à mon place pour vrai, Juliette.

— Oh ! Tu pleurais tout à l'heure, justement. Que s'est-il passé ?

(Enfin, je trouve le moyen de poser la question qui me brûle les lèvres !)

— Tout a bien été lundi. J'ai réussi la première *casting* pour jouer dans le film, mais aujourd'hui je devais faire un bout d'essai et *I messed up*… j'ai tout gâché.

— Comment ça ?

— On m'a demandé de jouer un personnage et je n'ai pas réussi.

Ses yeux s'emplissent à nouveau de larmes.

— Le directeur a été odieux !

— Denis Villeneuve ?

Je suis ahurie !

— Non, le directeur du *casting*. Denis Villeneuve ne perd pas son temps à auditionner les rôles secondaires. J'avais une extraordinaire *opportunity !* Mais j'ai été trop nulle, encore une fois. Je n'ai pas obtenu le rôle.

— Toi ? Nulle ? Certainement pas !

— Le directeur a dit que je n'avais pas de colonne vertébrale, pas de personnalité. *No backbone or personality. My God*, j'ai dix-sept ans, pas quarante ou cinquante comme Nicole Kidman ou Reese Witherspoon ! Douze ans que je prends des cours de danse, de chant, de jeu dramatique, que je fais attention à mon peau, à mon *posture*, que j'ai toujours faim parce que je dois rester mince ! Parce que j'espère enfin décrocher un rôle important et montrer ce que je sais faire.

— Oh ! C'est aussi dur que ça ?

Je n'en reviens juste pas ! 😕

— Pire encore. Ça n'empêche pas des milliers de jeunes de s'installer chaque année à Hollywood dans l'espoir de percer...

— Mais toi, pourquoi tu continues ?

Ça me paraît aberrant ! Elle me jette un regard aussi étonné que choqué.

— Après tous ces sacrifices, je ne peux quand même pas abandonner ! Pour ma mère, ça n'a pas marché, mais ça marchera pour moi. Je le sais, je le sens. Je nous le dois !

— Ouais, je te comprends, mais d'un autre côté, tu n'as pas à prendre sur ton dos les rêves déçus de ta maman.

— Mon désir de devenir une star grandit chaque année. Mais il brûle tout sur son passage ! Je n'ai pas d'amies puisque je suis en compétition avec les autres filles de mon âge qui ont les mêmes ambitions. J'ai tout sacrifié pour mon rêve. J'ai dix-sept ans et c'est le vide autour de moi. Ma mère a joué des rôles secondaires dans quelques films quand nous sommes arrivées ici, mais elle a fini par abandonner et quitter la ville. Mais, pour moi, ce sera différent. Je le sais. Je le sens. Je suis plus forte, plus déterminée que les autres. Ma passion est plus puissante et plus vraie.

Ouais. Et surtout plus dangereuse... pensé-je tout bas, sans oser le dire. Qui sait ? Sa mère est peut-être beaucoup plus heureuse loin d'ici qu'elle ne l'a été toutes ces années à passer des auditions sans succès.

11 H

C'est décidé, Julia et moi sommes dorénavant copines. Nous discutons encore lorsque ma mère arrive. Elle nous rejoint avec un sourire professionnel sur les lèvres.

— Alors, ton interview, m'man ?

— Ça s'est encore mieux passé que je pouvais l'espérer. Denis Villeneuve a été très généreux de son temps. Tu nous présentes, Juliette ?

Le regard respectueux, voire admiratif, Julia tend la main la première.

— Bonjour madame. Je suis heureuse de vous rencontrer ! Vous êtes journaliste, que Juliette m'a dit. C'est formidable !

— Maman, tu te rappelles Julia, oui ? Elle travaille à la boutique de maillots de bain.

L'information semble mettre quelques secondes à atteindre le cerveau de ma mère qui serre machinalement la main que Julia lui tend. Puis, ça y est ! La lumière s'allume et l'expression de son visage change.

— Oh ! La jeune fille au papa parisien, c'est bien ça ? laisse-t-elle échapper en grimaçant.

— C'est cela, oui. Je me souviens de vous, moi aussi. Je vous ai trouvée très belle pour votre âge.

Ouch ! Quelle maladresse ! (Je ne suis pas sûre que maman va l'apprécier, celle-là !)

— Votre fille est très gentille. Nous sommes amies déjà, continue Julia qui ne semble pas remarquer l'expression courroucée de ma maman.

(Elle ne doit pas non plus se souvenir de l'incident du *little belly*...)

— Oh, vraiment ? fait maman d'un ton légèrement acide. Dommage qu'il soit déjà l'heure de rentrer à l'appartement. Juliette, tu es prête ?

— Pas déjà ! protesté-je, dépitée.

C'est le moment que choisit Walt pour réapparaître et ouvrir les portières de sa Lincoln.

— *Where do you want to go now?* demande-t-il.

Où nous voulons aller? Pas déjà à l'appart et encore moins à Québec, en tout cas! ☹

— *I'm at your service until tomorrow,* poursuit-il. *If you want to go somewhere, visit something or maybe go to the beach, why not, just let me know!*

— Oh! Il dit qu'il est à notre service jusqu'à demain pour nous emmener là où nous voulons jusqu'à notre départ, même à la plage, traduis-je inutilement à l'intention de maman.

— Si vous retournez sur Hollywood Boulevard, je monterais bien avec vous, dit Julia avec la mine que je fais lorsque je demande une faveur, c'est-à-dire suppliante. J'ai pris le bus pour venir, mais le trajet dure plus d'une heure trente. Ce serait plus *fun* de prendre ce temps pour faire connaissance avec vous. Si ça ne vous dérange pas, *of course!*

— Je ne suis pas sûre… rétorque maman, apparemment insensible au regard de chiot implorant de la jeune fille.

À moi d'entrer en scène et de lui forcer un tout petit peu la main. ☺

— Quelle bonne idée, Julia! Ma mère et moi adorons échanger avec les habitants des endroits que nous visitons. Il n'y a pas de problème, hein, m'man ?

Je souris de toutes mes dents.

— Et nous avons plein de place…

— Euh ! Comme Walter nous offre si gentiment de nous conduire, j'avais pensé qu'au lieu de rentrer directement, nous aurions pu aller à la plage de Venice ou de Santa Monica. Puisque la demoiselle est pressée, nous ne pouvons pas l'emmener.

— *Santa Monica, great idea ! No problem*, approuve avec enthousiasme notre chauffeur.

— Formidable ! ajoute Julia. Vous allez adorer Santa Monica et je meurs d'envie d'aller nager ! Vous devez aussi passer chez vous prendre des affaires, *right* ? Sûrement que vous n'avez pas vos maillots avec vous.

— Tu ne travailles pas à la boutique ce soir ? s'étonne maman dans une ultime tentative pour se dérober.

— Pas avant jeudi soir, non.

— C'est décidé alors, fais-je en me dépêchant d'ouvrir la portière arrière et de faire monter Julia devant moi. On passe d'abord à l'hôtel prendre ce qu'il faut et on va ensuite à la plage toutes les trois ! Yahooou !

Maman soupire.

— Tant qu'à y être, je vais aussi prendre le temps de préparer un pique-nique pour trois. Je meurs de faim et je suis certaine que vous êtes affamées vous aussi.

— *Awesome !* s'écrie Julia en la regardant comme s'il s'agissait d'Einstein en personne.

Awesome, ça veut dire « impressionnant ». Elle n'en met pas un peu trop ? On dirait qu'elle idéalise ma mère parce qu'elle est journaliste. (Moi, j'aurais préféré avoir une maman actrice...)

11 H 30

Sur le chemin du retour vers Hollywood Boulevard, nous constatons que l'odeur de fumée se fait de plus en plus envahissante et que le ciel s'obscurcit à l'ouest, comme s'il allait bientôt faire nuit.

— *Look !* s'exclame soudain Walt en montrant du doigt une colonne de fumée qui monte vers le ciel, au loin sur notre droite.

— *OMG !* font en chœur ma mère et Julia.

Avec leurs chevelures de couleur similaire, ces deux-là ont presque l'air d'être mère et fille. Depuis que nous sommes en voiture, on dirait que l'animosité de maman fond comme neige au soleil. Il faut dire que Julia lui fait une incroyable opération de séduction et que ma mère se laisse faire. Grrr!!! Et puis moi, là-dedans, je compte pour quoi?

—Y a le feu, et après?

Personne ne prend le temps de me répondre... Walt ouvre la radio et monte le volume. La voix d'un annonceur qui semble sur le point de perdre son sang-froid remplit l'habitacle:

«*A fire has destroyed a dozen homes in the Bel-Air neighborhood and damaged about twenty more as it burned roughly more than 400 acres since yesterday morning.*»

Plaçant les deux mains de chaque côté de son visage, Julia s'écrie:

—C'est horrible! La maison de Beyoncé est dans ce quartier!

—Que se passe-t-il?

—Le feu a détruit une dizaine de maisons dans les zones habitées de Bel-Air, m'explique-t-elle. Il en a endommagé une vingtaine d'autres et a ravagé plus de 400 acres depuis hier matin.

—Quelle horreur! renchérit ma mère. Ça doit être tellement effrayant de voir les flammes s'approcher de sa demeure. Et toute cette fumée... Je ne voudrais pas vivre cela!

—Bon, mais si ce type d'incendie est chose courante par ici, les autorités reprendront certainement bientôt le contrôle et il ne doit pas y avoir lieu de s'énerver, conclus-je stoïquement.

(Cela dit, j'espère quand même moi aussi que Beyoncé et ses bébés seront saufs, évidemment ! ☹)

12 H 30

Après avoir fait le détour prévu par notre appartement, où maman a préparé en vitesse un pique-nique pendant que je rassemblais nos maillots, serviettes et tubes de crème solaire, nous faisons un deuxième arrêt au studio de Julia, à l'extrémité est d'Hollywood Boulevard. N'écoutant pas ses réticences, nous descendons aussi de voiture, curieuses de voir où vit la seule vraie citoyenne d'Hollywood avec qui nous avons eu l'occasion de sympathiser… Impatiente, je m'imagine déjà le luxe décontracté – style bohémien chic – de son appartement.

Je ne sais pas à quoi s'attendait ma mère de son côté, mais la surprise nous cloue toutes deux sur place. Non seulement le studio de ma nouvelle copine est sens dessus dessous, mais son aspect général est bien misérable. (Puisque je te le dis !) Sous les piles de vêtements entassés çà et là, les quelques meubles sont aussi usés qu'ils sont désassortis. Un lit à deux places à la literie pâlie par des années de lavage est appuyé à un mur terne. Il y a aussi plein de manteaux et de vestes sur des crochets. Une lampe qui a connu des jours meilleurs est posée sur une table de chevet peinte d'un beige sale. Juste à côté, un fauteuil est couvert de vêtements, de chaussures, de ceintures et autres accessoires. La porte entrouverte de la salle de bain laisse voir une ampoule pendant du plafond et l'évier du coin kitchenette déborde de vaisselle sale. Deux chaises rouges et une table de cuisine jaune complètent l'ensemble. C'est désolant.

Un coup d'œil à ma mère me confirme que son cœur fond de compassion. Nous prenons conscience de l'immense solitude de Julia. Son arrogance à la boutique de maillots n'était probablement qu'une façade lui permettant de tenir le coup dans un monde hostile…

Touchée, maman met une main protectrice sur l'épaule de la jeune fille au moment de sortir pour retourner dans l'auto. Ça y est, elle craque et va probablement vouloir la prendre sous son aile pour de bon. Je ressens un (tout petit) pincement de jalousie.

12 H 45

Dans la voiture, la radio diffuse encore de troublantes nouvelles. En effet, les pompiers semblent avoir beaucoup de mal à contenir les flammes qui continuent de s'étendre dangereusement avec les vents dominants.

Walt ne se fait pas prier pour commenter.

— Que disent-ils exactement ? demandé-je. J'en perds des bouts.

— En raison des vents qui soufflent de plus en plus fort en direction des habitations, le nombre de personnes évacuées ne cesse de croître, répond maman. Les flammes gagnent sans cesse du terrain à cause de la sécheresse des terrains broussailleux bordant les routes principales. C'est que les herbes sauvages ont beaucoup poussé au printemps suite à l'hiver pluvieux. Ce sont elles qui alimentent les incendies. Les prévisions météorologiques ne permettent pas d'espérer une amélioration de la situation à court terme. Bref, des milliers de personnes pourraient être déplacées en plus de celles qui s'entassent déjà dans des locaux de fortune. Pour couronner le tout, les autorités s'inquiètent de la mauvaise qualité de l'air, qui est déjà irrespirable par endroits. En 1961, un feu historique a consumé 500 habitations des beaux quartiers et on craint que cela ne se reproduise.

—Oh ! s'il fallait que quelque chose arrive à la maison de Beyoncé, ce serait vraiment affreux !

—Il n'y a pas seulement des maisons de stars dans ces quartiers. Tous ces gens, riches et moins riches, doivent se sentir bien petits. Parfois, la célébrité ne suffit pas… constate Julia.

Se tournant vers nous, ma mère ajoute :

—Il paraît que le Getty Center et son musée sont menacés. C'est alarmant. Ce musée contient plusieurs œuvres de peintres comme Rembrandt, Monet ou Van Gogh. Si elles devaient être endommagées, ce serait une énorme perte. Je raffole de Van Gogh !

Mais au moins, pensé-je tout bas, il s'agit de tableaux et non pas de personnes.

13 H

Ça peut sembler bizarre, mais le meilleur raccourci pour éviter les bouchons de circulation et arriver à Santa Monica en moins d'une heure consiste à monter d'abord vers le nord-ouest, par l'autoroute 101, et à contourner les collines avant de redescendre par l'autoroute 405, jusqu'à la côte. Un détour qui nous permet d'apercevoir, nichés dans la végétation, les palaces de quelques milliardaires.

À la bretelle d'accès qui nous permettrait de rejoindre la 405, une mauvaise surprise nous attend. Plusieurs tronçons de l'autoroute sont fermés à la circulation, dont celui-ci. Furieux, Walt explique qu'il s'agit apparemment de mesures destinées à éviter la propagation de l'incendie. C'est une première depuis qu'il habite Los Angeles. Nous n'avons pas d'autre choix que de rebrousser chemin.

— Par où allons-nous passer ? demandé-je.

— Nous allons reprendre la 101 en sens inverse, revenir à Hollywood, passer à l'intersection de notre hôtel, et emprunter plutôt South La Brea, qui est un boulevard achalandé, puis Santa Monica Fairway, une autoroute qui traverse toute la ville, mais qui finit quand même par mener à la plage, explique maman.

— Oh là là ! Ça va être long ? Parce que je commence à avoir drôlement faim, moi !

— En voilà une bonne nouvelle ! rétorque maman sans se démonter.

14 H

Il y avait un trafic fou en ville, ce qui fait que nous arrivons à la plage beaucoup plus tard que prévu. Pas grave, la balade aura eu le mérite de nous éloigner de la fumée et de nous permettre de réaliser à quel point Los Angeles est peuplée. Partout, les panneaux d'affichage, les publicités géantes et les enseignes au néon dominent, nous en mettant plein la vue. Impossible de compter le nombre d'hôtels, de restaurants, de bars et de boutiques de toutes sortes qui s'annoncent dans cette ville ! Et puis, tout le monde semble avoir quelque chose à vendre. C'est fou ! J'imagine qu'il faut avoir vraiment beaucoup d'argent pour vivre ici. Mon cœur fond de sympathie pour Julia, assise à côté de moi. La pauvre, ça ne doit pas être facile de joindre les deux bouts avec un emploi de vendeuse. En général, j'aime bien les grandes villes, mais là, j'avais quand même vraiment hâte d'arriver à la plage.

— *Here we are, ladies. It's Santa Monica Pier*[5] *!* annonce Walt.

Dès le premier regard, je tombe amoureuse de cet endroit. Avec son carrousel ancien, ses manèges, sa grande roue vintage et les kiosques à

---

5. Nous y voici, mesdames ! La jetée de Santa Monica !

hot-dogs et à patates frites, je décrète que la jetée de Santa Monica est le lieu le plus mignon de la région. Julia et maman sont aussi emballées que moi.

— Je ne viens pas souvent ici, avoue ma copine.

— C'est vrai ? m'étonné-je.

— Eh bien, tu sais, avec le travail, les cours et les auditions, il ne reste pas beaucoup du temps pour m'amuser. *Understand ?*

Je compatis, naturellement, mais je me dis que si j'avais la chance d'habiter un endroit pareil où il n'y a ni neige ni pluie, je trouverais le moyen de venir sur la côte tous les week-ends, c'est sûr !

Avec sa gentillesse habituelle, Walt commente tout ce qu'il y a à voir. Il nous offre de monter à bord des montagnes russes ou de visiter l'aquarium. À l'unanimité, nous refusons. Là, ce que nous voulons toutes les trois, c'est plonger nos orteils dans le sable. Et je veux piquer une tête dans l'océan Pacifique !

14 H 30

Walt nous conduit jusqu'à un endroit tranquille, quatre kilomètres plus au sud, appelé Venice Beach. Le nez toujours plongé dans son guide touristique, maman nous apprend que ce quartier doit son nom à un homme qui, après un voyage en Italie, a décidé de faire creuser des canaux comme dans la célèbre ville de Venise, en Europe. À l'origine, on pouvait même s'y promener en gondoles. Malade, non ?

Il paraît aussi que c'est la plage la plus célèbre au monde. Maman dit que c'est ici qu'a été tournée une des séries fétiches de sa jeunesse : *Baywatch,* ou *Alerte à Malibu* pour la version française. Tu connais ? Moi pas, mais ce n'est pas grave parce que la plage est vraiment trop belle.

Après nous avoir aidées à descendre nos affaires et à nous installer, notre chauffeur annonce qu'il reviendra nous prendre à 17 h.

Enfin, je suis face à l'océan Pacifique ! Je me trouve tellement chanceuse. J'ai insisté pour installer nos serviettes tout près de l'eau mais ! eh, oh ! les vagues sont drôlement fortes !

— Si nous voulons éviter d'être trempées, je crois qu'il vaut mieux reculer un peu, suggère maman.

Le nez face au vent et les paupières mi-closes, je hume les odeurs de varech et d'iode typiques de tous les bords de mer. Pas la moindre trace de fumée par ici. J'ouvre les yeux pour examiner les alentours. Des villas et des restaurants très chics bordent la plage et l'ambiance est mi-urbaine, mi-balnéaire. Sur la piste cyclable derrière nous, des gens, pour la plupart peu habillés et presque tous blonds et beaux comme des dieux, circulent à bicyclette ou en patins à roues alignées. Sur l'eau, un groupe de jeunes surfeurs en combinaisons isothermes s'amusent comme des fous en poussant des cris. Cet endroit est le plus *hot* qui soit au monde ! Je viendrai un jour y vivre avec mon petit ami Gino et ma copine Gina ! (Enfin, s'ils sont d'accord, évidemment !)

— Tu veux mettre de la crème sur... ma dos ? me demande Julia, interrompant l'élaboration de mes projets d'avenir.

— Bien sûr !

— On dit "ma" dos ou "mon" dos ?

— "Mon", précisé-je en souriant. "Le" dos, "mon" dos.

À ma grande surprise, Julia porte un maillot une pièce.

— Tu n'aimes pas les bikinis ?

— Oh, non... me répond-elle en rougissant. Je ne suis pas assez bien même pour un *one-piece*. Mes bras sont trop maigres, mes cuisses sont trop longues et ma poitrine est trop petite pour mes hanches.

En disant cela, elle courbe le dos et croise les bras. Elle met ses mains sur ses épaules comme pour se protéger des regards.

— Des cuisses trop longues, toi ? Allons donc, Julia, tu es juste éblouissante !

— J'aimerais mieux être comme toi : petite et bien proportionnée. Je suis trop grande. À l'école, on m'appelait "*broomstick*", "manche à balai".

— N'importe quoi !

Ainsi, même les filles les plus belles sont bourrées de complexes ?... C'est vraiment pas normal !

Tandis que nous nous enduisons mutuellement de crème solaire, maman déballe le pique-nique qu'elle a préparé plus tôt. Au menu : sandwichs au thon, salade de tomates, cubes de fromage, melon d'eau et limonade.

— Avalez-moi tout ça, vous deux, et que je n'en entende pas une me dire qu'elle n'a pas assez faim, déclare-t-elle d'un ton sans réplique.

Julia et moi échangeons un regard, hésitons un quart de seconde, puis...

— Pas question de refuser un sandwich cuisiné par vous, répond Julia en attrapant avec avidité sa part du lunch.

Hein ? *My God !* Cette fille est littéralement en train de devenir groupie de ma mère. Juste ce matin, elle m'avouait qu'elle se privait de nourriture ! Décidément ! 😕 Bon, puisque personne ne reparle du projet de réussir à Hollywood, je pense que je vais moi aussi mordre dans ce sandwich qui me fait de l'œil depuis tout à l'heure ! Miam !

— C'est délicieux ! Vous êtes une fantastique cuisinière ! s'extasie ma copine.

Bon, bon, bon. Elle n'en fait pas un peu trop, l'actrice, là ?

14 H 30

Ouf ! Le soleil, ça donne chaud ! Les surfeurs semblent tellement s'amuser que j'ai soudain envie d'aller les rejoindre.

— On va se baigner, Julia ?

— Oh *nooo,* pas question ! L'eau est trop froid, en particulier à ce temps de l'année !

— Comment ça, trop froide ?

— Je te laisse voir… Moi, il n'est pas question que j'entre dans le mer en plein mois de novembre.

Je jette un coup d'œil en direction de maman. Elle aura peut-être envie de m'accompagner, elle. Allongée sur sa serviette, son chapeau à larges bords sur la figure et un livre posé sur l'estomac, elle fait la sieste, apparemment.

— Tu viens dans l'eau avec moi, m'man ?

— … zzzz…

— M'ma-an ?

— …

Tant pis, j'irai seule. Souriant, un des surfeurs m'invite justement d'un signe de la main. Il a l'air sympathique.

En sautillant à cause du sable qui me brûle les pieds, je m'approche de l'eau. Un deuxième surfeur me fait des signes. La vue est splendide et j'adore écouter le cri des mouettes. On dirait qu'elles m'invitent, elles aussi. Que faire ? Devrais-je sauter à l'eau tête la première ou y entrer lentement, d'après toi ? J'opte pour la seconde option. Mais à peine ai-je mis mes orteils à tremper que je dois reculer. Watatatow ! Je pousse un cri de surprise. Elle est donc bien froide, cette eau-là ! En moins de trois secondes, je me transforme en glaçon. N'ayant pas cessé de m'observer, les deux surfeurs se bidonnent en se tenant les côtes. Grrr ! ! ! Je parie qu'ils ont fait exprès de me faire signe de les rejoindre rien que pour rigoler. Moi, je retourne sur ma serviette ! 😒

— Je te l'avais dit, se moque à son tour Julia. L'eau ne dépasse pas les vingt degrés. Ne te demande pas pourquoi les surfeurs portent tous des combinaisons.

— J'ai compris. On fait quoi, alors ? On va se promener ?

— Tu veux voir Muscle Beach ?

— Qu'est-ce que c'est ? demandé-je en écarquillant les yeux.

— C'est l'endroit où les maniaques de la musculation s'entraînent. Allez, viens, je te montre ! dit-elle en s'enveloppant dans un paréo avant de se lever.

15 H

Muscle Beach est en fait le bout de la plage où s'alignent un nombre impressionnant de gyms avec espaces extérieurs. Dans des cours clôturées, des hommes et des femmes aux muscles saillants, jeunes et moins jeunes, presque tous tatoués et huilés, font la démonstration de leur force et se pavanent. Un écriteau mentionne que c'est à cet endroit qu'est née la pratique du *fitness*, c'est-à-dire de la culture physique. C'est fou, je n'avais jamais vu une chose pareille ! 😮

Ma curiosité satisfaite, je m'apprête à proposer d'aller retrouver maman avant qu'elle ne s'éveille et s'inquiète lorsque je remarque un écriteau mentionnant qu'il y a le Wi-Fi sur cette plage. Je peux à peine croire à ma chance ! Depuis notre arrivée à Los Angeles, je n'ai pas eu une seule fois l'occasion de joindre Gino ou Gina en raison du décalage horaire et du fait que chaque fois que nous rentrons à la maison, mes *best* sont déjà au lit. C'est l'occasion ou jamais !

Pendant que Julia fait des sourires aux gros bras qui lui font de l'œil, je cours chercher mon iPad mini resté sur ma serviette. Tout va bien, maman dort toujours ! De retour près de Julia, je me connecte sur Messenger. À ma grande joie, Gino est en ligne ! Yeah !

Gino (nerveux) : Jules ! Je n'arrête pas d'essayer de te joindre depuis que je suis rentré de l'école et enfin, tu es là ! Au fait, tu es où ?
Moi (étonnée) : À la plage, pourquoi ? Qu'est-ce qui se passe ? Tu as un drôle d'air.
Gino (ahuri) : Ce qui se passe ? C'est toi qui me le demandes ? À la télé, à la radio et dans tous les médias sociaux, on ne parle plus que des feux de forêt qui font rage à Los Angeles depuis ton arrivée là-bas. Ça n'arrête pas de prendre de l'ampleur et il semble que les flammes menacent maintenant le centre de la ville ! C'est grave ! Gina et moi on est fous d'inquiétude, ma belle !

Moi : Non, c'est vrai ? Je ne te crois pas ! Si c'était à ce point, je le saurais ! Tout va comme sur des roulettes ici. Tu veux voir ? Je suis à Muscle Beach. Regarde !

Mon iPad en l'air, je montre à mon ami des images des haltérophiles autour de moi. À ma grande surprise, Gino reste grave.

Gino : Ça a l'air *chill*, mais, écoute, je suis tout ce qu'il y a de plus sérieux. Dis à ta mère d'ouvrir la télé dès que vous reviendrez à l'hôtel et promets-moi que vous serez ultra prudentes. Ne me dis pas que tu n'as rien vu, entendu ou senti depuis hier !
Moi : Ben, j'ai vu une colonne de fumée dans les airs et j'ai senti l'odeur, mais je n'ai pas vu de flammes. J'ai entendu dire que l'incendie se concentrait dans le quartier chic de Bel-Air. Je crois sincèrement que tu t'inquiètes pour rien.
Gino : Il y a plusieurs foyers d'incendie et d'autres menacent d'éclater. Et puis, puisque tu en parles, Bel-Air est en plein cœur de Los Angeles et tout près d'Hollywood. J'ai regardé sur Google Maps, et ça n'a rien de

rassurant. D'après les commentateurs des nouvelles, il semble probable que les feux continueront de s'étendre pendant quelques jours. Les autorités s'attendent au pire et le président a décrété l'état d'urgence.
Moi (incrédule): Bah! Il y a certainement des milliers de pompiers, par ici. Le climat est si sec qu'ils en ont vu d'autres. Ça ne peut pas être si pire que tu le dis. De toute façon, nous rentrons à Québec demain.
Gino (contrarié): Je n'en suis pas aussi certain que toi. Allez, promets-moi de faire bien attention!

Bon, il m'énerve un peu, là, avec son ton alarmiste. J'aimerais bien changer de sujet.

Moi: D'accord, c'est promis. Mais dis-moi, je manque quelque chose à l'école?
Gino (grimaçant): Pour ça oui, ma pauvre Jules. Je ne voudrais pas être à ta place. Monsieur Cayer nous a refilé un examen aujourd'hui. Et en français, nous avons une rédaction de cinq pages à remettre pour demain. Ça ne sera pas facile de rattraper tout cela à ton retour.

Moi (riant): Bon... Tu n'aurais pas une bonne nouvelle pour aller avec tout ça?
Gino: Tu me manques. Ne va pas laisser tous ces gros bras t'approcher de trop près.
Moi: Tu me manques aussi, Gino. Pas de danger que je regarde ailleurs, je n'aime pas les gros bras. Je préfère les *nerds* en maths et en géo!

Au loin, je vois maman qui nous cherche. Scrutant la plage, elle a l'air de paniquer. Elle a dû se réveiller et voir que Julia et moi n'étions plus là. Misère!

Moi: Je dois y aller, Gino. Arrête de t'inquiéter et embrasse Gina pour moi. On se voit demain soir! À bientôt.
Gino: D'accord. J'ai hâte de te voir. À demain, ma belle!

Je tire Julia par le bras pour l'arracher à ses admirateurs et nous rejoignons ma mère, qui est près de la crise de nerfs.

—Julieeetttttte! Comment as-tu osé me faire une peur pareille? Et toi, Julia, à quoi as-tu pensé? Je ne savais plus quoi imaginer en ne vous voyant pas lorsque j'ai ouvert les yeux.

— Tu as l'imagination beaucoup trop fertile, ma petite maman, réponds-je en lui collant un bisou sur la joue pour la calmer. Tout va bien, tu vois.

— *Sorry*, s'excuse Julia, penaude. Tout est de ma faute. Je voulais simplement faire visiter les alentours à Juliette.

— Vous avez une idée du nombre de personnes qui sont sur cette plage à la recherche de jeunes filles vulnérables dans votre genre ? continue maman, visiblement plus secouée que je ne l'avais pensé. Los Angeles compte…

— … près de quatre millions d'habitants, dont une certaine proportion de personnes mal intentionnées. Tu me l'as répété plusieurs fois, complété-je avec un brin d'insolence.

— Ta mère a raison d'être fâchée, me coupe Julia. Je suis vraiment désolée, madame Bérubé. Je vous fais encore une fois toutes mes excuses.

Joignant le geste à la parole, la jeune fille baisse les paupières vers le sol et joint les mains en signe de contrition. Ça alors ! Je n'en reviens pas ! Je rêve ou elle cherche à tout prix à séduire ma mère ? En tout cas, son charme opère parce que le visage de maman s'adoucit.

— C'est bon. On oublie ça. Allez, on retourne là-bas, dit-elle.

— Oui, on y va, fais-je en la prenant par la main et en lui adressant mon sourire le plus charmant.

Grrr ! Julia se montre si… bassement enjôleuse avec maman ! Il va peut-être falloir que je fasse quelque chose si je ne veux pas perdre ma place… (Tu trouves que j'exagère ? Je voudrais bien t'y voir ! Pense ce que tu voudras, mais c'est ma mère À MOI et je ne suis pas certaine d'être prête à la partager avec qui que ce soit ! Voilà !)

16 H

De retour sur nos serviettes, je boude un peu et je décide de mettre mes écouteurs pour écouter de la musique en solitaire. Julia fait de même tandis que maman reprend la lecture de son livre sans paraître s'apercevoir du malaise. Après dix minutes, je commence cependant à m'ennuyer. Bouder, c'est nul ! Je suis en quelque sorte en vacances et la seule copine que j'ai dans le coin est à côté de moi. Autant mettre mes griefs de côté et en profiter. Regardant Julia, je lui fais un petit sourire engageant. Elle me rend mon sourire et nous reprenons la conversation comme si de rien n'était.

— Tu parlais avec ton petit ami tout à l'heure ? demande-t-elle.

Je ne peux pas m'empêcher d'afficher un sourire béat.

— Oui. Il s'appelle Gino et il a treize ans, comme moi.

— Tu en as de la chance ! soupire-t-elle.

— Tu trouves que moi, j'ai de la chance ? Tu vis dans la plus merveilleuse ville au monde, tu passes des auditions qui te permettent de rencontrer des stars et tu es tellement grande et belle que j'ai l'air d'une naine insignifiante à côté de toi ! Tous les garçons te regardaient à Muscle Beach tout à l'heure !

Elle me jette un drôle de regard.

— Tu oublies que je n'ai pas ma mère pour prendre soin de moi, me cuisiner des repas ou me conseiller quand j'en ai besoin. Je n'ai pas d'amis, personne à qui me confier. Je suis toujours toute seule. Je n'ai pas eu de vraie enfance et j'ai l'impression que quand j'aurai trente-cinq ans, l'industrie du cinéma me jettera à cause de mes rides et que je serai trop vieille pour obtenir des rôles.

— Oh ! Tu seras toujours belle !

— Pas pour Hollywood. Selon les critères de l'industrie, mon beauté se sera envolée. Ici, c'est la jeunesse qui est synonyme de perfection et de popularité, qui représente l'idéal à atteindre et à conserver. Je sais que c'est absurde, mais c'est comme ça. Certaines filles commencent à se faire injecter du botox à *twenty-two years old.*

Je suis stupéfaite ! Se peut-il que Julia souffre autant que je l'envie ?

— Mais alors, pourquoi t'obstines-tu à vouloir devenir actrice ? Pourquoi ne vas-tu pas rejoindre ta mère en Floride ? Elle serait heureuse de t'avoir près d'elle !

Elle baisse la tête, comme pour réfléchir à sa réponse.

— Je sais, mais il faut que je pense à ma futur et je ne sais rien faire d'autre que jouer le comédie.

Je lui fais un câlin.

— Et tu deviendras un jour aussi célèbre que Gal Gadot, j'en suis persuadée !

17 H

C'est un Walt à la mine détendue qui revient nous prendre à l'heure dite. Gorgées de soleil, nous sommes toutes trois également souriantes, rayonnantes et heureuses d'avoir pu profiter au maximum de cet après-midi de vacances. Maman, curieuse de savoir comment notre chauffeur a pu occuper son temps, lui demande où il est allé.

— *There is a magnificent golf course near here*, répond-il. *I go there every time I get a chance. It was fabulous*[6] !

Une fois tout le monde remonté en voiture, maman veut savoir si nous sommes loin de Beverly Hills et des boutiques de Rodeo Drive.

— Sacrée maman, tu es inépuisable !

— Comme c'est notre dernière soirée à L.A., mieux vaut en profiter pour voir et faire tout ce qu'on peut, se défend-elle en riant.

Julia approuve et moi je n'ai rien contre, évidemment. ☺

— Tu comptes m'acheter un petit quelque chose ? m'informé-je.

— On verra, déclare-t-elle prudemment.

17 H 15

Rodeo Drive, un autre endroit de Los Angeles réservé aux milliardaires, est l'une des plus célèbres et des plus luxueuses artères commerciales du monde. En tout cas, il paraît que Beyoncé, Angelina Jolie, Reese Witherspoon et toutes les vedettes dignes de ce nom y font leurs courses.

---

6. Il y a un magnifique parcours de golf tout près d'ici. J'y vais chaque fois que j'en ai l'occasion. C'était fabuleux !

Gina m'en voudra à mort si je ne prends pas quelques photos ! Il me tarde donc de voir à quoi peut bien ressembler un endroit où, selon la rumeur, une simple coupe de cheveux dans un salon de coiffure peut coûter jusqu'à mille dollars. Eh oui, c'est Julia qui me l'a dit ! (Les trottoirs sont peut-être en or ! 😂)

L'endroit est à mi-chemin entre Santa Monica et Hollywood. Pour s'y rendre à partir de Venice Beach, il faut reprendre le Santa Monica Freeway, puis bifurquer au nord sur un tronçon de la 405 et prendre la sortie 55 en direction de Rodeo Drive, à l'est. Lorsque maman s'inquiète de la fermeture de la 405, Walt répond que la portion d'autoroute fermée à laquelle nous nous sommes butés ce matin était située beaucoup plus au nord et qu'il n'y a pas de danger que les feux se soient autant approchés du centre de Los Angeles en un seul après-midi.

17 H 20

Contre toute attente, il y a pourtant un pépin. Curieusement, nous sommes à peu près seuls à cet endroit précis de la route 405. À peine cinq kilomètres plus loin, cela s'explique : nous sommes à nouveau devant un barrage routier. Aucune voie de la route ne monte plus vers le nord, nous informe un policier à moto. Les feux ont continué d'avancer et il s'agit d'une mesure d'urgence. Il faut prendre la prochaine sortie et emprunter l'autoroute en sens inverse. C'est ennuyeux, mais il y a pire, j'imagine. À ma grande surprise, Walt laisse échapper un juron. Se tournant vers nous, maman se veut rassurante :

— Il n'y a pas à s'inquiéter, nous allons tout simplement rebrousser chemin et rentrer à la maison en suivant le même itinéraire qu'en début d'après-midi.

Son visage anxieux exprime cependant un tout autre message.

17 H 30

Une fois que nous roulons vers le sud, nous réalisons avec stupéfaction qu'un embouteillage monstre paralyse les véhicules dans cette direction. Nous avançons plus lentement que ne le feraient des piétons, c'est-à-dire à moins de cinq kilomètres à l'heure. Au loin, nous voyons une très haute colonne de fumée noire, semblable à celle que nous avons aperçue ce matin. Est-il possible que le brasier soit si proche ? Il semble que nous soyons coincés. Et dans quel pétrin cette fois ?

17 H 40

Il fait chaud dans la voiture. Le soleil couchant tape à l'horizontale et nous l'avons en pleine figure. Walt dit que si l'attente se prolonge, nous risquons de manquer d'essence et qu'il vaut donc mieux laisser la climatisation fermée. Maman se sert de son guide touristique comme d'un éventail. Je l'envie. Je fais la même chose avec mon iPad. Walt et Julia suent à grosses gouttes. Nous avons bien essayé d'ouvrir les fenêtres, mais l'odeur de fumée m'a fait tousser et maman a exigé de ne garder qu'une mince ouverture.

17 H 50

Nous n'avons avancé que d'un seul petit kilomètre depuis notre arrivée sur cette partie de la 405. À ma gauche, un panneau lumineux géant montre la photo d'un homme en noir et blanc annonçant Disneyland avec cette phrase : « *Where the dreams come true* ». Autrement dit, « Là où les rêves deviennent réalité ». Je me demande qui est cet homme. Je pointe le panneau du doigt :

— C'est qui, m'man ?

— Walt Disney, le fondateur de Disneyland et Disneyworld.

— Oh ! C'est lui !

J'aurais bien aimé voir Disneyland, mais rien n'est moins sûr pour cette année. ☹

18 H 20

L'attente s'étire. Fort heureusement, notre cher Walt avait une provision de six petites bouteilles d'eau à bord. À mon école, la vente d'eau embouteillée est interdite et c'est la même chose à San Francisco. D'habitude, je suis plus que d'accord avec les règlements qui protègent l'environnement, mais aujourd'hui, et aujourd'hui seulement, je suis super reconnaissante envers les Angelenos[7] de ne pas être très écolos. Glou, glou, glou. Nous buvons avec bonheur, mais à petites gorgées parce qu'il n'est pas possible de savoir combien de temps encore nous serons coincés ici. Depuis plusieurs minutes, nous n'avançons plus du tout. Cette aventure me semble surréaliste ! À Québec, il pleut tellement et si souvent qu'un incendie de cette envergure paraît impossible, alors j'ai peine à réaliser ce qui se passe…

---

7. Nom donné aux habitants de Los Angeles.

18 H 30

J'ai envie de pipi ! Je n'en peux plus. Je ne suis pas la seule d'ailleurs parce que des tas de gens autour de nous descendent de leur véhicule pour aller se soulager dans les broussailles. Mais ce n'est pas évident de faire ça devant tout le monde, même s'il fait presque noir maintenant !

— Tu viens avec moi, m'man ?

— Bien sûr, pucette.

Nous descendons de voiture et maman m'entoure de sa serviette de plage comme s'il s'agissait d'une petite tente. Accroupie, je regarde le brasier au loin en me demandant combien de pipis comme le mien il faudrait pour éteindre un feu de cette envergure. 😛

18 H 45

Puisque le temps s'étire, des gens ont commencé à descendre de voiture pour de bon. Certains ont installé des chaises pliantes à côté des portières et ouvrent des glacières pour pique-niquer à la lueur de lanternes, d'autres ont pris leurs affaires et semblent vouloir partir en expédition.

— Est-ce qu'il reste quelque chose de notre pique-nique, m'man ?

— Rien du tout, je suis désolée.

☹

19 H

D'autres personnes ont sorti un jeu de cartes et jouent pour tromper l'ennui. Ça serait cool de jouer au Rami !

— Est-ce qu'on a un jeu de cartes, m'man ?

— Malheureusement non, choupinette.

(Soupir !) Bon, bon, bon, mais c'est nul ! D'autant plus qu'il fait nuit noire maintenant. ☹

19 H 05

Soudain, une rumeur en provenance de la foule se fait entendre. Des cris et des exclamations. La plupart des gens qui étaient encore dans leur automobile se précipitent à l'extérieur pour voir ce qui se passe. Maman et Walt en font autant, non sans nous ordonner de rester à bord pour les attendre. Le cœur battant, nous obtempérons sans broncher. Les gens pointent quelque chose au loin. *OMG !* 😲 Là où il n'y avait que de la fumée, il y a maintenant un mur rougeoyant, aussi haut qu'un gratte-ciel ! Les flammes se rapprochent. Le feu grossit, enfle, jusqu'à embraser le ciel entier. Je m'affole. On dirait que Los Angeles n'est plus qu'un immense brasier ! Julia et moi nous serrons l'une contre l'autre. Qu'allons-nous devenir ? Les flammes seront bientôt là où nous sommes, c'est inévitable et... irréel !

À l'extérieur, je vois ma mère sortir son téléphone cellulaire. Elle appelle sans doute des secours. Mais qui ? Elle parle avec sérieux et calme. Comme lorsqu'elle est en reportage. Sa conversation terminée, elle remonte en voiture et s'assied entre Julia et moi tandis que Walt reste à l'extérieur et discute avec d'autres conducteurs.

—Qui as-tu appelé, m'man ?

—Un contact à la radio de Radio-Canada.

—Je ne comprends pas. Pour demander des secours ?

—Non, pour faire un topo de la situation à partir d'ici. Je suis journaliste, ne l'oublie pas, et la situation est on ne peut plus exceptionnelle, voire historique. Nous sommes dans une position privilégiée pour observer et décrire ce qui se passe, j'en ai bien peur.

Le petit laïus de maman n'augure rien de bon.

—Les flammes vont-elles venir jusqu'ici ? demandé-je d'une petite voix.

Elle passe son bras autour de mes épaules.

—Non, je ne crois pas.

— Vous en êtes certaine ? demande Julia en se blottissant elle aussi contre ma mère comme s'il s'agissait… de la sienne.

Après un mouvement de surprise, maman passe avec gentillesse son second bras autour des épaules de Julia. Après tout, pourquoi pas ? L'heure n'est plus à la mesquinerie. Je ferme les yeux de frayeur. Maman resserre son étreinte sur nous.

— Absolument certaine, mes belles filles !

19 H 10

On entend des sirènes. Des tas de sirènes. Leurs hurlements déchirent presque mes tympans et font s'accélérer sans cesse les battements de mon cœur. J'adore voir des films d'action avec mes *BFFs*, mais ce n'est pas tout à fait de cette façon que j'imaginais mon voyage à Hollywood ! Et puis, alors que j'avais si chaud il y a une heure, un frisson me secoue maintenant de la tête aux pieds. Lorsque Walt remonte à bord en suggérant d'écouter la radio, je donne mon accord sans hésiter.

Dans le plus grand des silences, la voix du commentateur retentit, lugubre :

« *A huge blaze that has almost destroyed most of the neighborhood of Bel-Air since yesterday is on course to become the largest wildfire in the state's modern history. It has now invaded highway 405 and is expected to burn for more days to come.* »

— Que dit-il, m'man ?

L'air mal à l'aise, celle-ci répond :

— En gros, il dit que le grand feu qui dévore Bel-Air depuis hier est en voie de devenir le plus gros incendie de forêt de l'ère moderne dans l'État de Californie. Il a envahi la route 405 et il risque de brûler quelques jours encore. Mais nous ne devons pas nous inquiéter, je t'assure.

— Comment pouvez-vous dire ça ? l'interroge Julia, les yeux agrandis par la stupeur. Les secours ne vient pas et la présentateur dit que le feu progresse sur le 405. Nous risquons notre vie à attendre ici ! Il faut faire quelque chose si nous ne voulons pas brûler vifs !

Les pointes d'aigu dans la voix de Julia laissent deviner une montée de panique. Ce n'est surtout pas le moment de céder à l'affolement, pensé-je.

Maman ne répond pas et Walt change de chaîne pour entendre un autre point de vue. Tentant de me rendre utile, je prends la main de mon amie.

— Je suis là, avec toi, lui chuchoté-je à l'oreille.

Mais elle ne me répond pas. Elle semble tétanisée. J'avale ma salive avec difficulté en me laissant retomber sur le dossier. À voir la tête de ma mère et de Walt, les nouvelles ne sont pas meilleures sur cette autre station…

— Et là, ils disent quoi ? demandé-je.

— Hum, fait maman, embarrassée. Ils…

Julia lui coupe alors la parole, le visage pâle et les yeux exorbités :

— Ils disent qu'Hollywood, Santa Barbara et San Diego sont menacées. Près de 9 000 pompiers sont au travail, mais ce n'est pas assez. Des renforts de l'Oregon, du Nevada et même du Canada sont attendus. Le situation est critique.

— Oh ! ! ! 😮

— Environ 700 maisons et bâtiments ont déjà été détruits et plus de 230 000 habitants sont évacués. Il y a au moins une personne morte dans l'incendie d'une résidence…

— Nous n'allons pas mourir ici, dis, m'man ? balbutié-je.

— Allons donc, certainement pas. Il n'y a pas de raison. Ça suffit, Julia ! *Please Walter, turn off the radio*[8]. Ça ne sert à rien de nous affoler. Julia, je crois que tu devrais téléphoner à ta mère avant qu'elle ne s'inquiète.

— J'ai essayé tout à l'heure, mais elle ne répond pas, fait la jeune fille d'une voix à peine audible.

8. S'il vous plaît, Walter, fermez la radio.

J'ai laissé un message. Elle n'a pas l'air de s'inquiéter du tout...

Elle baisse tristement la tête.

— Je suis certaine qu'il y a une bonne raison à son silence, affirme maman. Elle est sans doute très occupée et ignore totalement ce qui se passe ici. Elle te pense sûrement en sécurité à la maison. C'est sans doute mieux comme cela. Tu réessaieras plus tard.

— Il ne peut rien t'arriver de mal pendant que tu es avec nous ! dis-je avec un sourire se voulant aussi courageux qu'encourageant. On s'occupe de toi. Tu en riras avec elle lorsque nous serons toutes trois rentrées et que ces événements seront derrière nous.

— Tu crois ? fait Julia, l'air pas du tout convaincue.

— Et si nous nous racontions des histoires pour passer le temps ? suggère maman.

— Bonne idée ! m'exclamé-je. Tu veux bien continuer l'histoire du cinéma à Hollywood que tu as commencée hier soir ?

Elle aime bien raconter des histoires, ma mère ! ☺

— Je, je veux bien l'entendre aussi, bafouille Julia.

— Si ça peut vous faire plaisir !

La tête sur son épaule, je ferme les yeux. Je ne veux plus penser à cet incendie de forêt ni à la tournure étrange que prend ce voyage. Je ne veux qu'entendre la suite de l'histoire du cinéma…

19 H 15

— On dit du cinéma américain qu'il a profondément contribué à l'idée que nous nous faisons du septième art. Et quand on pense cinéma américain, on pense aussi au cinéma d'animation !

— Comme celui de Disney ? demande Julia.

— Exactement.

Maman sourit à la jeune fille avant de poursuivre :

— Mais peu de gens savent que les premiers dessins animés de l'histoire du cinéma étaient l'œuvre des Français.

— C'est vrai ?

— Eh oui ! Par exemple, c'est Émile Cohl qui a créé le premier film d'animation projeté en public, en 1908.

— Malade ! m'exclamé-je.

— Et c'est en 1928 qu'est née la plus célèbre créature du cinéma d'animation du monde entier. Vous avez une idée de qui il s'agit ?

— Euh, Bugs Bunny ? propose Julia.

— Tu brûles, ma belle, mais Bugs Bunny n'a été imaginé qu'en 1940.

— Le Grand Schtroumpf ?

Elle secoue la tête.

— Les Schtroumpfs ont été créés en 1958.

— On donne notre langue au chat, rétorqué-je, dépitée.

— C'est Mickey Mouse, connu aussi sous le nom de souris Miquette !

— Oh ! Son créateur était un Français aussi ? interroge mon amie.

— Non, il s'agit d'un Américain cette fois, Walter Elias Disney. Il a fondé la Walt Disney Company en 1923 et le personnage de Mickey est apparu pour la première fois en 1928 dans un petit film dont le titre était *L'avion fou*.

— Ça fait si longtemps ! Il doit être hyper vieux ! commenté-je.

Elle éclate de rire.

— Il est décédé en 1966, mais cet homme avait une telle créativité que ses œuvres lui ont survécu, même s'il n'était pas lui-même un grand dessinateur. C'est surtout ça qui est impressionnant. En 1932, c'est-à-dire quatre ans seulement après sa création, Mickey Mouse était le personnage de dessin animé le plus populaire au monde. Une véritable star internationale !

— Wow ! m'extasié-je. Vraiment ?

— Oui. À un point tel que de nombreux autres studios se sont mis à créer des personnages de petites souris pour imiter la création de Walt Disney.

— Oh ! C'est affreux ! 😕

— Ouain, le plagiat, c'est vraiment pas beau, acquiesce-t-elle en grimaçant. Quoi qu'il en soit, Disney a reçu le premier Oscar du meilleur court métrage d'animation, en 1932.

— Un Oscar ! s'écrie Julia, j'en rêve tellement.

— Je te le souhaite de tout cœur, ma puce. C'est un honneur immense. En ce qui concerne Walt Disney, c'est cependant l'adaptation cinématographique du conte des frères Grimm, *Blanche-Neige et les sept nains,* premier long métrage animé de langue anglaise projeté dans le monde entier, qui a fait de lui une célébrité, en 1937. Malgré les défauts que l'on peut lui reprocher aujourd'hui, ce film a été le plus important succès du cinéma jusqu'à la sortie d'un autre film très célèbre, *Autant en emporte le vent*. Après, les succès se sont enchaînés. Il y a eu *Pinocchio, Fantasia, Bambi, Dumbo, Alice au pays des merveilles, Peter Pan, Les 101 dalmatiens* et blablabla, blabla, bla…

Mes paupières se font si lourdes tout à coup que les paroles de ma mère s'embrouillent dans mon esprit. La journée a été très longue et les émotions tellement fortes… Je suis éreintée ! Un coup d'œil en direction de ma nouvelle amie me confirme qu'elle a autant de mal que moi à garder les yeux ouverts. Je… je crois que je vais les fermer… rien qu'une minute.

— ZZZZ, zzzz, zz…

— Zzz…

20 H 30

J'ai dû m'endormir pour de bon sans m'en rendre compte parce que je me réveille en sursaut lorsque trois petits coups sont frappés à la fenêtre avant de la voiture. Walt fait descendre la vitre et un policier armé d'une lampe de poche éclaire nos visages, me faisant cligner des yeux. Une demi-douzaine de petits avions et autant d'hélicoptères survolent nos têtes en faisant un bruit infernal. Maman et Julia ont l'air aussi ahuries que moi. Le policier s'adresse à Walt d'une voix calme. Notre chauffeur semble à la fois soulagé, mécontent et… inquiet. Il jure entre ses dents en remontant la vitre électrique, puis commence à rassembler quelques affaires.

— Que se passe-t-il ? m'informé-je.

— Bonne nouvelle… dit maman avec une voix un peu hésitante. Ce gentil policier nous demande de descendre de voiture pour le suivre. On va nous guider jusqu'à une route secondaire à quelques kilomètres d'ici où attendent des bus qui nous emmèneront soit vers des refuges, soit à la maison.

— Pourquoi des refuges ? questionne Julia.

— Apparemment, des refuges temporaires ont été ouverts à l'intention des personnes habitant les secteurs évacués.

— Il faut s'en aller à pied ? C'est une blague ? m'écrié-je. Il n'en est pas question. Oh ! m'maann, je suis si fatiguéééé ! Ça va être loin, sûrement. Je n'en peux plus. Pourquoi ne vient-on pas nous chercher en hélicoptère ?

— Oh ! Tais-toi et descends, intervient Julia. Ce n'est pas le moment de faire la bébé, je te jure.

Je me rebelle sans prendre le temps de réfléchir :

— Eh, toi ! Commence donc par rappeler ta propre mère et laisser la mienne tranquille avant de me faire la leçon.

— Juliette ! s'écrie maman. Comment peux-tu être aussi cruelle ? Ça ne te ressemble tellement pas.

Je… Oh ! Grrr… Elle a raison, mais… La vérité, c'est que tout le monde est à bout de nerfs dans cette voiture. Nous sommes coincés ici comme des rats depuis des heures !

Elle se tourne vers ma compagne et la reprend elle aussi.

— Quant à toi, Julia, rappelle-toi que Juliette a treize ans, pas dix-sept, comme toi. J'exige que vous vous fassiez des excuses toutes les deux.

Julia fond en larmes.

— Pardon, madame Bérubé, je ne voulais pas. Oh Juliette ! je m'excuse d'avoir été impatient avec toi.

En voyant des larmes couler sur les joues de Julia, je suis prise de remords. ☹ Maman a raison, ça ne me ressemble pas d'être si égoïste !

— Excuse-moi, Julia, je ne sais pas ce qui m'a pris !

— Ne t'excuse pas...

Nous nous faisons un gros câlin avant de descendre de voiture. Vivement qu'on sorte de ce brasier !

20 H 45

En mettant le pied dehors, nous réalisons à quel point notre situation est critique. L'air est presque irrespirable tellement la fumée a envahi l'atmosphère. Les flammes que nous apercevions au loin, il y a une heure à peine, sont maintenant beaucoup plus proches. Je suis sidérée en

constatant que le ciel et la terre se confondent à l'horizon en un seul et infranchissable rideau de feu. Plus rien n'existe que cette couleur rouge sang qui cherche à s'étendre de tous les côtés. Une véritable scène d'apocalypse. L'enfer est à nos portes ! Il faut s'en aller d'ici au plus vite ! *Now !*

Walt ouvre le chemin. Nous partons dans la direction indiquée par les policiers, c'est-à-dire vers l'est. Plusieurs personnes ont commencé par refuser d'abandonner leur véhicule avant de se rendre aux arguments des agents. C'est fou d'aimer une voiture à ce point !

Fermant la marche, maman nous recommande de mettre nos serviettes de bain sur nos têtes et de nous couvrir le nez et la bouche pour éviter d'avaler de la fumée et de tousser. Rien n'y fait, je tousse quand même. Serrée contre Julia, je tente de ne penser à rien d'autre qu'à avancer sans chercher à imaginer ce qui pourrait nous arriver. Nous trébuchons de fatigue. Ma mère rappelle Radio-Canada et décrit ce qui se passe à un technicien qui enregistre ses propos dans le but de les diffuser lors du prochain bulletin de nouvelles. Je pense à Gino et à Gina. Que vont-ils imaginer ?

21 H

Se retournant sans cesse, Julia semble fascinée par ce que fait maman. Moi, je me dis que nous devons réellement être dans le pétrin pour que Radio-Canada s'intéresse autant à ce qu'elle raconte. Il n'y a pas à dire, notre aventure commence à ressembler de plus en plus à une séquence de film catastrophe à la sauce Hollywood... L'ironie de la situation me ferait sourire si je n'étais pas si inquiète.

Avec les autres, nous formons une très longue file de gens aussi fatigués qu'effrayés. Plusieurs enfants pleurent dans les bras de leurs parents. Les personnes âgées doivent s'arrêter fréquemment pour reprendre leur souffle. Un pompier distribue aux plus jeunes des masques semblables à ceux qu'utilise le personnel médical dans les hôpitaux. Julia et moi en recevons un. Ça permet d'avaler un peu moins de fumée, mais ça ne m'empêche pas de continuer à tousser.

— Keuf, keuf, keuf, fait Julia.

— Keuf, keuf, fait maman.

— Keuf, keuf, keuf, keuf, keuf, fais-je, tandis que Walt reste silencieux comme s'il se faisait un devoir de rester à la hauteur de son rôle de chauffeur-protecteur.

Les talons hauts de Julia ne sont vraiment pas ce qu'il y a de plus approprié pour une longue marche. Elle trébuche plus d'une fois avant de finalement perdre l'équilibre et tomber.

— Aïe ! crie-t-elle en se tenant la cheville et en grimaçant de douleur.

— Tu t'es fait mal ? demandé-je platement, en m'accroupissant à côté d'elle.

— Pas trop. Je ne veux pas vous retarder, je peux me relever, affirme-t-elle courageusement en tentant de se remettre debout.

— Attends, je vais t'aider, dit maman.

— Aïe !

Lorsqu'elle repose le pied sur le sol, la douleur tord son visage. Pas question de continuer avec ces chaussures. Par contre, pieds nus, les broussailles sèches risquent de lui déchiqueter la plante des pieds en moins de deux. Comprenant la situation, une dame qui marchait derrière nous sort une paire de pantoufles de son sac et nous les tend. Mon amie les accepte avec reconnaissance. Pichous aux pieds, démaquillée et ébouriffée, elle est à mille lieues de l'image de la starlette sophistiquée qu'elle projetait encore ce matin. Elle n'en est pas moins belle. Je me demande comment elle fait !

21 H 30

Julia ne se plaint pas, mais elle boite de plus en plus et je vois bien qu'elle souffre. J'espère qu'elle ne s'est pas fait une entorse. Mon bras autour de sa taille et le sien autour de mon cou, je fais de mon mieux pour la soutenir. Ouf ! Allez, on va y arriver…

Après presque une heure de marche à travers de méchantes broussailles qui égratignent nos jambes, une mauvaise surprise nous attend. Un des policiers nous ordonne de nous arrêter. Il semble y avoir un problème. Un murmure parcourt la file et se propage jusqu'à nous. Je ne distingue qu'un mot : *fire*.

— Que se passe-t-il, encore ! grogné-je.

— Le feu nous coupe le chemin, répond maman avec une pointe de découragement dans la voix.

Contre toute attente, mon amie craque pour de bon.

— *OMG !* C'est pas vrai ! ! ! Qu'allons-nous devenir, dit-elle en éclatant en sanglots. Je n'en peux plus… Je veux ma mèèère !

Je la serre plus fort contre moi.

— Ça va aller. Nous sommes ensemble, mon amie, nous sommes fortes, nous sommes capables, murmuré-je à son oreille. Tu n'es pas seule. Je suis là, avec toi.

21 H 35

Toujours en file indienne, nous reprenons la marche en serrant les dents, cette fois-ci en longeant l'autoroute vers le sud. Plus la soirée avance, plus les gens se taisent. Plus personne n'a rien à dire, le moral étant au plus bas. Cette journée interminable me fait réfléchir. Alors que la fatigue me plonge dans une sorte d'état second, c'est comme si je méditais en marchant. Je me réjouissais tellement de connaître enfin Hollywood ! Je ne regrette rien parce que j'ai vu des choses formidables, ça c'est sûr : j'ai visité des studios de cinéma, j'ai marché sur la Promenade des célébrités et j'ai enfin pu admirer les lettres mythiques sur la colline au milieu de Griffith Park, en plus d'avoir vu la jetée de Santa Monica et Venice Beach. Mais ce qui rendra ce voyage inoubliable, c'est ma rencontre inattendue avec Julia. J'imaginais la vie d'actrice, en particulier à Hollywood, tout autrement. Je croyais que tous les acteurs passaient leur temps à aller d'une fête à l'autre en buvant des cocktails avec des célébrités au charisme extraordinaire. Vue de l'extérieur, cette vie semble si facile ! Je réalise à quel point cette vision est surfaite, presque ridicule. La réalité est souvent bien loin du rêve et ma vie à Québec, même si elle n'est pas sans défauts, me semble tout à coup aussi intéressante et enrichissante que celle de mon amie. Notre première rencontre, à la boutique, il y a deux jours, est à des années-lumière.

22 H

Nous sommes tellement épuisés que nous réagissons à peine lorsque nous passons à côté des premiers bâtiments détruits par l'incendie. Une extrême désolation règne par ici ! Des carcasses de voitures calcinées côtoient d'immenses maisons, autrefois certainement des palaces, dont le toit s'est effondré, mangé par les flammes. Une écœurante odeur de brûlé recouvre le tout. Pourvu que personne n'ait perdu la vie ! pensé-je.

Ces ruines fumantes nous font comprendre que nous approchons d'une zone où les pompiers ont réussi à faire reculer, au moins un tout petit peu, l'horrible monstre.

22 H 35

Au détour d'une butte, nous voyons enfin la route secondaire ! Je voudrais hurler de joie et de soulagement, mais pas un son ne sort de ma bouche. Les autobus sont làààà ! Tendant couvertures et bouteilles d'eau, de gentilles personnes nous attendent pour nous aider. La répartition des passagers se fait en fonction de leur destination. Il s'agit de déterminer si nous devons monter à bord d'un bus qui emmène les gens vers un refuge ou si nous pouvons rentrer chez nous. Mon cœur se serre à l'idée qu'Hollywood Boulevard puisse avoir été rasé par l'incendie. Heureusement, on nous annonce qu'il n'en est rien ! Yahoooou !

Fidèle à lui-même, Walt dit qu'il viendra nous prendre comme prévu demain matin pour nous amener à l'aéroport. Les efforts qu'il fait pour demeurer professionnel sont presque comiques. Sa casquette est un peu de travers, son costume est froissé et il a de la suie sur le visage. Seul indice que notre terrible aventure nous a quand même un peu rapprochés : il m'embrasse sur le front avant de nous quitter.

L'air hébété, Julia ne semble plus trop savoir où elle en est. Maman la guide fermement vers une banquette. Nous allons enfin retrouver le confort de notre appartement ! J'ose à peine y croire. J'avale le contenu de la bouteille qu'on m'a offerte avec une gratitude infinie.

23 H

Maman et moi avons le cœur serré quand, une fois le bus arrêté devant la porte de son immeuble, nous devons faire nos adieux à notre amie.

— Ça a été un bonheur de faire ta connaissance, lui dit maman en la serrant dans ses bras et en lui faisant la bise. Nous ne t'oublierons jamais ! Fais bien attention à toi, Julia, et appelle tout de suite ta mère, d'accord ?

— Oui… madame… Marianne.

— C'est trop moche de devoir nous séparer.

Dans les bras l'une de l'autre, nous sanglotons comme deux sœurs siamoises qu'on essaierait de séparer.

— Tu m'écriras ? demande-t-elle en reniflant.

— Bien sûr que je t'écrirai !

— Promets-le-moi !

— Je te le promets.

À cause du peu de temps écoulé depuis que nous nous connaissons, ma réaction me surprend moi-même… Je ne sais pas trop comment l'expliquer, mais j'ai l'impression que Julia est un peu mon double et que notre relation est comme une sorte de miroir. Elle me renvoie l'image de celle que je serai à dix-sept ans. (Tu me comprends ?)

23 H 40

De retour à l'appart'hôtel, après un léger souper, il faut encore faire nos bagages. Je me sens si triste tout à coup ! ☹ Ma valise bouclée, je vais rejoindre maman dans sa chambre. Elle regarde le bulletin de nouvelles, assise dans son lit.

— Tu veux dormir avec moi, pitchounette ?

— J'aimerais bien, oui.

— Tu as tenté de joindre Gino et Gina ?

J'hésite avant de répondre.

— Je, je n'en ai pas très envie. Je préfère attendre demain soir pour tout leur raconter.

Elle m'ouvre les bras.

— Viens là !

— Oh maman ! Je n'arrête pas de m'inquiéter de ce qui va arriver à Julia...

— Pareil pour moi. J'ai beaucoup de mal à accepter de devoir la laisser seule.

23 H 45

Des émissions spéciales sont diffusées sur presque toutes les chaînes. Malgré la fatigue de la journée, nous n'avons pas sommeil. Il faut dire que les images sont absolument terrifiantes ! 😨 En particulier celles qui montrent des pompiers à l'allure minuscule faisant face à cet immense brasier avec leurs petites lances.

— Pauvres hommes, je n'ose imaginer le degré de chaleur qu'ils doivent endurer, compatit maman.

« *California fires enter the heart of Los Angeles and Hollywood is now threatened. It's predicted to be a very difficult night*[9]. »

---

9. Les feux ont atteint le cœur de Los Angeles et Hollywood est maintenant menacé. Il faut s'attendre à ce que la nuit soit très difficile.

— Tu crois que nous pourrons rentrer comme prévu, m'man ?

— Je l'espère, mais j'avoue que je n'en sais rien. Il va falloir essayer de dormir un peu. Nous en saurons plus demain matin, c'est certain. Walter nous appellera si quelque chose ne va pas.

Des coups à notre porte d'entrée viennent l'interrompre.

— Qui c'est ? fais-je, inquiète.

— Je vais voir, ne bouge pas d'ici.

Je tends l'oreille, un brin anxieuse, mais une voix familière fait bondir mon cœur de joie.

— Êtes-vous certaine que je ne vous dérange pas, Marianne ? J'ai trop peur toute seule à la maison ! Vous avez entendu ce qu'ils ont dit à la télé ? J'ai encore appelé ma mère, mais elle ne répond toujours pas. Je suis inquiet…

— Julia ! C'est bien toi ? m'écrié-je en m'élançant dans le couloir.

— Allez, ne reste pas là, entre, Julia, fait maman. Tu as mangé ? Tu as faim ? Tu es plus que bienvenue si tu veux passer la nuit ici. Juliette et moi sommes très heureuses que tu aies eu l'idée de venir nous rejoindre !

— Hourra ! ! !

Jeudi 15 novembre

MINUIT

Même après avoir éteint la télé, nous sommes trop fébriles pour arriver à fermer l'œil. Confortablement installées dans le lit *king size* de la chambre de ma mère, nous bavardons comme des pies. Maman a prêté un de ses grands t-shirts à Julia. Ça me fait tout drôle. J'avoue que l'idée d'avoir une grande sœur avec qui partager ma mère ne me déplaît pas, finalement.

— Il va falloir dormir, les filles… Nous devrons nous lever tôt demain matin.

— Tu ne voudrais pas nous raconter une histoire ? demandé-je. Ça nous aiderait peut-être.

— Je doute que mes histoires intéressent Julia, Juliettounette.

— Au contraire ! Ça me plairait bien. Vous pourriez continuer celle que vous aviez commencée dans la voiture de Walt ?

— Je ne me souviens plus, répond maman en fronçant les sourcils.

— Tu sais, l'histoire du cinéma hollywoodien ? Tu t'es arrêtée à Walt Disney.

— Ah oui, en effet.

— Il s'est passé quoi après ? demande Julia.

— Eh bien, vous avez envie que je vous parle du cinéma de ma jeunesse, peut-être ?

— Ouiii !

— Vous êtes née en quelle année ?

— En 1971, fait ma mère, en rougissant.

— Comme ma maman ! confie Julia.

0 H 05

— On dit des années 1970 qu'elles correspondent aux débuts de ce qu'on appelle l'ère des *blockbusters* à la sauce Hollywood.

— Hein ? Des blocs quoi ? Qu'est-ce que ça veut dire ? demandé-je.

— En gros, les studios ont commencé à faire des films destinés à plaire au plus large public possible, à les distribuer à une très grande échelle et à empocher des profits inimaginables. Des films d'action, d'aventures, de superhéros ou de science-fiction, par exemple, à très gros budget et avec des effets spéciaux capables de séduire non seulement les ados, mais aussi leurs parents.

—Ah bon! Mais quelle différence d'avec les années d'avant?

—Dans les années 1940, 1950 et 1960, le cinéma s'était spécialisé par genres. Il y a eu l'âge d'or des comédies musicales, celui des films noirs, des drames psychologiques, des sagas historiques, des films d'horreur, etc. Seul Disney s'adressait aux enfants, mais les parents ne prenaient pas autant de plaisir à regarder ses films que leurs petits. Des titres comme *Les dents de la mer, Superman, La guerre des étoiles, E.T. l'extraterrestre* ou *S.O.S. Fantômes* sont les meilleurs exemples qui me viennent à l'esprit pour décrire les premiers *blockbusters*. Ces longs métrages ont été parmi les premiers à rapporter aux studios non pas des millions, mais des centaines de millions de dollars, entre autres parce qu'ils ont attiré un public de tous les âges et de tous les milieux.

—Wow!

—C'est avec ce genre de films que Steven Spielberg s'est fait connaître, non? intervient Julia.

—Absolument. Surnommé *"The Entertainment King"*, ou "le roi du divertissement", Steven Spielberg s'est d'abord rendu célèbre grâce au succès des *Dents de la mer,* qu'il a réalisé en 1975, puis avec

Les aventuriers de l'Arche perdue, le premier épisode de la saga mettant en vedette le personnage d'Indiana Jones, *E.T. l'extraterrestre*, en 1982, et enfin *Les aventures de Tintin: Le secret de la Licorne* en 3D ou *Retour vers le futur, Gremlins* et *Le parc jurassique*, qu'il a produits.

— Il doit être rudement riche, ce Steven Spielberg ! m'exclamé-je. Est-il mignon aussi ?

Julia et ma mère éclatent de rire. (Ben quoi ? 😮)

— Très riche, oui, répond maman.

— Mais pas vraiment mignon, affirme Julia. Il a plus de 70 ans, tu sais…

— Moi, je le trouve encore très séduisant, la contredit maman. Selon certaines sources, *E.T. l'extraterrestre* s'est trouvé en tête du box-office pendant onze années d'affilée avant d'être finalement détrôné par *Le parc jurassique*.

— Et dire que je n'ai même pas vu ce *E.T. !*

— Il faut absolument que tu le voies ! s'indigne Julia. C'est une chef-d'œuvre absolu !

— Ça raconte quoi ?

— C'est l'histoire d'une groupe d'enfants des environs de Los Angeles qui recueillent chez eux une petit extraterrestre, seul et apeuré. Ils tentent de l'aider à retourner auprès des siens. Les jeunes acteurs sont si bons que je pleure chaque fois que je le regarde, confie mon amie.

0 H 30

Maman et Julia se sont endormies. J'essaie de me concentrer sur le calme de leur respiration. Au loin, le bruit des sirènes me rappelle que le feu continue probablement de se frayer un chemin vers nous. Peut-être apprendrons-nous que l'aéroport est fermé demain matin…

7 H 30

C'est le soleil caressant ma joue qui me réveille. Ouvrant les yeux, je constate que ma mère et Julia sont déjà levées. Je saute en bas du lit pour aller les rejoindre.

Maman est dans la cuisine en train de préparer le petit-déjeuner. Ça sent le départ…

— Où est passée Julia ?

— Elle devait aller chercher un truc chez elle et a décidé d'en profiter pour vérifier si sa mère n'avait pas essayé de la joindre hier soir sur son téléphone fixe. Je l'ai invitée à revenir prendre le petit-déjeuner avec nous.

— Cool !

La télé de la cuisine est allumée et les images sont désolantes.

— Que disent-ils ?

— Plus de quarante personnes sont décédées et dix mille bâtiments ont été ravagés, me résume-t-elle tristement. Des milliers de personnes n'ont plus de toit. La bonne nouvelle, c'est que les pompiers progressent depuis ce matin. Et le vent se calme.

— Et l'aéroport ?

— Il est ouvert et les vols sont à l'heure.

Je suis presque déçue… Il me tarde de retrouver ma vie, mes amis, mon école, mais l'idée de laisser Julia me chagrine par-dessus tout. Sur le comptoir, j'aperçois le journal intime que nous avons trouvé dans le couloir le jour de notre arrivée. En fin de compte, nous n'avons pas réussi à le remettre à son propriétaire. Décidément, rien dans ce voyage ne s'est déroulé comme nous l'avions prévu.

8 H 30

Après deux coups frappés à notre porte, Julia fait irruption dans l'appartement. À la main, elle tient un petit sac de papier.

— Alors ? demande maman.

— J'ai finalement pu joindre ma mère !

— Pourquoi est-ce qu'elle ne répondait pas ? demandé-je.

— Elle et Bob, son mari, étaient en mer avec des amis, et il n'y avait pas de réseau sur la yacht pour son *cell phone*. Comme ils ne partaient que deux jours, elle n'avait pas pensé à me prévenir. Jusqu'à ce matin, elle ne savait pas ce qui se passait ! Elle était bouleversée quand je l'ai eue au téléphone… Elle me manque tant depuis hier !

— Je te comprends !

Moi, je ne me passerais pas de ma mère. Bien qu'elle m'énerve parfois, je l'aime plus que tout. Elle est à la fois mon pôle Nord et mon pôle Sud, si tu vois ce que je veux dire. ☺

— Tiens, poursuit Julia en me tendant le sac de papier en rougissant. C'est pour toi.

— Pour moi ? Mais qu'est-ce que c'est ?

J'ouvre fébrilement le sac pour y découvrir le DVD de l'édition souvenir de *E.T. l'extraterrestre*. Yahooou !

— Un petit souvenir d'Hollywood. Pour que tu ne m'oublies pas.

— Tu es tellement gentille, jamais je ne t'oublierai, la remercié-je en lui faisant un câlin.

Sous le coup d'une impulsion, je retire de mon poignet un des bracelets dont je ne me sépare jamais.

— Et ça c'est pour toi.

— Oh ! Tu es sûre ?

— Certaine. C'est pour que tu ne m'oublies pas non plus.

— Vous avez faim, les filles ? s'enquiert maman, la larme à l'œil. Allez, venez prendre votre petit-déjeuner.

— Nous sommes affamées ! répondons-nous en chœur.

9 H

Alors qu'elle dévore son sandwich œuf-bacon-laitue-tomate-avocat-pomme-fromage, le regard de Julia s'arrête sur le journal posé sur le comptoir. Puis, la voilà qui s'étouffe avec sa bouchée !

— Keuf ! Keuf, keuf, keuf, keuf, keuf !

Je lui donne de grandes tapes dans le dos tandis qu'elle se penche vers l'avant.

— Mais qu'est-ce qui t'arrive ?

Elle reprend son souffle et, pointant le journal du doigt, elle demande :

— Qu'est-ce que ça fait là ?

— Le journal ? s'étonne maman.

— Nous l'avons trouvé par terre dans le couloir le jour de notre arrivée, réponds-je. Pourquoi ?

— Il... il est à moi, dévoile timidement Julia.

— Quoi ?

9 H 05

Je suis bouche bée ! Julia, l'auteure du journal ?! L'information fait lentement son chemin dans mon esprit. Bien entendu ! Toute cette souffrance exprimée au fil des pages, ce malaise et ce manque de confiance en soi, c'est tout à fait Julia. La pauvre ! ☹ Tout ce temps, nous avions sous les yeux la réponse à notre énigme et, pourtant, nous n'avons jamais soupçonné qu'il pouvait s'agir de notre belle amie.

Maman est si abasourdie qu'elle semble s'être transformée en statue de sel, la bouche ouverte et les yeux écarquillés.

— Vous l'avez lu ? demande la jeune fille en se levant pour le récupérer.

— Euh ! Non, non, pas vraiment, ment maman.

— En fait, nous n'avons lu que la première page, précisé-je. Nous cherchions le nom du propriétaire, tu comprends ? Mais il n'y avait pas le moindre indice...

Je suis terriblement mal à l'aise.

— Pourquoi l'avoir gardé, alors ?

— En fait, je... nous... Nous avons pensé que nous n'avions pas le droit de le jeter, commence maman.

— Nous l'avons conservé en espérant que quelqu'un finirait par se manifester, complété-je.

— Que veux-tu dire ?

— Eh bien, comme il avait été perdu pendant les auditions de lundi dernier, nous avons cru que... Oh, Julia ! Je suis désolée, mais ne sois pas fâchée, je te jure que tu n'as pas à avoir peur d'être jugée !

Elle baisse la tête, semblant réfléchir. Lorsqu'elle la relève, un sourire orne son beau visage.

— J'ai beaucoup de chance que ce soit vous qui l'ayez trouvé, fait-elle avec sincérité. Et j'ai une annonce à vous faire.

— Ah bon !

— J'ai décidé de quitter mon appartement et d'aller retrouver ma mère en Floride ! Elle me l'a demandé tout à l'heure et j'ai accepté. Je m'ennuie trop d'elle...

— Mais, et ton rêve de devenir actrice ? m'étonné-je.

— On lui a offert un rôle principal dans un série télévisée tournée là-bas. Elle dit que l'équipe est vraiment très gentil et qu'il y aura peut-être une petit rôle pour moi. Et cela ne m'empêche pas de revenir un jour...

— Julia, ma chérie, je suis tellement heureuse pour toi ! Bien sûr que tu pourras revenir quand tu te sentiras plus forte et plus sûre de toi ! déclare maman en la serrant contre elle.

— Moi aussi, je suis contente pour toi ! lancé-je, en essayant d'encercler à la fois ma mère et mon amie de mes bras.

— Vous viendrez peut-être me voir un jour à Miami ?

— Pourquoi pas ? Quelle bonne idée ! fait maman.

(Un *Juliette à Miami*, ça te dirait, toi ? ☺)

9 H 45

Voyager, c'est faire des rencontres aussi fantastiques qu'enrichissantes, mais c'est aussi devoir faire des adieux déchirants beaucoup trop souvent à mon goût. ☹ Après avoir déposé notre amie chez elle, nous continuons notre chemin avec Walt vers l'aéroport. Perdue dans mes pensées, je médite sur les événements des derniers jours.

— Dis, m'man…

— Oui, pitchounette ?

— Cette histoire de dictature de la beauté pour les femmes va durer encore longtemps ?

— Que veux-tu dire, ma puce ?

— Tu sais très bien de quoi je parle ! Les hommes n'ont pas toujours à être beaux pour devenir célèbres. On les juge sur leur prestance et leur talent. Je ne suis pas certaine qu'on puisse en dire autant des femmes. Marilyn Monroe… elle a dû se teindre les cheveux en blond platine pour être célèbre, non ? Et si ça se trouve, elle n'a peut-être jamais pu prétendre au même salaire que les hommes. C'est tellement déprimant quand on y pense…

— Tu as sans doute raison, ma puce, mais les temps changent, crois-moi. Il ne faut pas désespérer. Le monde de demain appartient aux jeunes de ta génération !

— Oh !

Je réfléchis encore un moment puis :

— Dis, m'man…

— Oui, choupinette ?

— Tu crois que je serai aussi belle et exceptionnelle que Gal Gadot un jour ?

— Crois-moi, tu es déjà au moins aussi belle, magnifique, admirable, adorable, aimable, charmante et exceptionnelle que toutes les Gal Gadot de l'univers entier, et de plus loin encore !

Sur les pas de Juliette

Hollywood ! Ce mot presque magique évoque le cinéma, les stars, le glamour, la gloire et la fortune, bien qu'il ne désigne en réalité qu'un quartier au nord-ouest de la « cité des anges[1] », c'est-à-dire la ville de Los Angeles, en Californie, située à près de 650 km au sud de San Francisco. Je ne te cache pas que je rêvais d'explorer cet endroit en long et en large depuis longtemps ! Depuis que je sais que c'est là-bas qu'ont été tournés la plupart de mes films préférés et qu'habitent presque tous mes acteurs fétiches, en fait. Et toi ?

La majorité des studios de tournage sont maintenant dispersés dans les banlieues environnantes, mais le montage, les effets visuels et la postproduction se font toujours à Hollywood, et c'est là que se trouvent les sièges sociaux des compagnies les plus connues. C'est dans ce quartier que sont nés Leonardo DiCaprio, la vedette du film *Titanic*, Willow Smith,

1. Les mots *Los Angeles* sont issus de l'espagnol et signifient « les anges ».

Kristen Stewart et Joseph Gordon-Levitt, et que vivent Reese Witherspoon et Jim Carrey et, rien que pour ça, ça valait la peine de nous déplacer pour risquer le coup de les croiser ! Non ? ☺

Trois millions de personnes habitent Los Angeles, dont plus de 210 500 à Hollywood. C'est beaucoup de monde ! Pour t'y retrouver et en savoir plus sur son histoire, ses principaux lieux d'intérêt et ses plages, suis-moi de près !

ARRIVER À LOS ANGELES ET SE RENDRE À HOLLYWOOD

Il est probable que tu arrives en ville en passant par le Los Angeles International Airport, mieux connu sous son acronyme, LAX. Il s'agit du plus grand et du plus fréquenté aéroport de toute la Californie.

Il est situé à 32 km du centre de la ville, tout près des plages. ☺ De là, à moins qu'on ne vienne vous chercher, l'idéal sera de prendre un taxi vers votre lieu d'hébergement (environ 50 $ pour se rendre au centre). Une solution plus économique consiste à prendre une navette (*shuttle*).

Plusieurs compagnies offrent ce service. Des mini-fourgonnettes cueillent les passagers de tous les terminaux, toutes les trente minutes, pour les mener directement au centre de Los Angeles. À moins que vous ne soyez une famille de quatre personnes et plus, c'est la solution la plus économique. Enfin, vous pouvez aussi louer une voiture. Le mieux sera de vous renseigner et de faire votre choix avant votre départ.

MONNAIE

La monnaie américaine se nomme le dollar, eh oui, comme au Canada ! Tu ne l'ignorais sans doute pas, mais aux États-Unis, tous les billets de banque se ressemblent. Attention ! Hormis le billet de 100 $, ils sont tous verts et ne se distinguent que par le nombre indiquant leur valeur ainsi que par les portraits d'illustres personnages politiques imprimés sur leur côté face. Il faut donc être très attentif ! Le billet de 1 $ représente George Washington ; celui de 5 $, Abraham Lincoln ; celui de 10 $, Alexander Hamilton ; celui de 20 $, Andrew Jackson ; celui de 50 $, Ulysses Simpson Grant, et celui de 100 $, Benjamin Franklin. Il n'y a pas de pièces de 1 $ et de 2 $. La pièce de 1 ¢ a toujours cours, ainsi que celles de 5 ¢, de 10 ¢ et de 25 ¢.

SE DÉPLACER

Si la densité de l'infernale circulation de Los Angeles ne vous fait pas peur, la location d'une voiture est pratique pour visiter en famille tous les lieux d'intérêt de la région, y compris les studios de cinéma et les plages. Les distances sont grandes à Los Angeles !

BURBANK
Ventura FWY
Bel-Air
BEVERLY HILLS
Théâtre Dolby
Santa Monica FWY
Santa Monica Pier
Venice Beach
Aéroport international de Los Angeles

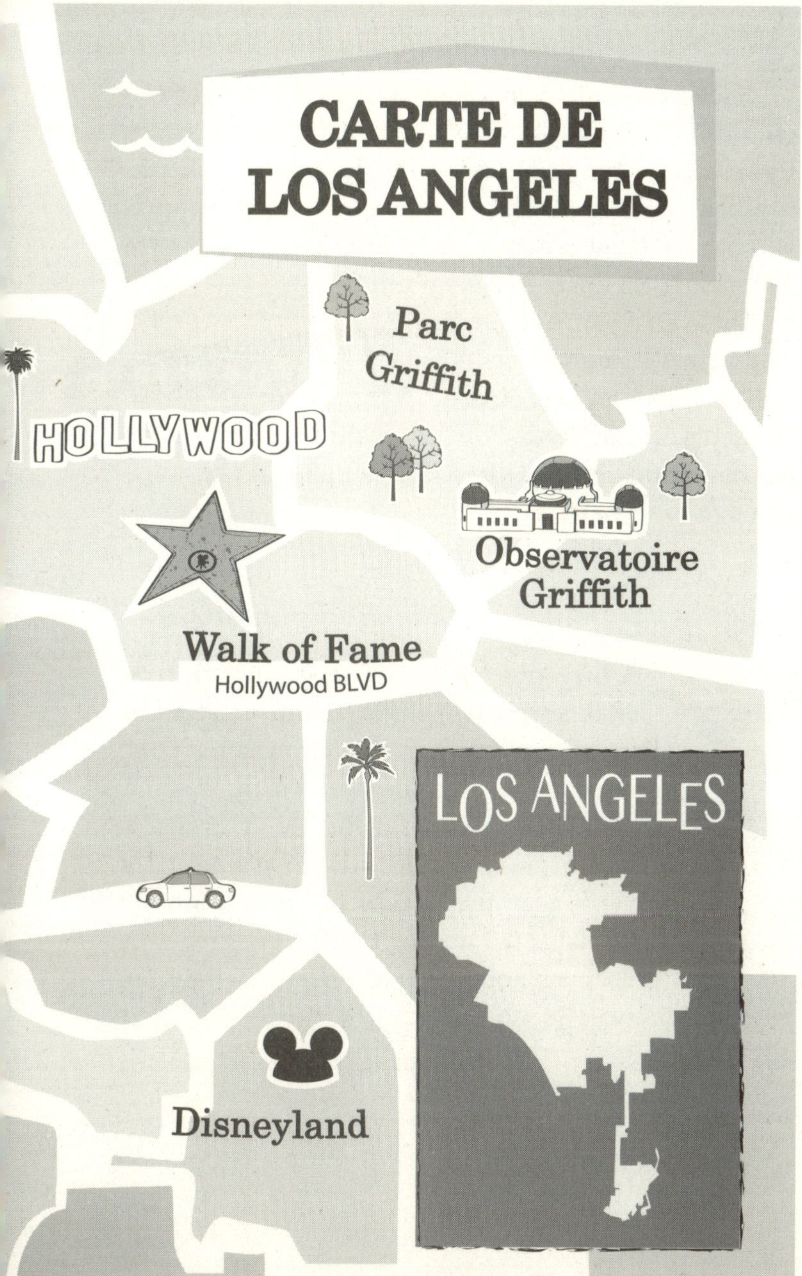
CARTE DE
LOS ANGELES
Parc
Griffith
HOLLYWOOD
Observatoire
Griffith
Walk of Fame
Hollywood BLVD
LOS ANGELES
Disneyland

Sache cependant que le système de transport en commun y est également bien organisé, avec des lignes de métro et de train, des bus et des navettes vers les lieux les plus prisés des touristes, y compris Burbank, Downtown L.A., Hollywood et Santa Monica. Il est aussi très économique.

La MTA (Metro Transit Authority) gère environ 200 lignes de bus et sept lignes de métro et train léger. Pour en savoir plus sur la carte de transport et planifier tes déplacements, tape https://www.metro.net/

CLIMAT

À Los Angeles, il fait beau toute l'année et il ne pleut que rarement. C'est d'ailleurs l'une des principales raisons pour lesquelles les grands studios de cinéma s'y sont installés au début du XXe siècle. En fait, la pluie tombe surtout pendant les mois d'hiver et le mercure oscille en général autour de 20 degrés Celsius (19 degrés Celsius en janvier et 20 degrés Celsius en août). Prépare donc tes bagages en conséquence ! ☺

VISITER

L'intérêt d'un séjour dans la cité des anges ne se limite évidemment pas uniquement à Hollywood ! Il y a beaucoup, beaucoup plus à voir. ☺ Voici mes coups de cœur !

Hollywood

Le nom « Hollywood » fait bien sûr référence à l'industrie du cinéma, mais il s'agit d'abord d'un quartier très célèbre de la ville de Los Angeles, traversé par une artère tout aussi connue, Hollywood Boulevard.

• LE WALK OF FAME

Le fameux Walk of Fame, c'est-à-dire la Promenade des célébrités, est un large trottoir bordant Hollywood Boulevard, principalement entre Gower Street et Brea Avenue, dans lequel sont encastrées des étoiles roses à cinq branches gravées du nom de plus de 2 600 célébrités du monde du cinéma, de la musique,

de la télévision ou de la radio. Charlie Chaplin, Marilyn Monroe et Michael Jackson y ont leur étoile, mais aussi Guy Laliberté (le fondateur du Cirque du Soleil), Céline Dion, Johnny Depp, Harry Potter, Daniel Radcliffe, Blanche-Neige, Shrek, et j'en passe ! Bien qu'elle soit agrémentée de gigantesques palmiers, la promenade n'est peut-être pas aussi glamour que dans nos rêves, mais elle demeure un incontournable absolu. Tu adoreras découvrir les étoiles de tes vedettes préférées sur plus d'un kilomètre !

http://www.walkoffame.com/

- **L'EGYPTIAN THEATRE**

À l'initiative de Sid Grauman, cette grandiose salle de cinéma, également située sur le Walk of Fame, a ouvert ses portes en 1922 et a été le lieu de nombreuses premières hollywoodiennes. Classé monument historique culturel, le cinéma était tombé en désuétude dans les années 1980, mais il a été rénové par la Cinémathèque américaine qui y présente désormais des classiques du cinéma d'une autre époque. Je n'ai pas eu la chance de voir l'intérieur. Essaie de le visiter pour moi, veux-tu ? À lui seul, l'édifice vaut le détour pour son architecture rappelant les splendeurs du pays des pharaons. J'ai adoré l'entrée !

6712 Hollywood Boulevard, Hollywood
http://www.americancinematheque.com/

- **LE CHINESE THEATRE**

Le Chinese Theatre a été inauguré quelques années après le cinéma à l'égyptienne, en 1927, et il a été créé à l'initiative du même homme d'affaires visionnaire, Sid Grauman. Il s'agit donc d'une autre célèbre salle de cinéma, elle aussi classée monument historique culturel, mais cette fois-ci, elle prend la forme d'une pagode chinoise. Malade ! On y présente dorénavant des films en format IMAX.

À l'extérieur, nombre de stars ont immortalisé leur passage en laissant leurs empreintes de mains et de pieds dans le ciment. Entre autres, j'ai pu voir celles de R2-D2, le robot de Star Wars. ☺

6925 Hollywood Boulevard, Hollywood
http://www.tclchinesetheatres.com

- **LE DOLBY THEATRE**

Anciennement appelé le Kodak Theatre, le Dolby est une prestigieuse salle de spectacle attenante à un centre commercial, le Hollywood and Highland Center. Il s'agit surtout du lieu officiel de la cérémonie des Oscars du cinéma depuis 2002, et c'est devant cet édifice qu'a lieu le défilé des stars portant smokings, robes de rêve et bijoux d'un luxe inouï sur le tapis rouge dans l'heure précédant la fameuse remise de prix.

6801 Hollywood Boulevard, Hollywood
http://www.dolbytheatre.com
http://www.oscar.com

• LE CAPITOL RECORDS BUILDING

Cette tour, construite en 1956 par la compagnie de disques Capitol, est célèbre et on la voit dans des tas de films parce qu'elle ressemble à une pile de disques surmontée d'une tête de lecture. Tu dois absolument voir ça ! Entre autres, Liam Payne, Katy Perry et Kylie Minogue enregistrent chez eux.

1750 Vine Street N, Hollywood

• GRIFFITH PARK

En plein cœur de la zone urbaine, le plus grand parc de Los Angeles se compose de 1 704 hectares de collines et de canyons, et de 80 km de sentiers de promenade. On y croise des promeneurs à pied, à vélo, en VTT, en train miniature et même à cheval. Il est l'un des dix plus grands parcs des États-Unis et une large partie a été conservée à l'état sauvage. Ça n'empêche pas d'y trouver un observatoire, des musées, un amphithéâtre grec (c'est-à-dire en plein air ☺), un zoo, un jardin botanique, un ranch (Sunset Ranch) et même le panneau « Hollywood » ! Autrement dit, c'est un incontournable et mieux vaut prévoir y passer la journée, minimum ! La Red Line du métro relie le parc à Hollywood, Downtown et Universal City. Pour préparer ta visite, tu peux taper cette adresse : https://www.laparks.org/griffith-park-information

• LE GRIFFITH OBSERVATORY

À l'intérieur de Griffith Park, un des nombreux chemins grimpe jusqu'au sommet du mont Hollywood, le point culminant du parc, à 495 mètres d'altitude. C'est là que se trouve le Griffith Observatory, le mythique planétarium que tu as peut-être vu dans plein de films dont l'action se déroule à Los Angeles. Le bâtiment est réputé pour sa beauté parce que sa construction date de la période Art Déco, un mouvement artistique en design et architecture qui a été fort populaire dans les années 1910 à 1920. Si les étoiles te passionnent, sache qu'on y propose des spectacles et des séances d'observation au télescope toute l'année. Tu pourras aussi tout simplement y jouir de la fabuleuse vue sur Los Angeles (la meilleure notamment au moment du coucher du soleil) et sur le panneau « Hollywood ». Le stationnement et l'entrée sont tous les deux gratuits. ☺

2800 E Observatory Rd, Griffith Park
http://griffithobservatory.org/

• LE PANNEAU « HOLLYWOOD »

À l'autre bout de Griffith Park, cet autre célèbre monument (sinon LE plus célèbre) est perché sur le versant sud du mont Lee. Érigée en 1923, la gigantesque installation visait à l'origine à promouvoir un projet immobilier, Hollywoodland. Les quatre dernières lettres du mot furent enlevées à la fin des années 1940. On peut l'observer à partir de Griffith Observatory, mais on peut aussi y monter à pied (si la randonnée ne te fait pas peur) ou à cheval, ce qui est bien plus amusant (excursions organisées par le Sunset Ranch: https://www.sunsetranchhollywood.com/) !

• JEAN-PAUL GETTY MUSEUM

Jean-Paul Getty était à la fois milliardaire et amoureux des arts. Collectionneur, en particulier d'art européen du XVIIe au XXe siècle, il voulait que le public puisse découvrir et admirer gratuitement la beauté des œuvres qu'il avait acquises. À sa mort, il a légué la majorité de sa fortune à une fondation qui poursuit aujourd'hui sur cette lancée. L'entrée à ce musée est donc gratuite. Quoi ? Tu n'aimes pas trop les musées ? Nombre de visiteurs passent plus de temps dans les jardins de celui-ci qu'à l'intérieur, tellement ils sont beaux. Haut perché sur les collines, le musée offre également une vue époustouflante sur la ville et l'océan.

Enfin, je ne crois pas que tes parents puissent rester insensibles à la possibilité d'admirer gratuitement des œuvres aussi célèbres que les *Iris* de Van Gogh, ou d'autres œuvres de Claude Monet, Paul Gauguin, Paul Cézanne ou bien Rembrandt, Van Dyck et Rubens. Tu m'en donneras des nouvelles !

1200 Getty Center Dr, Los Angeles
www.getty.edu

Downtown Los Angeles

Tes parents voudront probablement voir Downtown Los Angeles. C'est là que vous trouverez le Grand Central Market, un grand marché situé dans un magnifique édifice construit en 1905 dans le style Beaux-Arts ; le Grammy Museum, à l'intention des fous de musique ; la magnifique Union Station, une gare ferroviaire de style Art déco ; le Pueblo de Los Angeles, le quartier historique qui vous fera plonger dans les racines hispano-mexicaines de Los Angeles (il ne faut pas manquer les étals du marché d'Olvera Street) ; et le Chinatown, situé au nord d'El Pueblo, un quartier chinois traditionnel comme on en trouve aussi à San Francisco, à New York et à Montréal. Pour en savoir plus (et commencer à raffiner ton anglais), tape les adresses qui suivent :

www.grandcentralmarket.com
www.grammymuseum.org
www.elpueblo.lacity.org
www.chinatownla.com

Les plages

- **SANTA MONICA PIER ET SANTA MONICA BEACH**

À 24 km environ de Los Angeles, la ville côtière de Santa Monica, à saveur familiale, est plus que charmante. Tu peux t'y rendre en bus depuis le centre de L.A. Le secteur le plus animé est la Third Street Promenade, une rue piétonne bordée de boutiques. Au Santa Monica Pier, tu trouveras une jetée, bien sûr, mais aussi des jeux d'arcades, un carrousel ancien, une grande roue alimentée à l'énergie solaire et des montagnes russes. N'oublie pas ton maillot parce qu'il y a aussi 4 km de plage fréquentée par les familles.

www.santamonicapier.org

- **MALIBU**

Plus huppée et beaucoup plus vaste que Santa Monica, Malibu est située plus au nord et est accessible en voiture. On y trouve près de 43 km de côte, de magnifiques plages prisées des surfeurs professionnels, une multitude de petites criques isolées et un nombre inouï de villas ultra-luxueuses ! (On dit que Leonardo DiCaprio et Steven Spielberg y habitent. ☺)

• VENICE

Définitivement la plage préférée des bobos (bourgeois-bohèmes), des descendants des hippies, des branchés et... des amateurs de culturisme! Déambuler sur la promenade (officiellement appelée Ocean Front Walk) est déjà une expérience en soi. Tu risques d'y croiser une faune aussi variée qu'originale. On se croirait presque au carnaval! À ne pas manquer: Muscle Beach, fréquentée surtout par des adeptes de musculation un brin exhibitionnistes; Venice Beach Skate Park, une fabuleuse piste de planche à roulettes, et Graffiti Park, une portion de la promenade couverte de graffitis en tout genre. Malade!

www.musclebeach.net

Beverly Hills

Haut lieu de la richesse et du pouvoir à Los Angeles, Beverly Hills est clinquante et très chère. C'est ici, sur la cossue Rodeo Drive ou, à proximité, sur Beverly Drive et Canon Drive, que tu as le plus de chances de croiser tes stars préférées affublées de leurs lunettes de soleil et de leur minuscule chien caché au fond de leur sac à main, un gobelet de café macchiato caramel dans une main et un téléphone portable dans l'autre. Il s'agit aussi de la mecque du magasinage de luxe puisque les plus

grands designers de mode de la planète y ont pignon sur rue. Ça risque d'être atroce pour le porte-monnaie de tes parents, mais tu peux bien sûr te contenter de faire du lèche-vitrine. Je te jure qu'elles sont toutes plus belles les unes que les autres.

Les parcs à thèmes et les studios de tournage

Pas question de venir à L.A. sans visiter au moins l'un d'entre eux, sinon deux !

- **UNIVERSAL STUDIOS**

L'un des plus vieux studios de tournage encore en activité jumelé à un fabuleux parc d'attractions ! Après une visite guidée des lieux de tournage et des décors, découvre entre autres King Kong 360 3D ; Jurassic Parkv – The Ride ; The Simpsons Ride ; Transformers : The Ride 3D ; Revenge of the Mummy – The Ride et plus encore. Le parc est accessible en métro par la Red Line. Prévois la journée complète.

☺

100 Universal City Plaza, Universal City
www.universalstudioshollywood.com

- **DISNEYLAND**

Ouvert en 1955, c'est le premier des parcs d'attractions imaginés par Walt Disney, le visionnaire. Le visiter fait partie des rêves de beaucoup d'entre nous, moi la première. On dit qu'il s'agit de l'endroit le plus joyeux de la terre entière !

1313 Disneyland Drive, Anaheim (environ 40 km au sud de L.A.)

www.disneyland.disney.go.com

- **WARNER BROS STUDIOS (HARRY POTTER), PARAMOUNT PICTURES (INDIANA JONES, SHREK) ET SONY PICTURES STUDIOS (MEN IN BLACK, SPIDER-MAN)**

Tu peux faire la visite des décors et des coulisses de ces célèbres studios de tournage en une demi-journée environ pour chacun. Assez cher (autour de 50 $ chacun), mais quand on est fanatique de cinéma, il faut ce qu'il faut ! ☺

www.wbstudiotour.com

www.paramountstudiotour.com

www.sonypicturesstudiostours.com

UN PEU D'HISTOIRE

Aucune autre histoire ne m'a personnellement autant fait rêver que celle d'Hollywood. Ce qui n'était à l'origine que le nom d'un domaine destiné au développement immobilier incarne aujourd'hui, et surtout, l'ensemble de l'industrie du cinéma américain avec tout ce qu'elle comporte de rêves, d'illusions et de glamour. Depuis le début du XXe siècle, le plus célèbre quartier de Los Angeles, en Californie, attire non seulement des milliers de visiteurs chaque année, mais autant de gens à la recherche d'un travail dans le milieu du cinéma. Il faut dire qu'aucune autre industrie ne fascine autant que celle du « cinématographe », comme on l'appelait en 1895.

Dans les années 1880, les Wilcox, un couple originaire du Kansas, décident de déménager à Los Angeles et font l'acquisition d'une terre à l'ouest du centre de la ville de Los Angeles de l'époque. Le couple trace ensuite la rue principale, Prospect Avenue (aujourd'hui Hollywood Boulevard), avant de commencer à vendre des lots destinés à y bâtir les maisons qui logeront d'autres nouveaux arrivants.

Vingt ans plus tard, en 1900, Hollywood compte autour de 500 habitants tandis que Los Angeles en compte 100 000. Déjà, une ligne de tramway relie Prospect Avenue à Los Angeles. (Le voyage dure cependant deux heures. 😜)

C'est dans les années 1910 qu'Hollywood devient le principal centre de production de l'industrie cinématographique aux États-Unis. Les studios s'y installent les uns après les autres en raison de la douceur du climat et du nombre de jours d'ensoleillement. On assiste alors à la naissance des premières grandes stars du cinéma américain : Douglas Fairbanks, Mary Pickford, Charlie Chaplin… En 1981, une de ces stars, l'acteur Ronald Reagan, devient même le 40e président des États-Unis ! Comme quoi, dans l'histoire d'Hollywood, rien n'est impossible ! ☺

POURQUOI MANGE-T-ON DU POP-CORN AU CINÉMA ?

Au Canada, on appelle le maïs du « blé d'Inde ». « Blé » parce qu'il est souvent utilisé comme céréale et « d'Inde » parce que les explorateurs européens croyaient avoir découvert la route des Indes lorsqu'ils ont posé le pied en Amérique pour la première fois.

Dans nos salles de cinéma, la tradition veut que l'on se régale de maïs soufflé salé et généreusement arrosé de beurre, le fameux pop-corn. Mais d'où vient cette tradition ?

On sait que la consommation de maïs par les humains remonte à plusieurs milliers d'années.

Cette plante a longtemps été la base de l'alimentation des peuples autochtones du Canada jusqu'au Chili. Bien avant l'arrivée en Amérique de Christophe Colomb, les gens l'apprêtaient déjà de toutes sortes de façons. On aurait même découvert du maïs soufflé dans quelques tombes trouvées sur des sites archéologiques aztèques ! Débile, hein ? Ils faisaient probablement éclater les grains séchés en les plaçant dans des poteries en argile chauffées au feu.

La combinaison cinéma et pop-corn est évidemment beaucoup plus récente. À la fin du

XIXe siècle, aux États-Unis, il était courant d'acheter et de manger du pop-corn dans les lieux de loisir, c'est-à-dire lors des fêtes foraines, par exemple. Il s'agissait d'une gâterie populaire, peu coûteuse et accessible à toutes les bourses. Les premières machines portatives à souffler le maïs dateraient des environs de 1885 ! Ainsi, lorsque les premières salles de cinéma ont ouvert leurs portes, les marchands ambulants de pop-corn sont tout bonnement venus se placer sur le trottoir, devant les portes d'entrée. Les clients le dégustaient cependant à l'extérieur, puisqu'il était la plupart du temps interdit de manger à l'intérieur des salles.

C'est en 1929, lors de la crise économique que l'on a appelée la « Grande Dépression », que pop-corn et cinéma deviennent réellement inséparables. Appauvris, les Américains continuaient cependant de fréquenter les salles de cinéma, car il s'agissait d'un loisir abordable. Tout de même affectés par la crise, certains propriétaires de salles se sont aperçus qu'ils pourraient doubler leurs bénéfices s'ils commençaient à proposer eux-mêmes du maïs soufflé dans leurs établissements. D'autant plus qu'avec l'avènement du cinéma parlant, en 1927, les spectateurs gourmands risquaient moins de déranger leurs voisins en se régalant. Encore aujourd'hui, la plus grande part des profits des propriétaires de salles de cinéma provient de la vente de maïs soufflé. Incroyable !

Popcorn

CHRONOLOGIE

1781 Fondation du *pueblo* de Los Angeles par les Espagnols. Environ 40 personnes y habitent.

1822 Révolution mexicaine. Annexion de la Californie par le Mexique devenu indépendant de l'Espagne.

1848 La Californie est annexée aux États-Unis à la suite de la victoire des Américains lors d'une guerre contre le Mexique.

1876 Arrivée du chemin de fer.

1886 Harvey Henderson Wilcox, un millionnaire américain de l'immobilier, fait l'acquisition de 0,6 km^2 de terre à l'ouest du vieux Los Angeles. Sa femme, Daeida, choisit le nom « Hollywood » pour cette nouvelle propriété.

1887 Première apparition du nom « Hollywood » sur une carte officielle.

1889 Naissance de Charles Spencer Chaplin.

1900 Hollywood compte environ 500 habitants alors que le Los Angeles de l'époque en compte déjà 100 000.

1901 Naissance de Walter Elias Disney.

1910-1911 Tournage des premiers films à Hollywood.

1921 Charlie Chaplin tourne *Le Kid*.

1922 Ouverture officielle du Grauman's Egyptian Theatre, sur Hollywood Boulevard.

1923 Érection du panneau « Hollywoodland » sur le mont Lee par des promoteurs immobiliers.

1926 Naissance de Norma Jean Baker, connue plus tard sous le nom de Marilyn Monroe.

1927 Le Grauman's Chinese Theatre ouvre à son tour sur Hollywood Boulevard.
Création, à l'initiative de Louis B. Mayer, de l'Academy of Motion Picture Arts and Sciences, une instance chargée d'établir les grandes règles directrices de l'industrie du cinéma.
Norma Talmage est la première actrice à laisser ses empreintes devant le Grauman's Chinese Theatre alors qu'elle pose par accident son pied sur le ciment encore frais lors d'une visite du chantier avant l'inauguration.

1928 Walt Disney crée le personnage de Mickey Mouse.

1929 Première cérémonie de remise des Oscars animée par l'acteur Douglas Fairbanks.

1946 Naissance de Steven Spielberg.

1955 Ouverture de Disneyland.

1958 Inauguration de la Promenade des célébrités, le fameux Walk of Fame, sur Hollywood Boulevard. Les premières centaines d'étoiles font leur apparition.

1962 Décès de Marilyn Monroe.

1963 Débuts de l'engouement pour le surf en Californie.

1966 Décès de Walter Elias Disney.

1972 Charlie Chaplin reçoit un Oscar honorifique de l'Academy of Motion Picture Arts and Sciences pour l'ensemble de son œuvre et son inestimable contribution à l'industrie du cinéma.

1975 Sortie du film *Jaws* (*Les dents de la mer*) réalisé par Steven Spielberg.

1977 Décès de Charles Spencer Chaplin.

1981 Ronald Reagan, acteur hollywoodien de 1937 à 1964, devient le 40e président des États-Unis.

1982 Sortie du film *E.T.* réalisé par Steven Spielberg.

1986 Première nomination à l'Oscar du meilleur film réalisé en langue étrangère pour un film québécois avec *Le Déclin de l'empire américain*, écrit, produit et réalisé par Denys Arcand.

1987 Steven Spielberg fonde les studios Dreamworks.

1994 Un séisme d'une magnitude de 6,8 à l'échelle de Richter frappe Los Angeles, détruisant des autoroutes et faisant plus de 60 victimes et 9 000 blessés.

1997 Sortie du film *Jurassic Park*, réalisé par Steven Spielberg.

2003 Oscar du meilleur film réalisé en langue étrangère pour *Les invasions barbares* du Québécois Denys Arcand.

2004 Vedette de nombreux films d'action des années 1980 et 1990, le culturiste et acteur Arnold Schwarzenegger est élu gouverneur de la Californie.

2009 Sortie du film *The Young Victoria* (*Victoria : Les jeunes années d'une reine*), la première réalisation hollywoodienne du Québécois Jean-Marc Vallée.

2013 Sortie du film *Prisoners* (*Prisonniers*), un thriller et premier film américain réalisé par le Québécois Denis Villeneuve.

2017 Le Walk of Fame compte 2 601 étoiles.
Entre octobre et décembre, une vague de chaleur suivant une période de sécheresse embrase la région. Favorisés par des vents violents, plusieurs dizaines d'incendies d'une ampleur sans précédent font plus de 40 victimes et rasent 10 000 bâtiments. En décembre,

l'incendie baptisé « Thomas » brûle à lui seul plus de 90 000 hectares en une semaine dans la région de Santa Barbara. À la fin de l'année, des pluies torrentielles provoquent de gigantesques coulées de boue, coupent temporairement l'autoroute 101 et touchent des centaines de maisons, ajoutant à la désolation de cette région déjà durement éprouvée.

2018 Hollywood célèbre avec fierté sa 90e cérémonie des Oscars.
Le film *Blade Runner 2049* du cinéaste québécois Denis Villeneuve remporte deux Oscars, soit celui des meilleurs effets visuels et celui de la meilleure direction photo.

20xx Visite de Juliette.

20xx Ta visite.

L'ANGLAIS POUR LE VOYAGE

FRANÇAIS	ANGLAIS
Oui	Yes
Non	No
Bonjour !	Good morning !
Salut !	Hi !
Bonsoir – Bon après-midi !	Good afternoon !
Bonne nuit !	Good night !
Comment allez-vous ?	How are you ?
Pardon ?	Pardon me ?
S'il vous plaît	Please
Merci	Thank you
Merci beaucoup !	Thank you so much !
Ce matin	This morning
Cet après-midi	This afternoon
Ce soir	Tonight
Hier	Yesterday
Aujourd'hui	Today
Demain	Tomorrow
Ici	Here

Là	There
Gros	Big
Petit	Small
Welcome	Bienvenue
Friend	Ami
Quoi ?	What ?
Qui ?	Who ?
Quand ?	When ?
Où ?	Where ?
Pourquoi ?	Why ?
Combien cela coûte-t-il ?	How much is it ?
Quelle heure est-il ?	What time is it ?
Pouvez-vous m'aider, s'il vous plaît ?	Can you help me, please ?
Je suis perdue.	I'm lost.
Pouvez-vous m'indiquer le chemin vers … ?	Could you please show me the way to… ?
Je ne comprends pas.	I don't understand.
Je suis désolée.	I'm sorry.
Je ne parle pas anglais.	I don't speak English.
Je parle français.	I speak French.
Comment vous appelez-vous ?	What is your name ?
Un	One
Deux	Two
Trois	Three
Quatre	Four

Cinq	Five
Six	Six
Sept	Seven
Huit	Eight
Neuf	Nine
Dix	Ten
Onze	Eleven
Douze	Twelve
Treize	Thirteen
Quatorze	Fourteen
Quinze	Fifteen
Seize	Sixteen
Dix-sept	Seventeen
Dix-huit	Eighteen
Dix-neuf	Nineteen
Vingt	Twenty
Trente	Thirty
Quarante	Forty
Cinquante	Fifty
Soixante	Sixty
Soixante-dix	Seventy
Quatre-vingt	Eighty
Quatre-vingt-dix	Ninety
Cent	One hundred
Mille	One thousand

HAVE A GOOD TRIP !

QUESTIONNAIRE

1. Comment appelle-t-on les habitants de Los Angeles ?

a. Les Engelures
b. Les Évangélines
c. Les Angelinos
d. Les Ancestraux
e. Les Gelés dur

2. Plusieurs de ses œuvres réalisées au début du XXe siècle sont considérées comme faisant partie des plus grands films de tous les temps. De qui s'agit-il ?

a. De Marilyn Monroe
b. De Charles Spencer Chaplin
c. De Liam Payne
d. De Sid Grauman
e. De Pierre-Auguste Renoir

3. Quelle langue était parlée par la majorité des habitants du *pueblo* de Los Angeles à ses origines ?

a. L'algonquin
b. Le français
c. Le portugais
d. L'anglais
e. L'espagnol

4. Qui est Walter Elias Disney ?

a. L'inventeur des montagnes russes
b. Un acteur de cinéma muet
c. Le père de Charlie Chaplin
d. Le créateur de Mickey Mouse
e. Le jeune acteur qui jouait avec Charlie Chaplin dans le film *The Kid*

5. À l'origine, le panneau « Hollywood » comportait quatre lettres supplémentaires. Lesquelles ?

a. Hollywood**bird**
b. Hollywood**barb**
c. Hollywood**land**
d. Hollywood**corn**
e. Hollywood**ream**

6. Quel est le premier film québécois à avoir remporté l'Oscar du meilleur film en langue étrangère ?

a. *Le déclin de l'Empire américain*
b. *Les invasions barbares*
c. *Jurassic Park*
d. *E.T.*
e. *The Young Victoria*

7. Dans lequel de ces films a joué l'acteur Arnold Schwarzenegger ?

a. *Conan le Barbare*
b. *Terminator*
c. *La course au jouet*
d. *Un flic à la maternelle*
e. *Toutes ces réponses*

8. En quelle année ont eu lieu les incendies les plus dévastateurs de l'histoire de Los Angeles ?

a. En 2017
b. En 1907
c. En 1939
d. En 2000

9. Où a été inventé le maïs soufflé ?

a. En Chine
b. En France
c. En Amérique
d. En Australie
e. En Afrique

10. Quel est le nom de la plus célèbre artère d'Hollywood ?

a. Hollywood Boulevard
b. Les Champs-Élysées
c. La 5e Avenue
d. Oscar Boulevard
e. Charlie Chaplin Street

11. Le Capitol Records Building est une tour de 13 étages abritant... ?

a. Les studios de cinéma Disney
b. Plusieurs studios d'enregistrement de musique
c. Des appartements à l'intention des stars d'Hollywood
d. Une station de télévision
e. Plusieurs salles de cinéma

12. Qu'est-ce que le Grauman's Chinese Theatre ?

a. Un restaurant chinois de luxe
b. Un temple religieux oriental
c. Une célèbre salle de cinéma
d. Un gros studio de cinéma appartenant à des hommes d'affaires chinois
e. Aucune de ces réponses

Réponses en page 245

Ton carnet de visite

Date : ____________________ **Météo :** ______________

Visites du jour : ________________________________

____

____

____

____

Avec qui ? ____

Tes impressions : ________________________________

____

____

____

____

____

____

____

____

____

____

____

Date : ____________________ **Météo :** ______________

Visites du jour : ______________________________

____

____

____

____

Avec qui ? ______________________________

Tes impressions : ______________________________

____

____

____

____

____

____

____

____

____

____

____

____

____

____

____

Date: ____________________ **Météo:** ______________

Visites du jour: ________________________________

____

____

____

____

Avec qui? ____

Tes impressions: ________________________________

Date : ____________________ **Météo :** ______________

Visites du jour : ______________________________

____

____

____

____

Avec qui ? ______________________________

Tes impressions : ______________________________

____

____

____

____

____

____

____

____

____

____

____

____

____

____

Date : ____________________ **Météo :** ______________

Visites du jour : ________________________________

____

____

____

____

Avec qui ? ________________________________

Tes impressions : ________________________________

____

____

____

____

____

____

____

____

____

____

____

____

____

____

Date : ____________ **Météo :** ____________

Visites du jour : ____________

Avec qui ? ____________

Tes impressions : ____________

Date: ______________________ **Météo:** ______________

Visites du jour: ________________________________

____

____

____

____

Avec qui? ________________________________

Tes impressions: ________________________________

____

____

____

____

____

____

____

____

____

____

____

____

____

____

Date: ____________________ **Météo:** ______________

Visites du jour: ______________________________

____

____

____

____

Avec qui? ______________________________

Tes impressions: ______________________________

Date: ______________________ **Météo:** _______________

Visites du jour: ____________________________________

____

____

____

____

Avec qui? ____

Tes impressions: ____________________________________

____

____

____

____

____

____

____

____

____

____

____

____

____

____

Date : __________________ **Météo :** __________________

Visites du jour :

Avec qui ?

Tes impressions :

RÉPONSES AU QUESTIONNAIRE

1. **c.** Les Angelinos bien sûr. Si tu as répondu **a.** Les Engelures, tu aurais intérêt à relire la section qui parle du climat de la région. 😂
2. **b.** Charles Spencer Chaplin, tu as raison et je suis fière de toi. Si par contre tu as répondu **c.** Liam Payne, sache qu'il est né en 1993, alors non seulement tu confonds musique et cinéma, mais apparemment aussi le début du XXe siècle et celui du XXIe…
3. **e.** L'espagnol, bien évidemment.
4. **d.** Le créateur de Mickey Mouse et fondateur de Disneyland.
5. Hollywoodream aurait été un joli nom, en effet, mais il s'agit plutôt de **c.** Hollywoodland. ☺
6. **b.** *Les invasions barbares*, le film de Denys Arcand, a été le premier film québécois à remporter un Oscar pour le meilleur film réalisé en langue étrangère, alors que *Le déclin de l'Empire américain* a été le premier film québécois en nomination pour le même prix.
7. **e**.
8. **a**.

9. **c.**

10. **a**. Si tu as répondu **b.** Les Champs-Élysées, tu n'as certainement pas lu ce livre et tu es définitivement un cancre en géographie... ☹

11. **b**.

12. **c**.

Juliette à Athènes

À Emmanuel et à tous ceux,
petits et grands, qui aiment voyager,
en vrai comme en pensée.

« On ne voit bien qu'avec le cœur.
L'essentiel est invisible pour les yeux. »

Antoine de Saint-Exupéry,
Le Petit Prince

Samedi 3 août

16 H 40

— Cours, Julieeette, cours !

— Hhh… Pfffff… Hhh… Pffffff… Hhh… Pffffffffff… Hhh !

— Plus vite ! Allez, encore un petit effort !

À bout de souffle, j'essaie de faire de plus grandes foulées en tirant un bagage à main sur roulettes qui pèse une tonne, minimum !

« Les passagères Juliette et Marianne Bérubé sont priées de se présenter porte numéro 33. Le vol pour Athènes va bientôt décoller et tous les passagers devraient déjà être à bord. Je répète, Juliette et Marianne Bérubé sont priées de se présenter de toute urgence porte numéro 33. »

— Oh, Julieeette ! Si tu ne te dépêches pas, nous allons rater cet avion.

Sérieux ? Je ne peux pas croire qu'elle dise ça ! Nous venons de perdre un temps fou au contrôle de sécurité parce que « madame Bérubé » avait oublié de retirer une bouteille thermos pleine d'eau de son bagage à main, et c'est moi qu'elle accuse de nous mettre en retard ? Grrr !

16 H 50

Ouf ! Nous sommes montées à bord de justesse et avançons maintenant dans l'étroit couloir sous les regards appuyés des autres passagers. Je déteste être la cible de ce genre d'attention ! Nos deux sièges sont les seuls encore disponibles ! Rangée 42, sièges A et B.

Comme d'habitude, ma mère me cède la place près du hublot. Je me laisse tomber sur le siège en poussant un soupir de soulagement. Je peux enfin respirer !

— Mesdames et messieurs, bienvenue à bord du vol AC671, à destination d'Athènes. La durée du vol de ce soir sera de neuf heures et dix minutes.

L'agent de bord entame la description des consignes de sécurité propres au Boeing 767. Pour moi, c'est le moment où le voyage commence pour de bon. Yahooou !

Nous sommes en route pour la Grèce, tu l'auras compris. Ma mère doit réaliser là-bas un reportage sur le cheval de Skyros, une race apparemment très rare qui vit sur une île, au beau milieu de la mer Égée. Je sais, ça a l'air vraiment *weird* [L] comme sujet. Qui plus est, maman et moi n'étions encore jamais parties aussi loin de chez nous... Pour le moment, je n'en sais pas beaucoup plus, sinon que nous devons passer vingt-quatre heures à Athènes avant de prendre un bateau qui nous emmènera dans l'île en question.

Mon amie Gina dit que la Grèce est un véritable paradis et qu'il y fait beau et chaud toute l'année. Elle a déjà visité l'île de Mykonos avec ses grands-parents et elle en parle régulièrement depuis. J'ai donc hâte d'être arrivée ! Ma ceinture bouclée, je ferme les paupières. Le vol doit durer environ neuf heures, mais avec le décalage horaire, nous devrions atterrir à huit heures demain matin, heure d'Athènes, après avoir passé l'équivalent de toute une nuit dans un espace on ne peut plus restreint. Mieux vaut essayer de dormir. Ça tombe bien, j'arrive à trouver le sommeil à peu près instantanément et dans n'importe quelle position. (Et toi ?)

À côté de moi, maman feuillette un guide touristique avec fébrilité en commentant à haute voix :

— La Grèce antique a jeté les bases de la civilisation occidentale. Elle a donné forme aux principaux mythes fondateurs de nos cultures, en Europe comme en Amérique.

— Ah bon… marmonné-je sans ouvrir les yeux.

(La revoilà partie à parler comme un livre de philo, une encyclopédie ou, pire, comme un prof d'histoire…)

Sans réaliser que je ne la suis pas, elle continue :

— C'est dans ce pays que les mythes les plus connus ont été créés, donnant naissance aux déesses et aux dieux les plus vénérés comme Zeus, qui domine du haut de l'Olympe, son frère, Poséidon, qui règne sur la mer, son épouse Héra, déesse du mariage, ses filles, Athéna, déesse de la pensée, des arts et des sciences, Aphrodite, déesse de l'amour, et son fils Apollon, dieu de la jeunesse et des arts. Tu te rends compte de la chance que nous avons d'avoir l'occasion de nous rendre là-bas ?

— Euh… Je présume que oui.

La vérité, c'est que je ne comprends pas grand-chose à son discours. Et pas seulement parce que je somnole déjà. Elle s'imagine vraiment que nous avons la moindre chance de rencontrer Apollon ? Mon ami Gino m'a fait des commentaires similaires quand je lui ai annoncé la nouvelle de mon départ. Il est imbattable en histoire et il dit que c'est son rêve absolu de visiter Athènes. J'aurais bien aimé qu'il vienne avec nous ☺, même si je ne saisis pas bien l'intérêt qu'il y a à visiter un pays où les stars les plus célèbres sont nées à l'âge du bronze, c'est-à-dire plus de mille ans avant Jésus-Christ...

— Rappelle-moi ce qu'est un mythe, déjà ? demandé-je, les paupières toujours closes.

(Avec un peu de chance, je risque de m'endormir avant la fin de sa réponse.)

— Les mythes sont des récits fabuleux mettant en scène des dieux, des demi-dieux et d'autres héros qui illustrent, par leurs aventures, les différents aspects de la condition humaine. La mythologie grecque nous a donné, par exemple, l'histoire d'Œdipe, qui a vaincu le Sphinx, tué son père et épousé sa mère.

— Quelle horreur ! m'indigné-je en ouvrant grand les yeux et en me redressant.

(Peux-tu m'expliquer pourquoi ma mère éprouve continuellcment le besoin de m'abreuver de ce genre de détails ? 😝)

— Ou encore celles de l'odyssée d'Ulysse ou du stratagème du cheval de Troie. Tu en as entendu parler ?

— Ulysse, c'est l'homme qui a affronté le chant des sirènes attaché au mât de son navire ?

(Je t'épate, hein ?)

— Oui, et c'est aussi celui qui a eu l'idée du cheval de Troie.

Euh ! Le nom me dit quelque chose mais j'ai oublié…

— Il avait quoi de spécial, ce cheval ? Tu veux bien me rafraîchir la mémoire ?

(Tant qu'à faire… ☺)

La voilà qui s'anime, bien décidée à faire de moi l'ado québécoise la plus cultivée de cet avion.

— Ça s'est passé pendant une célèbre guerre entre les Troyens et les Grecs. Constatant que les forces grecques n'arrivaient pas à faire tomber les murs de la cité de Troie, Ulysse a un jour l'idée de construire un immense cheval de bois. Il le fait ensuite tirer devant les portes de la ville après s'être caché dans la panse de la bête avec quelques hommes. Au matin, les Troyens pensent qu'il s'agit d'un cadeau de reddition et le font entrer dans les murs de Troie avant de faire la fête pour célébrer la fin de dix années d'hostilités.

— Ça veut dire quoi, “reddition” ?

— C'est l'action de capituler, de rendre les armes et d'abandonner la guerre.

— Oh !

— Au cours de la nuit suivante, tandis que les guerriers troyens festoyaient, persuadés de leur victoire, les stratèges grecs, cachés dans le ventre de la bête, sont sortis et ont ouvert les portes de la ville, permettant à leur armée de s'engouffrer dans Troie et de vaincre enfin la cité.

Je fais la grimace. Je n'aime pas tellement les histoires de guerre. Pas du tout, en fait ! Même si la description que vient de me faire ma mère me fait un peu penser aux films de superhéros de Marvel, dont raffole Gino. Est-il possible que ces auteurs se soient inspirés des héros de la Grèce antique ? Peut-être bien.

Mais pour l'heure, ce qui me séduit beaucoup plus, c'est l'idée que nous allons voir des chevaux. J'espère que j'aurai la chance d'en monter un. Maman m'a dit que l'espèce sur laquelle elle doit faire un reportage est très souvent dressée spécifiquement pour la zoothérapie à l'intention des enfants dits « différents » ou aux prises avec des « difficultés particulières ».

Je ne sais pas trop ce qu'elle a voulu dire par là. Différents en quoi ? Il faut un profil spécial pour monter à cheval ? Ou bien c'est ce cheval qui est différent ? Je suis tout embrouillée. 😐

(Tu fais de l'équitation, toi ?)

Dimanche 4 août

9 H 30

— Cours, Julieeette, cours !

Soupir ! Je lève les yeux au ciel. (Ça t'arrive d'avoir l'impression de revivre constamment le même mauvais rêve ? 😑)

— Hhh… Pfff… Hhh… Pffff… Hhh… Pfffff… Hhhh… ! J'arrive, m'man !

Soufflant comme un phoque asthmatique, je suis en sueur de la tête aux pieds. Et ce n'est pas seulement à cause de la chaleur accablante qui s'est abattue sur nous dès l'ouverture des portes automatiques du terminal de l'aéroport…

— Il fait dans les quarante degrés et le bus ne passe qu'à chaque demi-heure. Je ne veux pas risquer de manquer le prochain, ajoute-t-elle.

Après 1 680 secondes à nous morfondre sous ce soleil de plomb, nous avons finalement réussi à acheter des billets d'autobus au distributeur automatique situé à la sortie numéro 5 du terminal. Ça semblait facile selon les instructions notées par ma mère la semaine dernière après un échange d'e-mails avec son *fixer*[1] d'Athènes. Mais ça ne l'a pas été.

En mettant le pied à l'extérieur de l'aérogare, à neuf heures, nous n'avons pas tout de suite compris à quel point nous allions être dépaysées ici, et la difficulté que cela allait représenter pour la suite des choses. C'est en approchant de la borne de distribution des billets de bus que nous en avons eu un avant-goût…

— Tu as vu ça, Juliette ? C'est écrit en grec !

— Tu m'étonnes ! me suis-je moquée. Oh ! Ce ne serait pas parce que nous venons d'atterrir en Grèce, m'man ?

— Je veux bien, mais on fait comment pour le billet ? Tu as une idée ?

---

1. Tu te demandes ce qu'est un *fixer* ? C'est ainsi que les journalistes ont l'habitude d'appeler leur contact sur place lors d'un reportage à l'étranger. Cette personne, souvent native du pays, accompagne le journaliste étranger dans l'exercice de son métier. Elle lui facilite les choses en établissant, par exemple, les premières rencontres avec d'autres personnes. Elle peut aussi conseiller, guider ou mettre en garde celui qui ne connaît pas les us et coutumes du pays et même servir d'interprète lorsque le journaliste ne parle pas la langue locale. Une sorte d'ange gardien, tu vois ?

La mine ahurie, elle examinait le distributeur automatique comme s'il s'agissait d'une machine sortie tout droit de la planète Mars.

— Ben, y'a qu'à faire comme tu as fait à Amsterdam ou à Rome. Là-bas non plus nous ne parlions pas la langue. En quoi c'est différent ici ?

— Ben, parce que l'alphabet grec n'a rien à voir avec l'alphabet latin. Rends-toi compte par toi-même.

— Hein ?

Allongeant le cou, j'ai scruté moi aussi le tableau de bord du distributeur. Oups ! À mon tour de ne voir que des petits signes incompréhensibles, assemblés en phrases tout aussi hermétiques.

— Je n'avais pas prévu le coup, a résumé maman.

— Mais c'est quoi exactement que cet alphabet grec ? Ce n'est pas comme de l'arabe ou du chinois… Certaines lettres sont similaires à celles de notre alphabet alors que d'autres ressemblent à des signes de mathématiques !

— Bien observé, poussinette !

Grrr ! Je déteste quand elle m'affuble de ces horribles surnoms en « ette ».

— Quoique l'on ne s'en serve pas pour l'écriture, les lettres grecques sont utilisées chez nous comme symboles dans le domaine des sciences, pour désigner les particules en physique et parfois même pour nommer des étoiles. Il s'agit du premier et du plus ancien alphabet qui soit au monde. Le "hic", c'est qu'il m'est parfaitement inconnu, s'est-elle désolée.

Mouais. Voilà qui ne nous avançait en effet pas beaucoup.

— Je vais demander de l'aide à cette demoiselle, a dit maman en regardant dans la direction d'une jeune fille portant un énorme sac à dos.

— Euh ! *Excuse-me, miss. Do you know how to buy a ticket ?*

— *It's so easy. Look ! The instructions are written in English right here*[2] *!* a-t-elle répondu en pointant une ligne du doigt.

— Oh ! a fait maman en rougissant.

Oups ! Obnubilées par l'alphabet grec, ni maman ni moi n'avions remarqué que la traduction anglaise se trouve en minuscules caractères sous les instructions en grec… 😄

En relevant la tête, j'ai vu arriver un bus.

— Ce ne serait pas le nôtre, m'man ? ai-je demandé.

2. — Excusez-moi. Savez-vous comment acheter un billet ?

— C'est très facile. Regardez ! Les instructions sont écrites en anglais juste ici.

Elle a regardé la fenêtre d'affichage électronique au-dessus du pare-brise de l'autobus qui venait de stopper à notre hauteur.

— Euh… Je ne sais pas, c'est écrit en grec !

— Pauvre maman. En bas, à droite, il y a une affichette indiquant X95.

Elle a consulté un bout de papier sur lequel elle avait pris en note les détails de la marche à suivre pour nous emmener à destination et s'est écriée :

— Numéro X95, c'est bien cela ! Vite, je prends les billets pendant que tu sautes à bord ! Cours, Julieeette, cooours !

Soupir ! Alors, je cours…

10 H

Suivant à la lettre les instructions qui nous ont été fournies, nous descendons au terminus, place Syntagma, en plein cœur d'Athènes. En fait, il s'agit du dernier arrêt de la ligne et nous n'avons qu'à imiter tout le monde. C'est une fois sur le trottoir que ça se corse.

— On va où maintenant, m'man ?

— Euh…

Son regard va de son bout de papier aux alentours sans qu'aucune lumière ne s'y allume.

— Normalement, notre petit hôtel doit se trouver tout près d'ici, vers l'est pour être plus précise.

— Ça veut dire dans quelle direction ?

— Je n'en sais rien, justement. Nous avons une réservation d'une nuit à l'Adonis Hotel. Il semble que ce soit vraiment très bien, et pas loin du parlement. Normalement, nous devrions le repérer assez facilement.

Je pointe du doigt un imposant bâtiment de pierres couleur sable d'environ trois étages.

— Là, de l'autre côté de la rue. C'est peut-être ça, non ?

Elle éclate de rire.

— "Ça", comme tu dis, ma pucette, c'est l'hôtel du Parlement, justement.

— C'est donc un hôtel, non ?

— Pas vraiment. Comme à Québec ou à Paris, c'est en fait l'endroit où se réunissent les parlementaires, c'est-à-dire les députés élus. C'est là-dedans que se fait l'exercice de la démocratie, tu vois. Ici, en Grèce…

Je lève la main.

— Stop ! C'est bon, m'man, j'ai compris. Là, on est à la recherche de notre hôtel et ça presse parce qu'il fait aussi chaud qu'en enfer et qu'il n'y a d'ombre nulle part, d'accord ?

— Tu as raison… Je pense que notre hôtel doit être à l'opposé, par là, en bas, poursuit-elle.

— Tu en es sûre ?

— Pas vraiment, mais il y a une chance sur trois que j'aie raison, alors essayons. Le site Internet de l'hôtel indique qu'il se trouve à seulement cinq minutes à pied du terminus de bus. En toute logique, nous devrions l'avoir trouvé d'ici quinze minutes.

— D'accord. Le nom de la rue ?

— Kodrou, numéro 3.

— On y va.

10 H 20

Vingt minutes plus tard, en nage et les bras morts à force de tirer sur la poignée de nos valises à roulettes (qui éprouvent de la difficulté à rester en équilibre sur le pavé inégal des rues millénaires de la capitale de la Grèce), force est d'admettre que nous ne trouvons pas notre hôtel. Nous croyons être dans le bon quartier, que nous avons arpenté d'un bout à l'autre, mais le nom des rues reste nébuleux à cause de l'alphabet. De plus, les numéros semblent inexistants. Enfin, aucune enseigne ne paraît correspondre. Pire, toutes les personnes à qui nous avons montré le bout de papier sur lequel maman a noté le nom et l'adresse de l'hôtel semblent incapables de déchiffrer ladite adresse.

— Je n'avais pas envisagé ce problème, se désole ma mère.

— Que veux-tu dire ?

— J'ai noté l'adresse en alphabet latin.

— Un nom d'hôtel et une adresse, franchement. C'est juste normal.

— C'est ce que j'imaginais aussi.

— On fait quoi alors ? insisté-je.

Il me vient à l'esprit que si on ne trouve pas de solution, nous risquons de mourir de déshydratation au beau milieu du trottoir ! J'ai telllllllement, mais telllllllement chaud ! Par ailleurs, je n'ose pas trop m'en plaindre parce qu'avec le froid qu'il fait chez nous, en hiver, il paraît que ça porte malchance ! 😛

Ma mère ne réagit pas tout de suite. Elle est si rouge que j'ai l'impression qu'elle est en train de se transformer en maman homard bien cuite.

— Ouf ! Cette chaleur est insupportable, se lamente-t-elle. Mon cœur bat la chamade et mes pieds sont déjà si enflés que j'ai l'impression que mes sandales ont rapetissé de deux tailles. Les lanières de cuir me lacèrent la chair et…

Décidément, ce voyage s'annonce pénible. 🙄

— Il y a une banque juste là. Entrons demander de l'aide, propose-t-elle enfin.

10 H 30

Mauvaise surprise, l'employé à qui nous nous sommes adressées en anglais répond que nous sommes dans la bonne rue, mais qu'il n'a pas la moindre idée de l'endroit où peut se trouver notre hôtel. Je suis sur le point de sombrer dans le découragement lorsqu'il suggère de nous appeler un taxi. Quelle bonne idée ! Et, surtout, comment se fait-il que maman n'y ait pas pensé avant ! 😕

10 H 45

Le chauffeur de taxi à qui ma mère vient de tendre le billet avec l'adresse a l'air aussi perplexe que l'employé de la banque. Notre aventure tourne décidément au rocambolesque ! Bien décidées à ne pas quitter la voiture climatisée, nous ne bougeons pas d'un pouce. Qu'il se débrouille ! L'homme finit par prendre son téléphone… Au bout de quelques minutes de conversation avec son interlocuteur, il éclate de rire et redémarre le moteur. Enfin ! Il avance la voiture d'environ un pâté de maisons, puis s'arrête. Bon. Que se passe-t-il encore ?

À grand renfort de gestes, l'homme nous indique le bâtiment devant lequel il vient de s'arrêter. Tout d'abord, nous ne voyons rien et refusons de sortir de la voiture. Puis, penchant la tête vers l'arrière, nous apercevons l'enseigne au-dessus de nos têtes et tout s'éclaire : le drôle de mot en grec signifie « Adonis » ! 😄

— Nous avons dû passer et repasser ici au moins trois fois depuis que nous sommes descendues du bus, fait remarquer maman, honteuse, en payant les trois euros de la course.

11 H 15

Notre chambre est parfaite ! Il y a l'air climatisé et même une connexion wifi. Le bonheur ! Dommage qu'il ne soit que cinq heures du matin à Québec…

Nos valises déposées, maman se précipite sur le téléphone. Notre contact à Athènes s'appelle María. Elle est photojournaliste et, bien qu'elle soit de nationalité grecque, elle a étudié dans un lycée français après être revenue du Maroc où elle a vécu toute sa petite enfance. Elle parle donc parfaitement notre langue. Dans un des e-mails qu'elle a échangés avec maman, elle a mentionné avoir une fille âgée de quatorze ans. Nous devons nous rendre toutes ensemble sur l'île de Skyros.

—Allô, María? Je suis si heureuse de vous parler enfin de vive voix! Comment? Oui, nous sommes à l'hôtel. Non, nous n'avons pas eu la moindre difficulté. Nous avons suivi vos instructions à la lettre et ça a été très facile. Merci!

(Tu parles! Je rêve ou elle ment comme une arracheuse de dents? Et moi qui suis punie lorsque j'affirme que ce n'est pas moi qui ai vidé la boîte de biscuits...)

—Oui, on vous attend ce soir. À très vite!

Elle raccroche.

—On doit les voir ce soir?

—Elle a proposé de nous emmener faire une petite visite d'Athènes, mais elle avait autre chose à faire dans la journée. Elle nous retrouvera ici autour de dix-neuf heures.

—On fait quoi en attendant? On sort faire un tour rien que toutes les deux?

Après notre expérience de ce matin, je m'attends à un refus tout net, mais la voilà qui hoche la tête de haut en bas.

—Je veux bien, Juliettounette. Après tout, on ne vient pas à Athènes tous les jours!

12 H 30

Bien haut dans le ciel, le soleil est sans pitié. Il tape encore plus fort que ce matin. Je penche la tête et courbe les épaules dans un illusoire effort de protection. Gageons qu'on pourrait faire cuire un œuf sur ma nuque ! ☠ (J'espère seulement avoir mis suffisamment de crème solaire avant de sortir !)

Quelques touristes mis à part, les rues sont désertes. Il faut être fou ou, pire, être des touristes pour se hasarder dans les rues d'Athènes au mois d'août, en plein après-midi ! Et pas à cause des animaux sauvages ou des bandits, je te rassure, mais à cause de cette chaleur torride. Ces dernières années, il paraît qu'il fait plus chaud que jamais. C'est peut-être en raison des changements climatiques… Qu'à cela ne tienne, maintenant que nous avons trouvé notre hôtel, il y a peu de plaisirs qui équivalent à celui de découvrir une nouvelle capitale, en particulier lorsque tout nous semble superbement exotique, comme ici. Athènes est habitée depuis sept mille ans, selon le guide touristique que ma mère consulte en marchant. Tu te rends compte ? Moi, j'ai du mal à l'imaginer.

Une chose est certaine, l'ombre est une denrée rare dans ce centre historique, tout comme la végétation. Le sol pavé de dalles de pierre est brûlant et je sens la chaleur transpercer la semelle de mes Converse. Vivement le coucher du soleil ! Maman m'inquiète un peu. Elle dégouline de sueur et son visage me fait penser à une tomate trop mûre sur le point d'éclater... Ça ne l'empêche pas de continuer à faire mon éducation :

— La ville est entourée de montagnes, mais elle n'est pas de petite taille pour autant. Elle s'étend sur quatre cent cinquante-sept kilomètres carrés et compte quatre millions d'habitants. Et blablabla, blablabla, blablabla.

Je hoche la tête poliment.

— Tu as vu cela ? s'exclame-t-elle soudain en pointant l'entrée d'une ruelle. C'est Monastiráki, le célèbre marché aux puces d'Athènes qu'on appelle aussi le *souk*[3]. C'est ici que souffle l'âme orientale de la ville.

Les marchandises sont présentées dans un curieux bric-à-brac, directement sur le trottoir. Ça a l'air cool !

— Oh ! J'adore les marchés !

— Et moi donc ! Je meurs d'envie d'un *flokáti* pour notre salon.

---

3. *Souk* est un mot emprunté à l'arabe. Il signifie « marché ».

Je fronce les sourcils.

— Un quoi ?

— Un *flokáti*. C'est une variété de tapis typiquement grec en laine épaisse de mouton ou de chevreau. Allez, on y va !

Sacrée m'man ! Un moment elle semble sur le point de mourir d'un infarctus à cause de la chaleur puis, le moment d'après, elle se réanime et s'excite comme une puce à la perspective d'acheter une nouvelle carpette...

13 H

Antiquités, livres, tapis, articles en cuir, éponges de mer, savons, huile d'olive, bijoux, instruments de musique, vêtements, batteries de cuisine, nourriture, meubles, on trouve décidément de tout par ici ! Il y a aussi des musiciens ambulants et des vendeurs de bouteilles d'eau glacée. Assoiffées, nous nous jetons sur ces derniers comme si notre vie en dépendait.

— Ce n'est pas très bon pour l'environnement, fais-je remarquer.

— Je sais, ma puce. Nous aurions dû apporter nos bouteilles thermos. Je suis sincèrement désolée. D'autant plus que nous sommes ici pour un reportage portant sur la sauvegarde de la nature...

— Ah bon ! Je croyais qu'on était ici pour parler de chevaux.

— En fait, je prépare un reportage sur une fondation privée qui s'est donné pour mission de sauver le cheval de Skyros, une espèce plus que millénaire qui était presque éteinte il y a quelques années. Mon rédacteur en chef croit que nous avons beaucoup à apprendre de ce type d'initiative. Sais-tu combien il y a d'animaux en voie de disparition dans le monde ?

— Euh ! Une centaine ? me hasardé-je.

— D'après l'Union internationale pour la conservation de la nature, deux mille sept cents espèces animales sont menacées en ce moment même.

J'écarquille les yeux de surprise.

— Tu me niaises[L] ?

— Pas du tout, malheureusement.

— Mais il faut absolument faire quelque chose ! Parce qu'il s'agit d'une véritable CATASTROPHE ! (Tu es d'accord avec moi ?)

— Je suis de ton avis. Reste à savoir quelle pourra être notre contribution personnelle. Et il n'y a pas que les animaux qui sont en danger. En fait, il y aurait autour de dix sept mille espèces vivantes en voie d'être rayées définitivement de la surface de notre petite planète, en incluant les plantes, les poissons, les insectes, etc. Selon les experts, une espèce s'éteint toutes les vingt minutes déjà, et le rythme menace de s'accélérer encore. Près d'un quart des espèces animales et végétales pourrait avoir disparu d'ici le milieu du siècle, et tout ceci en raison des activités humaines. Malgré les efforts des différentes organisations travaillant à la sensibilisation du public, il sera impossible d'éviter la catastrophe.

Je secoue tristement la tête de gauche à droite. Le petit laïus de ma mère me plonge dans la réflexion. Comment se peut-il que tout cela se produise et que la plupart d'entre nous restent les bras croisés ?

14 H

À mon grand soulagement, maman décide de remettre l'achat de notre prochain tapis de salon en raison du tracas que le transport de celui-ci risque de nous causer. J'en suis heureuse. Elle a passé l'après-midi à me parler d'animaux en péril alors même qu'elle cherchait à acheter une carpette en poil d'animal. Elle n'en est pas à une contradiction près !

— Ça te dirait de goûter au *gyros* ? lance-t-elle soudain.

— Au quoi ? 😐

—Il s'agit d'une sorte de sandwich grec composé de viande, de morceaux de tomate, d'oignon et de sauce *tzatzíki*, le tout servi dans un pain pita.

—De quelle sauce ?

—*Tzatzíki*. Une sauce à base de yogourt à laquelle on ajoute du concombre râpé et de l'ail.

—Beur-quc ! 😋

Cette description ne me dit rien qui vaille. Cependant, comprenant qu'on parle de nourriture, mon estomac réagit en gargouillant douloureusement. Je meurs littéralement de faim puisque nous n'avons rien mangé depuis le petit-déjeuner pris en hâte à bord de l'avion avant l'atterrissage.

—Permets-toi au moins d'y goûter, pitchounette. Il y a justement un comptoir de *souvlakis* et de *gyros* juste là.

En traînant un peu les pieds, je l'accompagne jusqu'à un petit stand où un garçon à peine plus âgé que moi confectionne les fameux sandwichs. Je dois avouer que l'odeur est plutôt agréable…

—*Dío*, commande maman, en espérant que le garçon comprenne qu'elle tente de prononcer le chiffre « deux » en grec.

Pour mettre toutes les chances de son côté, elle lève deux doigts en souriant avant de désigner l'énorme sandwich que vient d'acheter le client qui était devant nous. Le garçon me sourit.

14 H 30

Je n'y croyais pas trop, mais je dois avouer que ce casse-croûte est en définitive l'un des meilleurs qu'il m'ait été donné de goûter ! Maman dit que c'est parce que tous les ingrédients sont frais et locaux. Je veux bien la croire ! La sauce au yogourt ? J'adore ! ☺ Par contre, j'aurais préféré ne pas devoir manger debout devant le comptoir. Nous avons eu beau regarder autour de nous, il n'y avait pas le moindre endroit où s'asseoir, pas même pour nous adosser. La sauce *tzatzíki*, bien que délicieuse, me coule entre les doigts et je me retrouve rapidement aussi poisseuse qu'une enfant de trois ans. Pire, celui qui nous a servies ne me quitte pas des yeux et a l'air de rigoler.

— Tu ne voudrais pas lui demander des serviettes en papier ? s'enquiert ma mère.

— Jamais de la vie !

— Mais je ne sais pas comment le dire en grec.

— Et moi ? Tu crois que j'ai des pouvoirs magiques ?

— Toi, tu es jeune et tu lui as manifestement tapé dans l'œil. Si tu t'approches en montrant tes mains, je suis certaine qu'il comprendra et qu'il te donnera des serviettes.

— Grrrr ! D'accord...

Parfois, j'ai du mal à croire que c'est elle, l'adulte !

14 H 45

Nos sandwichs avalés, et nos doigts essuyés, je ne me fais pas prier pour bouger. Nous continuons d'explorer les puces jusqu'au bout de la ruelle, puis nous débouchons sur une petite place. Soudain, ma mère pousse une exclamation.

— Oooh !

— Qu'est-ce qu'il y a ?

— Là, là, regaaarde ! répond-elle, les yeux brillants, tandis qu'elle pointe le doigt en direction du sommet d'une colline.

J'y aperçois les ruines spectaculaires d'un élégant édifice à colonnes dominant la ville tout entière.

— Qu'est-ce que c'est ?

— C'est le Parthénon trônant sur l'Acropooole !

— Euh, d'accord. Mais qu'est-ce que c'est au juste ? Et qu'est-ce que "l'Acropooole" ?

— En fait, on dit "Acropole". En grec, ça veut dire "ville haute". C'est sur ce plateau rocheux que s'élevait l'antique citadelle d'Athènes, destinée à protéger les habitants en cas d'attaque. Et ces colonnes de marbre blanc sont ce qui subsiste du

Parthénon, un bâtiment construit vers 440 avant Jésus-Christ et qui demeure aujourd'hui le plus grand et le plus glorieux symbole de ce qu'était la Grèce antique. Avoir la chance de l'observer encore aujourd'hui, au XXIe siècle, est un privilège inouï.

— C'était un château ? Une princesse a vécu là-dedans ?

— Non, c'était plutôt un temple destiné à abriter la statue d'Athéna, protectrice de la cité, déesse de la sagesse, des arts et des sciences. Concrètement, le bâtiment a aussi et surtout servi à abriter le trésor de la ville.

— Quel genre de trésor ?

— Des pièces d'or. Elles étaient conservées dans une pièce forte, un genre de gigantesque coffre, si tu veux. Et ce n'est pas tout. On dit que la statue de la déesse était elle aussi couverte d'or pouvant être fondu en cas de nécessité.

— Malade[L] !

— Tu as raison. L'Acropole est inscrite au patrimoine mondial de l'UNESCO. C'est l'un des sites touristiques les plus visités du monde entier.

— On y va tout de suite ?

— J'aurais bien aimé, mais avec ce soleil, je crains que le moment ne soit mal choisi. Comme tu peux le constater, les bâtiments n'ont plus de toit. Cet après-midi, j'ai pensé plutôt t'emmener voir le tout nouveau musée de l'Acropole[4], qui doit être situé près d'ici. Laisse-moi consulter mon plan de la ville…

— Un musée ? soupiré-je.

— Je suis certaine que celui-ci te plaira. Et on y est presque. Allez ! Il est à environ six cents mètres dans cette direction, selon mon plan, c'est-à-dire six minutes de marche. Autant dire rien du tout.

Re-soupir.

— D'accord.

Serrant les dents, j'essuie la goutte de sueur qui pendouille au bout de mon nez.

14 H 55

— On est encore loin ?

— Quelques mètres seulement. Il s'agit, je crois, de ce grand bâtiment d'allure contemporaine là-bas, au bout de la rue. Oui, c'est bien cela !

Elle sourit de bonheur. Sacrée m'man ! Je ne l'ai jamais vue s'enthousiasmer autant pour un musée.

4. Ouvert en 2009.

15 H

Il y avait pourtant de quoi, je dois l'admettre ! À l'entrée, nous sommes ébahies de découvrir un plancher de verre. Celui-ci nous permet d'apercevoir, juste au-dessous, rien de moins que les ruines d'une ville antique ! Ma-la-de ! À l'intérieur, les murs de béton et l'air climatisé assurent la préservation des œuvres d'art (et la survie des touristes exténués). Ouf ! Il fait dix-sept degrés de moins ici qu'à l'extérieur ! Le visage de maman reprend peu à peu sa couleur normale et son sourire continue de s'épanouir.

Et puis, à bien y regarder, je dois avouer que je trouve cet endroit absolument magnifique. Pas du tout comme je l'imaginais, en fait. La galerie du rez-de-chaussée est immense, blanche et lumineuse, et je ne détecte pas la moindre trace de poussière sur le sol marbré. Au centre, une immense galerie entoure une cavité qui permet aux visiteurs, bouche bée, de continuer à admirer les ruines de l'ancien quartier d'Athènes découvert dans le sous-sol pendant la construction du musée. Wow ! Je regrette tellement que mon ami Gino ne soit pas avec moi pour voir ça ! ☹

15 H 30

Dans la salle du Parthénon, où nous montons ensuite, je découvre une véritable forêt de statues. Enfin, de « portions » de statues puisque la plupart ont perdu pas mal de morceaux. 😄

Il faut dire que l'Antiquité, c'était il y a longtemps.

(Ma mère raconte toujours qu'il ne lui reste plus aucun bibelot datant de l'époque de ma petite enfance parce que j'ai fini par tous les casser... Lol !)

Plusieurs de ces statues représentent de très belles jeunes filles drapées d'élégantes tuniques blanches, leurs longs cheveux savamment tressés. Je ferme les yeux un moment, essayant d'imaginer ce qu'aurait été ma vie si j'étais née ici, quelques siècles avant Jésus-Christ. Que nous a-t-on raconté en cours d'histoire, déjà ? Ah oui ! Il paraît qu'au moment de la création de la démocratie[5], ici à Athènes, les esclaves, les enfants et les femmes en furent tout simplement exclus ! Ces dernières n'étaient pas considérées comme des citoyennes à

5. Le terme « démocratie » (de *dêmos*, « peuple » en grec) désigne un système politique dans lequel le pouvoir appartient à l'ensemble des citoyens par le biais du droit de vote.

part entière, mais plutôt comme d'éternelles mineures sous la tutelle de leur père, de leur mari ou de leurs fils. J'ouvre grand les yeux, et la bouche. Très peu pour moi, cette époque ! Grrr ! 😑 Je préfère de loin le XXIe siècle ! Heureusement, les choses ont changé et les femmes grecques d'aujourd'hui ont les mêmes droits que leurs maris, leurs fils et leurs frères.

Tout autour de la salle, une spectaculaire maquette, toute blanche également, présente des scènes sculptées. Il y a des chars et des cavaliers tirés par des chevaux, des guerriers, des femmes, des enfants et même les dieux Zeus, Athéna et Poséidon. Au passage, je remarque que les chevaux ne semblent pas plus hauts que les hommes. Ils n'avaient manifestement pas le sens des proportions, les sculpteurs grecs !

— Voici une reproduction des plaques de la frise qui ornait autrefois le Parthénon, pitchounette.

— Ah bon. Mais, c'est quoi une frise ?

— C'est une bordure ornementale en forme de bandeau. La version originale de celle-ci a été sculptée dans cent seize plaques de marbre d'un mètre de hauteur. Elles se trouvaient tout autour du temple dédié à Athéna, en haut des murs extérieurs. Au-dessus des colonnes, pour être plus précise. À l'origine, la frise était colorée, paraît-il.

Au fil des pillages, la plupart des plaques ont quitté la Grèce. Certaines se trouvent maintenant dans des musées de Londres ou de Paris. C'est bien dommage et c'est la raison pour laquelle on ne nous présente ici qu'une reproduction.

— Oh ! C'est triste.

— Oui, répond-elle distraitement.

L'attention de ma mère se porte déjà vers tout autre chose. La bouche ouverte, elle fixe maintenant avec fascination une étrange statue équestre.

Enfin, ce qu'il en reste… Le nez de l'animal est manquant ainsi que tout le haut du corps du cavalier, dont on ne peut admirer que les jambes. Mais ce qui me frappe le plus, c'est la petite taille du cavalier en question et de sa monture.

— Tu crois qu'ils ont été reproduits grandeur nature ? demandé-je. Sûrement pas, hein ?

— Je n'en suis pas certaine, mais je crois que si, justement. Tu as remarqué combien les chevaux reproduits dans la maquette de la frise étaient petits, eux aussi ?

— Oui, mais je pensais que c'était pour faire oublier la monture, et mettre l'homme en valeur.

— Ton raisonnement est intelligent, mais les chevaux grecs de cette époque n'étaient effectivement pas bien grands. Tout comme leurs maîtres.

— Ah bon ? En classe, nous avons appris que les premiers colons de la Nouvelle-France étaient bien plus petits que les Québécois d'aujourd'hui. C'est donc la même chose pour les Grecs ?

— Je le pense. Le cheval antique était parfaitement assorti à son cavalier de l'époque.

— Les chevaux d'aujourd'hui sont beaucoup plus grands, ça c'est certain.

— Ce phénomène s'appelle “l'évolution des espèces” et désigne les changements génétiques et morphologiques qui se produisent à travers le temps, en fonction des besoins pour la survie des différentes espèces.

— Je me souviens en avoir entendu parler à l'école… Mais en quoi il t'intéresse tant, ce cavalier, m'man ?

— En vérité, ce n'est pas tant le cavalier qui m'intéresse, mais sa monture. Nous sommes ici parce que je dois réaliser un reportage sur l'hipparion de Skyros, rappelle-toi.

— Hippa-quoi ?

— “Hipparion” signifie “petit cheval”, et il se pourrait bien que nous soyons en face de l'un des ancêtres de l'actuel cheval de Skyros.

— Sérieux ? C'est un poney ?

— Plutôt un cheval de petite taille.

18 H

De retour à l'hôtel, et après une petite sieste réparatrice, nous sautons tour à tour sous la douche afin de nous préparer avant l'arrivée de María. Pendant que maman se recoiffe (avec la chaleur et l'humidité ambiantes, sa chevelure bouclée semble avoir doublé de volume, ce qui lui donne un look à la Michael Jackson lorsqu'il avait huit ans ! Lol !), je décide de tenter de joindre Gino ou Gina sur FaceTime. Il n'est que midi à Québec, alors j'ai toutes les chances de les trouver à la maison.

18 H 05

Hum ! Rien du côté de ma *best*[L]. Elle est peut-être allée magasiner[L] avec sa mère. Ou sortie faire du *skate* avec les copains tandis que je me morfonds toute seule ici. ☹

J'ai plus de chance du côté de Gino. ☺ C'est magique de pouvoir converser avec lui et de voir son visage, alors que nous sommes à près de huit mille kilomètres de distance l'un de l'autre !

Gino : Alors, tes premières impressions de la Grèce ?
Moi : Ça va, mais il n'y a pas de piscine à l'hôtel… C'est ennuyeux. En gros, il n'y a que de très vieux trucs, ici. Comme tu peux l'imaginer, ma mère s'amuse comme une petite folle. J'ai pensé à toi en visitant le musée de l'Acropole. Tu aurais aimé aussi, je crois.
Gino (intéressé) : Je t'envie. La piscine municipale sera encore là à ton retour, ne t'inquiète pas. Tu as vu le théâtre de Dionysos ?

Moi (étonnée) : Non, pourquoi ? Qu'est-ce que c'est exactement ? Une salle de spectacle ? Un cinéma ?
Gino : Tu sais certainement que le théâtre a été inventé par les Grecs, non ?
Moi (étonnée) : Bien sûr. Enfin… non !
Gino : C'est pourtant le cas et, à Athènes, tu as l'occasion unique d'admirer l'un des premiers théâtres au monde. Parles-en à ta mère, s'il te plaît ! Il faut absolument que vous y alliez et que tu prennes des photos pour moi avec ton iPad.

Tu l'auras deviné, mon ami Gino est ce qu'on appelle un *geek* ! Un genre d'intello ou de génie en herbe. Notamment en histoire, en maths, en sciences et en informatique. Pas grave, je l'aime quand même (et même beaucoup, à part ça !). 😍

Moi (grimaçant légèrement) : Tu me proposes d'aller voir une pièce ou d'admirer les vestiges d'un vieux bâtiment ?
Gino : Il s'agit d'un amphithéâtre en plein air qui a été construit au VIe siècle avant Jésus-Christ. Il est situé à flanc de colline, tout près de l'Acropole, et il paraît que les gradins tiennent encore debout.

Moi: Alors qu'ils datent de 600 ans avant Jésus-Christ? Tu en es certain?
Gino: Absolument!
Moi: D'accord. Je vais en parler à maman. Promis... Vous faites quoi, Gina et toi, aujourd'hui?
Gino: On a prévu aller à la piscine, justement, avec Laurence, Jared, Éricka et Émilie.
Moi (envieuse, mais cherchant à ne pas le montrer): Cool! Ma mère et moi avons rendez-vous tout à l'heure avec son contact. Elle doit nous emmener faire une nouvelle visite.
Gino: J'aimerais être à ta place.
Moi (ne pouvant retenir un soupir): Et moi à la tienne!
Gino: Tu as tendance à te plaindre au début de tous tes voyages, mais à ne plus vouloir rentrer lorsque tu commences à t'adapter. Souviens-toi! Je suis certain que tu ne tarderas pas à avoir beaucoup de plaisir. Quand partez-vous pour l'île de Skyros?
Moi: Demain.
Gino: Tu vois? Tu pourras bientôt te baigner! Et dans la mer, en plus.

— Juliette, pitchounette ? fait la voix de ma mère.

Je tourne la tête.

— Quoi ?

— J'ai oublié de prendre mon spray fixateur et mes cheveux sont impossibles. J'ai besoin de tes conseils. Devrais-je les attacher ou les laisser libres sur mes épaules ?

— Peux-tu attendre un peu ?

— Je suis désespérée !

Moi : Excuse-moi ! Ma mère a besoin de moi. J'en ai pour à peine quatre secondes.
Gino : Je dois y aller de toute façon. Je suis attendu pour le brunch du dimanche. Tu sais à quel point c'est sacré chez nous. Allez, on se parle plus tard !
Moi (déçue) : D'accord.
Gino : Bisous, ma belle !

19 H 10

Nous attendons debout dans le hall de notre hôtel depuis dix mille ans (minimum !) lorsqu'une magnifique grande blonde à la chevelure parfaitement lisse fait son entrée, accompagnée d'une adolescente de mon âge aux longs cheveux châtain clair et au look tout aussi impeccable. Croyant reconnaître son contact, ma mère se lève.

— María ?

La femme se retourne en souriant.

— Marianne ? *Kalispéra*[6] !

Et voilà qu'elles s'étreignent et s'embrassent comme si elles se connaissaient depuis toujours. Intimidées, l'ado et moi nous contentons d'observer nos chaussures, n'osant trop nous regarder dans les yeux. Je finis par me décider et tendre la main.

— Je suis Juliette, mais tout le monde m'appelle Jules.

— Hum, comme Jules César ? fait-elle en égayant soudain son visage d'un large sourire.

Je suis d'abord bouche bée, mais je ne tarde pas à me reprendre.

— Étant donné l'ambition démesurée de ma mère qui souhaite me faire faire le tour du monde en un temps record cette année, je dirais plutôt qu'on me surnomme ainsi en référence à Jules Verne.

Elle reste bouche bée à son tour quelques secondes, puis éclate d'un rire sincère que je ne tarde pas à imiter.

6. Bonsoir.

— Je m'appelle Savina et ici, en Grèce, il est de coutume de se faire la bise. Comme ceci.

Elle me colle un bisou sur chaque joue.

— Alors, vous êtes sorties cet après-midi ? Qu'avez-vous vu ? s'informe María.

— Nous avons visité le musée de l'Acropole, mentionne maman.

— Et l'Acropole elle-même ?

— Pas par cette chaleur, non.

— À cette heure-ci, c'est déjà mieux. S'y rendre au coucher du soleil est un *must*. La vue y sera sublime ! On vous emmène.

— À pied ? s'inquiète maman.

— Vous devez être fatiguées après votre longue marche au soleil. Je propose d'y aller plutôt en métro.

— Cooool ! J'adore prendre le métro, laissé-je échapper.

19 H 25

Malgré l'ancienneté de la ville, le métro semble relativement neuf et le wagon dans lequel nous montons est propre et confortable. Rien à voir avec l'état du Parthénon... ☺

À la station Akrópoli, où nous sortons, une surprise attend maman.

— Des artéfacts dans le métro ! s'écrie-t-elle. Mais qu'est-ce...

— Oui, cette station est un véritable musée souterrain, répond fièrement María. Nous, Grecs, pensons que l'art et l'histoire doivent être démocratiques, c'est-à-dire accessibles à tous !

— Je n'en reviens pas, souffle maman en étirant le bras en direction d'une frise qui ressemble à celle que nous avons admirée au musée.

— Il s'agit évidemment de reproductions, mais, comme on dit chez nous, si les gens ne vont pas au musée, le musée vient à eux.

19 H 35

Nous sommes de retour sur le sol dallé de la vieille ville. Maman et María marchent un peu devant nous. Au passage, quelques jeunes hommes nous interpellent, Savina et moi. Ils susurrent peut-être des compliments. À moins que je ne me trompe... Quoi qu'il en soit, je suis embarrassée.

— C'est bizarre, ça ! s'étonne Savina, la mine outrée. Les jeunes Grecs ne font pas ce genre de choses d'habitude. Ils sont beaucoup plus respectueux en général.

— C'est parce qu'ils vous entendent parler français plutôt que grec et vous prennent pour des touristes, dit María, avant de congédier sèchement, dans sa langue natale, un ado d'environ dix-sept ans en train de me murmurer quelque chose à l'oreille. Il ne faut pas les laisser faire !

Puis nous revoilà au pied de l'Acropole, la colline au sommet de laquelle pose en vedette le majestueux temple dédié à la déesse protectrice de la ville, avec ses colonnes de marbre cannelées. Dénué de murs, il est à cette heure traversé de toutes parts par les couleurs chaudes du soleil couchant. La chaleur étant à peu près tombée, nous commençons à monter.

19 H 50

— Ooooh ! m'exclamé-je une fois au sommet. C'est FOU !

— Oui, à cette heure, les ombres du Parthénon grandissent et les piliers antiques donnent l'impression de se transformer en fenêtres laissant pénétrer une lumière mystique.

— Hein ?

Je tourne la tête vers María. En voici une autre qui parle comme ma mère ! 😅

— Ça semble irréel d'être ici, en face de ce monument datant de mille ans, tandis que nos proches sont restés à Québec, une ville que l'on dit vieille, mais qui n'a en réalité que quatre cents ans d'histoire, murmure pour sa part ma mère. Nous sommes indéniablement privilégiées. Hein, pitchounette ?

— Euh... oui.

— Le rocher de l'Acropole était déjà habité à l'ère néolithique[7]. Il a été fortifié à l'époque mycénienne[8], poursuit solennellement María, c'est-à-dire au XIIIe siècle avant Jésus-Christ, lorsque le site est devenu le fief d'un guerrier local. Mais c'est seulement au VIe siècle avant Jésus-Christ que l'on commença la construction des premiers temples et que les lieux furent dédiés à la déesse Athéna qui est...

— Je sais, m'empressé-je d'ajouter. C'est la déesse des arts et de la sagesse, protectrice de la cité, pas vrai ?

---

7. Le néolithique est la période la plus récente de la préhistoire. Elle commence autour de huit mille ans avant Jésus-Christ, avec l'apparition de l'agriculture, et prend fin avec l'invention de l'écriture. Une époque cruciale de l'aventure humaine.
8. Si l'histoire de la Grèce t'intéresse autant que Gino et ma mère, sache que María m'a précisé que l'époque mycénienne débute avec l'arrivée en Grèce des Achéens et des Éoliens, des peuples guerriers venus de la mer Méditerranée à partir du début du XVIe siècle avant Jésus-Christ et ayant quitté le pays depuis.

— Wow ! T'es drôlement bonne en histoire pour une touriste, s'extasie Savina.

— Savina a raison, renchérit sa mère tandis que la mienne écarquille les paupières d'étonnement. ☺

Je rosis de plaisir. Je ne suis pas certaine de tout comprendre à leurs histoires, mais une chose est certaine, la vue est FA-BU-LEU-SE et je réalise que j'ai une chance inouïe d'être là pour le coucher du soleil ! Cet endroit est une merveille parmi les merveilles !

María connaît l'histoire de sa ville sur le bout des doigts et ne se lasse pas de la raconter. Nous profitons donc d'une visite guidée privée, ma foi, plutôt passionnante.

— Une dizaine d'années ont été nécessaires pour construire le Parthénon et il a d'abord fallu monter ici pas loin de vingt mille blocs de marbre. Dans l'Antiquité, ce monument n'avait évidemment pas l'allure qu'il a aujourd'hui. Il avait des murs et sa splendeur était connue dans le monde entier.

Alors ça, je n'en doute pas !

20 H 10

Tout autour du temple, il y a un étroit chemin que nous empruntons. En grec, on dit un *péripatos*, m'apprend Savina. J'aime apprendre de nouveaux mots. À ce rythme, je parlerai bientôt la langue, moi aussi ! ☺

— Et ça, qu'est-ce que c'est ?

Je viens d'apercevoir les colonnes de ce qui semble être un autre temple juste à côté du Parthénon et ma curiosité est attisée parce que les piliers de ce bâtiment sont constitués d'immenses statues de femmes. Ce sont elles qui servent de colonnes. Elles soutiennent la structure du bâtiment et l'ensemble est vraiment très beau.

— Je crois que c'est le portique des caryatides, tente ma mère.

— Absolument ! Il s'agit d'une portion d'un autre temple. Le dernier à avoir été bâti ici, sur l'Acropole, à la fin du Ve siècle avant Jésus-Christ. On l'appelle l'Érechthéion et les six statues de jeunes filles drapées qui servent de colonnes et que tu admires, Jules, s'appellent effectivement les "caryatides".

— Mais, qu'est-ce qu'elles font là ? Et que représentent-elles ?

Maman vient de m'enlever les mots de la bouche…

— S'agit-il d'esclaves ou de déesses ? complété-je. Et pourquoi leurs bras sont-ils tous manquants ?

(C'est vrai, quoi ! C'est TRÈS bizarre toutes ces statues amputées des bras un peu partout...)

— Nous n'avons pas de réponse à ces questions, se désole María. Cela demeure un mystère. Peut-être nos archéologues le perceront-ils un jour. Tout ce que l'on sait pour le moment, c'est que ce temple a été érigé sur la partie la plus sacrée de l'Acropole et que les caryatides ont très certainement une grande importance.

(Hum ! Ces statues m'intriguent et l'énigme concernant leur rôle me donne presque envie de devenir archéologue un jour. Qu'en penses-tu ?)

— Tu es cool, me dit Savina en me prenant familièrement le bras. Je suis heureuse que tu sois venue en Grèce et je suis surtout très contente que nous ayons l'occasion de passer du temps ensemble grâce à nos mères.

Ce compliment me prend par surprise et je ne sais trop que répondre. Alors je me contente d'un timide :

— Idem !

La vérité, c'est que je la trouve vraiment cool elle aussi et que la Grèce commence à me plaire pour de bon. ☺

Le soleil est en train de disparaître et les teintes de rose s'entremêlent au rouge. Il fera à nouveau beau et chaud demain… À nos pieds, la ville avec ses bâtiments aux murs tout blancs et aux toits de tuiles étend ses tentacules à perte de vue. Chacune dans nos pensées, nous *chillons* [L] encore un moment dans la citadelle antique, déambulant entre les différents temples, admirant les vestiges d'une architecture mystérieuse dont la splendeur passée nous fait rêver. Puis une autre construction, en contrebas de l'Acropole, sur le versant sud, attire mon attention. Ce ne serait pas…

20 H 20

— Et là-bas, tu sais ce que c'est, Savina ? demandé-je en pointant une espèce d'enceinte circulaire et ce qui semble être des gradins adossés à une colline.

— Oh ça, c'est le théâtre de Dionysos. On y présente parfois des pièces à la tombée de la nuit.

— Ça vous intéresse ? demande María (en s'adressant plutôt à maman qu'à moi. Grrrr !).

— Je ne sais pas. Qu'en penses-tu, toi, ma puce ?

Me souvenant de la requête de Gino, je n'hésite pas une seconde.

— Je meurs d'envie de le voir, ce théâtre. Vraiment !

— Ah bon ! Je ne pensais pas que cela pouvait t'intéresser, s'étonne-t-elle.

— C'est que tu ne me connais peut-être pas si bien que ça, finalement.

☺

20 H 40

Le sentier qui descend vers le théâtre est abrupt, caillouteux et plus accidenté que le précédent. Il fait nuit lorsque nous arrivons en bas, mais le site est éclairé et des gens sont assis dans les gradins de pierre.

— Le mot "théâtre" désigne deux choses, toutes deux nées en Grèce antique... commence María qui prend son rôle de guide très à cœur.

— Il y a d'abord le genre littéraire, l'interromps-je.

(J'aime me sentir savante. ☺)

— Et le lieu de spectacle, disposé en hémicycle, comme celui-ci, complète María. Bravo, Juliette, tu es certainement très bonne élève à l'école !

— Ce serait assez nouveau, laisse échapper maman.

(Je ne peux pas croire qu'elle ait osé dire cela devant de pures étrangères ! Je vais passer pour quoi ? Un cancre ! ! ! 😑 Okay, je suis généralement plutôt nulle en histoire et en maths, mais en français, je suis la meilleure ! Et puis, grandir, c'est évoluer, non ? Tu es d'accord ?)

— Tu connais l'histoire du théâtre grec également ?

— Euh ! Je dois avouer que non, admets-je.

— Moi, je sais qu'à l'origine du théâtre grec antique, il y avait la tragédie et la comédie, reprend maman.

(Qui ne peut apparemment pas réfréner son côté « je sais tout »...)

— Exact. Et ce lieu en particulier est considéré comme le berceau du théâtre grec antique. Il doit son nom à Dionysos, dieu du vin. Mais ce qu'il faut savoir, c'est surtout que c'est ici qu'ont été créées les célèbres tragédies grecques d'Eschyle, de Sophocle et d'Euripide, les chefs-d'œuvre absolus du théâtre classique.

— C'étaient des hommes ou des femmes ? osé-je timidement demander.

— Qui ?

— Ben, Eschyle et les deux autres, là...

— Des hommes, évidemment, répond María.

J'avoue que je ne comprends pas ce « évidemment ».

Ma mère, qui a le don de lire dans mes pensées, avance :

— Les femmes n'étaient pas autorisées à exercer un métier à cette époque, j'imagine...

— Hein ? 😮

— Tu as raison, Marianne. Et les rôles étaient tous tenus par des hommes portant des masques, même les rôles féminins. Vous voyez, là ? C'est l'endroit où se trouvait le chœur. Et blablabla, blablabla...

Pendant que les mères discutent, le spectacle, lui, vient de commencer. Prenant place dans les gradins du haut, je suis ébahie par la qualité de l'acoustique. En effet, les voix se rendent jusqu'à nous. Par contre, les paroles sont en grec... (Normal, me dis-tu ? Je sais, mais ça veut dire que je ne comprends rien, parce que le grec et le français sont quand même très différents l'un de l'autre. Quoi ? Je me suis vantée tout à l'heure en disant que j'apprenais à vitesse grand V ? Ouais, bon ben, c'est finalement plus difficile que je le pensais... ☹)

Les acteurs sont habillés de longues tuniques et ils se déplacent lentement sur la scène, déclamant leur texte d'un ton particulièrement dramatique. Je m'empresse de prendre des photos.

— De quelle pièce s'agit-il ?

— *Les Guêpes*. C'est une pièce d'Aristophane.

Tiens ! Elle n'a pas nommé cet auteur tout à l'heure.

— C'est un drame, j'imagine.

— Une comédie, répond Savina. On l'a montée en classe l'an dernier. C'est très drôle.

— Vraiment ?

Je suis plus qu'étonnée vu le ton monocorde qu'utilise l'acteur principal et la lenteur avec laquelle il se déplace.

— En gros, ça tourne en dérision l'organisation des tribunaux athéniens et les manies des juges.

— Ah bon ! Je vois. Hilarant… 😐

21 H

Je réprime un bâillement, puis un autre. Bon ben, pour le chef-d'œuvre, vous repasserez, pensé-je. Maintenant que j'ai pris les photos que j'avais promises à Gino, je voudrais bien aller voir autre chose… Pas de chance, María continue de commenter :

— À l'origine, le théâtre Dionysos disposait de soixante-dix-huit rangées de sièges et offrait dix-sept mille places. Là bas, il y avait ce que l'on appelle le chœur. Également composé d'hommes, généralement douze, le chœur avait pour but d'animer les pièces. Son rôle consistait donc à chanter, à danser et parfois même à commenter l'action. Blablabla, blablabla...

À mon grand soulagement, c'est là qu'un petit miracle se produit : les autres spectateurs commencent à nous regarder de travers en faisant « chhuuut, chuuuuuuutttt ! » et maman réagit en disant :

— J'ai un petit creux, moi. Pas vous ?

— Oh ! Vous avez peut-être envie que je vous emmène goûter l'un de nos fameux yogourts glacés ?

Hourra ! Déjà, María et Savina se lèvent, prêtes à partir. Mon petit doigt me dit que la perspective de voir cette pièce les ennuyait autant que nous. (Ma mère, je l'adore !!! Elle peut se montrer un petit peu excentrique parfois, mais dans les moments qui comptent, elle est toujours PARFAITE ! ☺)

— Tout près d'ici, dans la rue Makrygianni, il y a Snoyo, un marchand de glaces qui sert un des meilleurs yogourts glacés de la capitale. Je vous y emmène avec plaisir, annonce María, tout sourire.

21 H 40

Miam ! Elle avait mille fois raison ! (Non, deux cent mille fois raison ! Non, trois millions de fois !) Ce yogourt glacé est le MEILLEUR que j'aie mangé de ma vie entière ! Et il y avait tellement de choix de parfums que j'ai mis un temps fou à décider lequel j'allais goûter. (Il paraît que la Grèce est réputée pour ça, le savais-tu ?) À notre arrivée, la serveuse nous a tendu une carte d'une trentaine de variétés de yogourts glacés. Minimum ! Savina a choisi miel et noix, María a choisi citron, maman, celui au thé chai, et moi ? Eh bien, moi, j'ai choisi double-chocolat ☺.

La nuit est douce et les rues sont pleines de gens qui flânent en regardant les menus des terrasses. Beaucoup s'installent pour l'apéro.

— Nous prenons généralement très tard notre repas du soir comparativement à vous, je crois, en particulier l'été, commente notre guide. Jamais avant vingt-deux ou vingt-trois heures en général et il n'est pas inhabituel d'arriver dans un restaurant pour manger autour de minuit.

😲

Ma glace avalée, mes paupières se font lourdes, lourdes. Le manque de sommeil vient de me tomber dessus tout d'un coup. Aïe ! J'aimerais pouvoir être téléportée directement dans mon lit sans devoir marcher jusqu'au métro… Maman ne semble pas plus en forme que moi. Je rêve ou la voilà qui dodeline tout doucement de la tête ? *OMG !*[L] Elle somnole sur sa chaise comme une enfant. Lol ! La voix de María la force à relever les paupières.

— Je serai très honorée de vous inviter à dîner plus tard ce soir.

— Vous êtes vraiment adorable, María, et je m'en voudrais de vous froisser, vraiment, mais Juliette tombe de sommeil. Nous avons passé la nuit dernière dans l'avion et la pauvre n'a pas l'habitude de veiller si tard.

Et vlan ! (Voilà sans doute pourquoi les mères voyagent avec leurs enfants. Ceux-ci leur servent de prétexte pour se sortir d'embarras dans toutes sortes de situations !) Étonnée, Savina me jette un coup d'œil.

— Moi, je peux sans problème veiller toute la nuit, affirme-t-elle.

— On se rattrapera, m'excusé-je en rougissant.

De retour à notre hôtel, maman et moi nous mettons rapidement au lit, mais non sans avoir replacé toutes nos affaires dans nos valises en vue de notre départ vers Skyros, demain matin, en compagnie de nos nouvelles amies. Te dire à quel point j'ai hâte !

Lundi 5 août

7 H

En ouvrant les paupières et en m'étirant ce matin, après avoir dormi près de huit heures, une pensée réjouissante me vient à l'esprit : sur cette île où nous allons, Savina et moi, nous aurons certainement plein de temps libre pour flâner sur la plage pendant que nos mères seront trop occupées pour nous surveiller. Yahou ! Je m'imagine déjà en train de me baigner dans la mer toute la journée, nageant avec des poissons multicolores. C'est donc sans me faire prier que je saute du lit pour m'habiller.

Le petit-déjeuner de l'hôtel est servi sur une terrasse située sur le toit de l'immeuble. Nous avons une vue sur l'Acropole. C'est quand même cool ! À cette heure-ci, il ne fait pas encore trop chaud et j'aime la sensation de l'air tiède du matin sur ma peau tandis que je déguste des croissants et une énorme portion de yogourt grec onctueux et épais auquel j'ai ajouté une généreuse cuillerée de miel. Miam ! Délicieux !

Cependant, le soleil monte vite dans le ciel...

— La journée s'annonce torride à nouveau, dit maman. Je ne suis pas fâchée de quitter Athènes, même si je regrette de ne pas avoir eu l'occasion de voir plus de choses.

— Il fera moins chaud dans l'île, tu crois ?

— La capitale de la Grèce est réputée être étouffante pendant les mois d'été. Dans les îles, la chaleur est beaucoup plus supportable grâce au vent. Mais le plus amusant sera la croisière d'aujourd'hui. Je m'en réjouis d'avance.

8 H

— Pour nous rendre là-bas, il faut prendre un *ferry-boat*, m'a dit María.

— Un quoi ? demandé-je.

— Un bateau de transport, répond maman.

— Ah ! Bien sûr !

(Je suis toujours étonnée de constater le nombre de mots et expressions anglophones utilisés par les francophones d'Europe.)

Mais, pour commencer, nous devons d'abord attraper un bus place Syntagma, où nous sommes descendues hier, pour aller jusqu'au port du Pirée, le plus grand port maritime de Grèce (et l'un des plus grands du bassin méditerranéen, d'après maman). De là, nous prendrons le *ferry-boat* qui assure la liaison entre Athènes et Skyros en passant par quelques autres îles des environs. La croisière doit durer quelques heures et j'ai vraiment hâte. ☺ J'aurais cependant préféré éviter le bus.

— Pourquoi ne prend-on pas un taxi, m'man ?

C'est vrai, quoi ! Il me semble qu'avec les bagages et tout, ce serait quand même moins compliqué.

— Parce que le bus est la meilleure façon de se mêler aux habitants du pays que nous visitons, ma puce. Pour écrire un bon article, il faut sentir le pouls des lieux et côtoyer le plus possible la population locale. C'est très important !

— Si tu le dis…

8 H 40

Heureusement, nous n'avons pas eu à nous casser la tête avec l'alphabet grec, cette fois, puisque nous sommes désormais familières avec le fonctionnement du distributeur automatique de billets. En descendant devant la gare maritime, je suis cependant prise de vertige. Cet endroit est gigantesque et grouille de monde de toutes les nationalités. Et tous ont l'air tellement pressés que je suis heureuse que nous ne voyagions pas seules. Anxieuse, je cherche nos amies du regard. Au milieu de cette foule, ça ne semble pas évident de trouver qui que ce soit.

— Les voilà, je les vois ! m'écrié-je, soulagée, en secouant la main pour attirer l'attention de Savina et de sa mère.

Elles ne tardent pas à nous rejoindre, billets à la main et sourires aux lèvres. Leurs bagages sont si minuscules qu'on dirait qu'elles ne partent que pour la journée. Malheureusement, maman et moi voyageons rarement aussi léger…

— Alors, s'informe María, vous avez bien dormi toutes les deux ?

— Comme des bûches ! répond maman.

— Comme quoi ? s'étonne notre guide.

Ma mère éclate de rire.

— J'oublie parfois qu'il s'agit d'une expression québécoise sortie tout droit de notre passé de coureurs des bois. Nous avons très bien dormi. Merci, María.

— En Europe, on dit plutôt "dormir comme un loir", intervient Savina.

— Oh ! Et c'est quoi, un loir ?

— Un petit rongeur entre la souris et l'écureuil, répond maman en grimaçant.

Je rigole doucement. Je n'ai pas l'impression que maman me laisserait en adopter un à la maison…

Il fait plus chaud encore qu'hier, si c'est possible. Fort heureusement, le ferry doit quitter le port à neuf heures. Nous nous empressons donc de monter à bord. La traversée doit durer environ quatre heures. La compagnie s'appelle la Blue Star Ferries et notre bateau, lui, le *Blue Star Paros*. Yé !

9 H 25

Le bateau ayant quitté le port à l'heure prévue, nous voilà toutes quatre accoudées au bastingage[1].

— Skyros fait partie d'un groupe d'îles appelées les Sporades, mais elle est en fait assez isolée des autres et c'est cet isolement qui a contribué à la préservation du petit cheval qui a vraisemblablement survécu là-bas depuis l'Antiquité, explique María.

— Tu sais monter à cheval ? me demande Savina.

— Euh ! Un peu. Et toi ?

Elle sourit.

1. Parapet bordant le pont d'un navire.

— J'adore galoper !

Je suis en Grèce, je navigue sur la mer Égée en compagnie d'une nouvelle copine absolument formidable et nous faisons route vers une île pleine de promesses, à la découverte d'une race de petits chevaux considérés récemment encore comme en voie d'extinction. Le rêve !

9 H 35

Bon ben, en attendant, c'est sur les vagues qu'on navigue. Et le bateau tangue. De façon TRÈS perceptible. Je n'aime pas trop ça... Un souvenir refoulé aux tréfonds de ma mémoire est en train de refaire surface. On dirait que... j'ai comme... un peu... mal au cœeeuuur ! Je me rappelle, maintenant. J'ai le mal de mer. Et pas à peu près ! La seule autre fois où j'ai fait du bateau, ça n'a pas été cool ! Un problème avec mon oreille interne, apparemment.

— Oh noooon ! Ma-maann !

Vite, je dois trouver un élément stable sur lequel fixer mon attention ! Ça ne marche PAS ! Bon, je n'ai pas d'autre choix que de pencher la tête par-dessus bord...

— Beurp !

Je m'y suis prise trop tard. Le quart du contenu

de mon estomac a eu le temps d'éclabousser le bout de mes chaussures.

Ça y est, ça recommence ! BEUR-QUE !!!

— Mais que t'arrive-t-il, ma pauvre ? fait Savina en soulevant ma chevelure.

— Re-beurp !

(En passant : une fille qui retient tes cheveux quand tu vomis est indéniablement une très bonne amie, souviens-toi de cela ! 😜)

9 H 45

Je passe la demi-heure suivante la tête dans la cuvette des toilettes, la bouche ouverte et la langue sortie, persuadée que je ne vais pas survivre à cette terrible épreuve. Heureusement, maman est là. Mais j'ai indéniablement l'ego en miettes. Tout le monde m'a vue vomir et les passagers du navire entier ne parleront que de cela jusqu'à notre arrivée. (Comment ça, j'exagère ? Depuis quand ? Et non, on ne s'en moque pas ! J'ai quand même une réputation à tenir !)

— Re-re-beurp !

10 H 15

Nous faisons enfin notre première escale. Sur l'île de Tinos. Des passagers montent, d'autres descendent. J'aimerais te décrire le port et tout le va-et-vient, mais maman m'a emmenée à l'intérieur de la cabine et fait allonger sur une banquette. (Si une mésaventure pareille t'arrive, souviens-toi que le centre d'un navire est généralement l'endroit le plus stable.) J'ai posé ma tête sur ses genoux et j'ai fermé mes yeux. Le bateau a cessé de se balancer et je me sens un tout petit peu mieux. Si je reste immobile, juste comme ça, peut-être que ça ira…

Oups ! Oh non !!! On dirait que ça recommence ! 😛

Le bateau quitte le port. Depuis combien de temps sommes-nous parties d'Athènes, exactement ? Deux heures, trois jours, mille ans ? Je n'en peux déjà plus ! Un coup d'œil en direction de Savina me confirme que, de son côté, ça continue d'aller bien.

— Ma pauvre amie !

Elle a l'air fraîche comme une rose et le mélange de compassion et de perplexité du ton de sa voix me plonge dans la honte. Je ne suis pas normale, c'est sûr ! Je suis lamentaaable !

— Avale ça et essaie de dormir, chuchote ma mère en me tendant un comprimé et un thermos rempli d'eau. Ça va te faire du bien. Détends-toi.

11 H 35

Je me réveille alors que nous levons à nouveau l'ancre, après notre deuxième escale, sans doute. Je me redresse en étirant les bras au-dessus de ma tête, bâille longuement et questionne :

— On est où ?

— On quitte l'île d'Andros. Tu te sens mieux, pitchounette ?

— Je pense que oui. On arrive bientôt ?

— Dans un peu plus d'une heure. Je t'ai commandé un sandwich.

— Je ne crois pas que…

— Allez, avale et ne proteste pas. Le médicament que je t'ai donné fait son effet, mais un estomac vide, c'est mortel à bord d'un bateau. Tout le monde sait ça !

— D'accord, si tu le dis. Elle est où, Savina ?

— Sur le pont.

— J'y vais, fais-je en me levant.

— Je t'accompagne.

Mordant à belles dents dans mon sandwich tomate-poivron-concombre-olives-féta (absolument délicieux !), j'écarquille les yeux devant la vue qui s'offre à moi. Je n'ai jamais vu un ciel si bleu ni une mer si limpide. Il doit y avoir des millions de milliards de poissons là-dessous ! Oups ! Voilà une bouteille plastique vide. 😠 Quel gâchis !

— Salut Savina !

— Tu te sens mieux, Jules ?

— Oui, merci. Il y a des requins par ici ?

— Des requins bleus, parfois.

— Oh !

— T'inquiète pas, ils sont inoffensifs. Le requin bleu ne s'attaque pas aux êtres humains.

— T'en es certaine ?

— Absolument. C'est plutôt la mer de plastique qu'il faut craindre.

— Ah, bon ! Qu'est-ce que c'est ?

— Tu as entendu parler du septième continent, j'imagine ?

— Euh ! Non. 😮

— Le septième continent, ce sont les 1 800 milliards de débris de matière plastique qui se sont retrouvés dans l'océan Pacifique et qui forment dorénavant une sorte de “continent” de cochonneries flottantes qui ne cesse de grossir. La superficie de cette horreur équivaut déjà à trois fois celle de la France, c'est-à-dire presque les deux tiers de la taille du Québec.

(Tu savais cela, toi ? 😮)

— *My God !* Et la mer de plastique ?

Avec un regard sombre, elle pointe du doigt la bouteille d'eau vide.

— C'est le nom que l'on donne aux déchets en train de s'agglomérer ici, dans la Méditerranée, et qui tuent des centaines de variétés de poissons et autres espèces aquatiques tandis que nous ne faisons rien pour empêcher la catastrophe.

Les paroles de ma nouvelle amie me laissent songeuse. Puis, lorsqu'une passagère jette sa canette d'eau gazeuse vide à la mer, je m'indigne à mon tour :

— Eh ! Ça va pas ? Vous avez une idée de ce que vous venez de faire ?

Sans paraître gênée le moins du monde, la dame se tourne vers moi.

— *What did you say ?*

— *Don't throw your garbage in the sea. It's crazy ! Have you never heard about the seventh continent ?*

— *It's none of your business, young girl. And don't be so rude*[2] *!*

2. — Qu'avez-vous dit ?
— Ne jetez pas vos déchets dans la mer. C'est dingue ! N'avez-vous jamais entendu parler du septième continent ?
— Ça ne vous regarde pas, jeune fille. Et ne soyez pas impolie !

— Grrrr !

Je ne peux pas croire qu'elle m'ait répondu cela ! Si Savina et ma mère disent la vérité, au rythme où vont les choses, la planète entière va tout droit vers la catastrophe, et à court terme. C'est une abomination et cette dame est répugnante ! 😑

Je détourne la tête.

Voilà !

Puis je souris à nouveau.

Parce que, à plus court terme encore, j'espère quand même pouvoir profiter de la plage et amasser de quoi enrichir ma collection de coquillages. ☺

12 H 45

— Mon Dieu, non !

C'est la voix de ma mère. (Bon, que se passe-t-il encore ?)

— Là, là, regardez ! dit-elle en pointant du doigt une petite embarcation qui semble s'approcher dangereusement du ferry.

À bord, deux adolescents bruns et bronzés, semblent endormis à côté de leurs cannes à pêche, les bras repliés derrière la nuque.

Bientôt, maman n'est pas la seule à s'inquiéter. Une bonne partie des passagers ne tarde pas à pousser également des cris, pointant le frêle esquif du doigt, ou plaçant les mains sur leurs joues, la bouche ouverte d'effroi. Seuls María, Savina et les membres de l'équipage ne semblent pas s'émouvoir.

— Il faut faire quelque chose ! s'indigne maman en se tournant vers notre *fixer*.

— Je ne crois pas que cela soit nécessaire, répond celle-ci.

— Comment cela ? me scandalisé-je.

— Parce que ces gamins sont sans doute en train de nous faire une blague, insinue-t-elle.

— Il ne me semble pas, rétorque maman (dont la respiration laisse deviner que son degré d'indignation frôle la suffocation). Si nous ne faisons rien, nous allons les heurter dans moins d'une minute.

— Ça m'étonnerait, en rajoute Savina.

En attendant, les passagers continuent de s'égosiller en grec ou en anglais, espérant ainsi couvrir le bruit des moteurs du *Blue Star Paros* :

— *Eh-oh ! Wake up, boys !* hurle-t-on.

Les yeux écarquillés par l'horreur, maman et moi faisons de même en faisant de grands signes de bras. Mon cœur bat la chamade. Ces garçons vont être littéralement écrabouillés devant nous ! Je ne veux pas voir ça ! Je mets une main devant mes

yeux. (Mais je regarde quand même au travers de mes doigts parce que je ne peux m'en empêcher…) 😮

12 H 45

Et puis soudain, coup de théâtre ! Les deux polissons semblent enfin se réveiller. Se redressant prestement, ils empoignent en riant les rames de leur embarcation et font jouer leurs biceps pour l'éloigner de justesse de la coque du bateau.

Il était temps ! Encore une minute et la collision s'avérait inévitable. À l'unisson, l'assistance pousse un profond soupir de soulagement. Au loin, les ados semblent toujours se bidonner.

— Pfff ! Ils vous ont bien eus. Je parie qu'ils font ça tous les jours, rien que pour s'amuser, commente Savina.

— Tu crois ?

— J'en suis absolument certaine !

Elle hausse les épaules.

Ça alors ! Ils sont gonflés à l'hélium les garçons par ici !

12 H 55

Nous approchons rapidement du port de Linaria, qui est situé au fond d'une jolie petite baie, et les moteurs ralentissent pour amorcer l'accostage. Wow ! C'est ça, Skyros ? 😮 Pas possible !

Je dois me pincer tellement la vision qui s'offre à nous est féerique ! Non, non, jamais auparavant je n'ai vu un endroit aussi joli, je te le jure ! Il y a des dizaines de voiliers amarrés çà et là, comme pour le seul plaisir de nos yeux. À l'extrême gauche, une plage de sable blanc s'étire à perte de vue tandis qu'à droite se déploie Chora, l'unique village de l'île, avec ses petites maisons de style traditionnel toutes blanches qui s'accrochent à flanc de rocher, jusqu'au sommet d'une colline. Une île de conte de fées, je te dis !

— Je n'en reviens pas ! fait ma mère, à qui les mots manquent aussi (pour une rare fois).

— Oui, répond María, les prunelles illuminées de fierté. Je sais, c'est magnifique ! Savina et moi sommes vraiment heureuses d'avoir l'occasion de revenir ici. L'île nous a manqué.

13 H 10

Une fois à terre, je suis impatiente de me familiariser avec les environs. Il faut d'abord trouver un moyen de transport pour nous rendre jusqu'à l'endroit où il est prévu que nous logerons.

María s'est occupée de réserver deux chambres dans un gîte situé quelque part dans les hauteurs. Comme nous avons pas mal de bagages, il n'est pas question de transporter tout notre barda à pied jusque là-haut. Regardant autour de moi, je constate qu'il n'y a aucun taxi dans les environs. Rien que des ânes attachés à un poteau et occupés à manger du foin. De toute façon, mis à part la rue principale, le village ne compte que des ruelles étroites et abruptes, pavées de pierres inégales entrecoupées d'escaliers, montant vers la colline. Hum ! Comment allons-nous faire si aucune voiture ne peut les emprunter ?

Notre *fixer* est en train de discuter avec un vieil homme qui, assis sur un muret de pierre, passe apparemment le temps en regardant les passagers descendre du bateau. À côté de lui, deux jeunes Grecs nous examinent avec curiosité. Les iris de leurs yeux sont aussi noirs que des olives. Les trois hochent la tête comme pour dire « non » en disant « nez, nez ». María sourit et fait « nez » elle aussi, puis elle chuchote quelque chose à l'oreille de maman qui sort son porte-monnaie et donne de l'argent au vieillard.

— Pourquoi lui donnes-tu cet argent ? demandé-je.

— Comme il n'y a pas de route carrossable pour aller jusqu'à l'hôtel, nous allons transporter nos bagages à dos d'âne, répond-elle. J'ai payé d'avance puisqu'ils ont accepté de nous emmener.

— Hein ? Les ânes sont à eux ? Mais, je les ai clairement entendus dire "non" en hochant la tête ! "Nez", ça veut dire "non", non ?

Elle rit.

— Justement, il faut faire très attention parce que certains de nos gestes habituels peuvent être mal interprétés, ici.

— Comment ça ? Je ne comprends pas.

— Eh bien, pour dire “oui” avec la tête, les Grecs font le signe que nous utilisons pour dire “non” et inversement. *Naí*, qui se prononce “né”, veut dire “oui”, tandis que *ochi* veut dire “non”.

— Tu me niaises ?

— Pas du tout, je t’assure.

— Malade ! 😝

Je n’ai pas le temps d’en dire plus parce que l’un des ados est déjà en train de me soulever dans les airs comme un vulgaire bagage pour m’installer sur son âne !

— Hé ! Attention ! Que fais-tu ? Je ne suis pas certaine de savoir comment conduire un âne !

Sans prêter attention à mes protestations, le garçon s’empare ensuite de mon sac à dos qu’il accroche derrière moi sur la selle tandis que l’autre jeune fait la même chose avec Savina. De son côté, le vieil homme dispose le reste des bagages sur le dos d’un troisième âne.

— Nous voilà fin prêtes ! annonce maman. María et moi irons à pied, tandis que les hommes guideront les ânes. Amuse-toi bien, pitchounette !

Hein ?

Alors, je n’ai pas besoin de savoir conduire l’âne ?

Je suis perplexe. Nous n'avions jamais utilisé ce type de transport auparavant ! Qu'à cela ne tienne, je trouve ça plutôt... très cool ! ☺

Mon âne à moi (Je craque ! 😍) est gris pâle avec une adorable touffe de poils blonds entre les deux oreilles. Son front est orné d'un collier de perles bleu et orange et, sur son dos, les couleurs de la couverture sont assorties. Tout cela me semble tellement exotique que je me fais l'effet d'être une exploratrice d'une autre époque en voyage dans une contrée sauvage et mystérieuse. Ou une sorte de princesse rebelle en route vers le château où l'attendent ses futurs sujets, après un long voyage en bateau...

Sous le coup de l'émotion, affichant mon plus large sourire, je me tourne vers ma mère, derrière moi, et crie :

— J'aime ça finalement, m'man ! Et mon âne est trop mignon. Je suis si heureuse que je pense que c'est le plus beau jour de ma viiie !

Elle éclate de rire.

— Tu es certaine de ne pas exagérer un tout petit peu ? Il ne s'agit quand même que d'un tour à dos d'âne.

— Je n'exagère JAMAIS !

— Le soleil tape fort, alors garde bien ton chapeau sur ta tête, Juliettounette !

Si elle pouvait éviter de m'appeler « Juliettounette » devant tout le monde, mon bonheur serait effectivement absolument parfait !

13 H 25

L'homme plus âgé ouvre la marche, tenant en laisse l'âne qui porte les bagages. Les plus jeunes s'occupent de guider les deux autres montures. Maman et María suivent, suant à grosses gouttes en raison de l'effort à fournir pour grimper. Les pauvres ! Notre cortège déambule dans les étroites ruelles du village, les ânes escaladant avec agilité les marches de pierre. Non loin, des cloches se font entendre. J'adore ! Curieusement, il n'y a pas un chat en vue. Comme si elle avait deviné la question que je m'apprête à poser, maman commente en s'épongeant le front :

— C'est l'heure la plus chaude de la journée. Je pense qu'à peu près tout le village est en train de faire la sieste.

À mi-chemin du sommet de la colline, la maison devant laquelle nous nous arrêtons n'a rien d'un grand hôtel. Mais elle est mignonne comme tout, en pierre blanche surmontée d'un toit plat, comme la majorité des maisons du village. Galamment, mon écuyer me tend les bras, puis m'attrape par la taille et me dépose avec un sourire qui me semble légèrement moqueur. Je rougis comme une cerise.

Pour me donner contenance, je tente un timide remerciement en grec.

— *Efharistó*[3] *!*

(Ben oui, j'ai quand même appris deux ou trois mots !)

Je me tourne ensuite vers María en tendant la main vers l'animal pour lui faire une caresse.

— J'aimerais bien savoir comment il s'appelle.

Elle pose la question au jeune, qui semble surpris et répond quelque chose que je ne comprends pas, évidemment.

— Il s'appelle Gáidaros, m'informe María.

— Quel joli nom ! Ça veut dire quelque chose ?

Elle éclate de rire et me fait un clin d'œil.

— En grec, ça veut dire à la fois "âne" et "nigaud".

J'ouvre la bouche de stupeur et fronce les sourcils d'indignation.

— Le pauvre !

— Les ânes ont la réputation d'être un peu bêtes. La vérité, c'est qu'ils sont surtout têtus, ajoute Savina.

---

3. Merci.

— *Yássou*[4], fait mon cavalier en s'éloignant avec un sourire d'adieu.

— *Yássou*, réponds-je.

14 H

Avant de rejoindre les autres qui piétinent déjà sur le seuil de la maison, je me retourne pour profiter de la vue. Wow ! Quelle chance de pouvoir passer les prochains jours dans un village aussi ravissant ! ☺

Notre logeuse s'appelle Melína. Elle ne parle pas un mot de français ni d'anglais, ce qui fait que María et Savina doivent nous traduire tout ce qu'elle dit. Elle est habillée de noir de la tête aux pieds et ses cheveux noirs sont parsemés de fils gris. À ma grande stupéfaction, elle est encore plus petite que moi ! Il est difficile de lui donner un âge, mais elle sourit largement et semble très gentille. À grand renfort de signes, elle nous invite à la suivre.

Il n'y a que deux chambres à l'intention des touristes de passage, la troisième étant celle de la propriétaire. Mais il y a plus important !

— Il y a une connexion wifi ici, tu penses ? demandé-je à l'intention de notre guide.

4. Salut.

— Malheureusement non, ma belle. Mais ça n'a pas grande importance, il me semble.

— Une petite cure de désintoxication d'Instagram ne te fera sûrement pas de mal, en rajoute maman.

Grrr ! Mais qu'est-ce qu'elles racontent toutes les deux ?! Et mes *BFFs* alors ? Gino et Gina vont se faire du souci s'ils n'ont pas de mes nouvelles très bientôt ! Pfff ! Cure de désintox, mon œil ! Me voilà tombée en plein XXe siècle ! Autant dire le Moyen Âge ! Quelle malchance de devoir passer les prochains jours dans un village aussi archaïque ! 😑

(Respire, Jules, respire !)

14 H 10

La pièce que maman et moi partagerons est meublée de lits jumeaux en bois foncé, de deux tables de nuit assorties, d'une armoire, d'une commode et d'un petit meuble pour installer l'ordinateur portable. Au grand désarroi de ma mère, il n'y a cependant pas la moindre prise électrique et l'unique éclairage consiste en une ampoule nue qui pend du plafond au bout d'un fil.

Je me laisse tomber sur le lit. Wow ! Le matelas est un peu dur, comme je les aime, et les draps sont immaculés. La décoration est spartiate :

literie aussi blanche que les murs, pas de couverture ou de couvre-lit, des fleurs dans un vase sur la commode. Je remarque qu'il fait bien frais, malgré l'absence d'appareil pour climatiser l'air…

— Comment se fait-il qu'il fasse moins chaud à l'intérieur alors qu'il n'y a pas de climatisation ni de ventilateur ? demandé-je à María venue s'assurer que nous ne manquons de rien.

— Ces murs de pierre sont très épais, tu vois ? Et les fenêtres sont minuscules. Cela permet de conserver la fraîcheur à l'intérieur pendant très longtemps. C'est aussi dans ce but que toutes les maisons sont peintes en blanc. Tandis que les couleurs foncées absorbent les UV, le blanc les renvoie, ce qui atténue la température à l'intérieur des bâtiments.

— C'est très astucieux ! s'extasie maman.

— Oui, répond fièrement notre guide. Je vous laisse vous installer. On se voit tout à l'heure.

14 H 20

— Aaaaaah !

Le cri que pousse ma mère est si perçant qu'il me fait violemment sursauter. Les prunelles exorbitées, elle pointe du doigt la fenêtre.

— Là, là, il y a un… un HOMME !

— Hein ? Mais je ne vois personne.

— Qu'est-ce qui se passe ? demandent en chœur María et Savina qui se sont précipitées dans notre chambre.

— Il y avait un HOMME à la fenêtre, répète maman. Il me regardait avec un horrible sourire qui laissait entrevoir des dents manquantes.

— Je ne vois rien, répond María, le nez à la fenêtre. Tu es certaine de ne pas avoir rêvé ?

Alertée par le cri, notre logeuse s'en mêle à son tour.

— *Ti symvaínei*[5] ?

María s'adresse en grec à la vieille dame qui éclate aussitôt de rire.

— Que dit-elle ? s'informe ma mère.

(Décidément, la communication ne s'annonce pas facile sur cette île.)

— Elle dit qu'il s'agit sans doute de son frère, traduit María. Il habite juste à côté. Elle assure qu'il est inoffensif.

Maman fronce les sourcils.

La logeuse poursuit son charabia en la regardant avec un sourire… légèrement espiègle.

— Que dit-elle cette fois ?

María réprime un fou rire.

---

5. Que se passe-t-il ?

— Elle dit qu'il aura été attiré par l'éclat de tes cheveux blonds, Marianne. Il aime bien les jolies dames, et cherche justement à se marier.

— Bon, bon, bon, grommelle ma mère, l'air pas du tout flattée. Dis-lui, s'il te plaît, de prévenir son frangin qu'il doit se tenir très loin de cette fenêtre. Okay ?

— D'accord. Mais tu es certaine que...

— CERTAINE !

14 H 30

Le calme est revenu et, crois-le ou non, María et maman envisagent maintenant de faire la sieste. (Je ne comprendrai jamais les adultes.)

De notre côté, ma copine et moi demandons la permission d'aller nous baigner. Maintenant que nous sommes là, il n'est pas question de rater une seule occasion de nous amuser ! Je ne me fais pas trop d'illusions cependant. Contre toute attente, encouragée par María, maman accepte. Youpi !

Après m'être soigneusement couverte de crème solaire, j'enfile un short et une blouse légère pardessus mon maillot et j'enroule une serviette autour de mon cou avant de rejoindre Savina devant la maison.

Une petite brise caresse mes cheveux. Il fait effectivement moins chaud ici qu'à Athènes et je meurs d'impatience de découvrir les alentours. D'ici, je peux très bien voir la plage… loin tout en bas.

— Ouais, c'est quand même une bonne marche !

— Ça paraît pire que ce ne l'est en réalité, précise Savina. Les gens d'ici le font tous les jours, pourquoi pas nous ? Et puis, en guise de récompense, nous aurons enfin l'occasion de nous rafraîchir.

(Je revis en pensée mon attaque de vomissements à bord du bateau. 😛)

— Tu as raison, allons-y !

— Attendez ! crie María en sortant soudainement de la maison, un panier d'osier à la main.

— Melína vous a préparé ceci, fait-elle en me tendant le panier.

Jetant un œil au contenu, je découvre une grandc bouteille de limonade maison, deux sandwichs de viande froide, un petit pot d'olives noires et un gros morceau de fromage féta. Cool !

15 H

En empruntant les trottoirs et marches de pierre, il a été plutôt facile de rejoindre la plage de sable fin de Magazia, située juste à côté du port. Déposant mon panier sur le sable, je lève les bras au ciel, triomphante.

— Yahooou ! On a réussi !

D'habitude, ma mère ne me permet pas autant de liberté, alors je savoure ma bonne fortune. Il faut dire que cette île est si petite qu'il ne doit pas s'y passer grand-chose. Nous ne risquons rien, assurément. María dit qu'il faut marcher longtemps dans la mer avant d'avoir de l'eau au-dessus de la tête.

Notre emplacement est plus que parfait : le sable fin s'étend à perte de vue, le ciel est absolument sans nuages, l'eau est cristalline, les vagues sont nonchalantes et il n'y a pas âme qui vive en vue. Je laisse tomber ma serviette à côté du panier.

— On fait la course ? proposé-je. La dernière à se jeter à l'eau est une poule mouillééée !

En poussant des cris aigus, nous nous jetons à l'eau tête la première, exactement en même temps Savina et moi. La température est idéale et l'eau n'est effectivement pas très profonde. Dommage ! Même à une trentaine de mètres du rivage, les vaguelettes me lèchent à peine les cuisses. Qu'à cela ne tienne. Vive les vacances ! Savina et moi nous amusons comme deux enfants insouciantes.

Avec le train de vie que me fait mener ma mère, il est rare que j'aie réellement du temps à moi, rien que pour flâner. (Ne ris pas, je suis sérieuse !)

15 H 30

— Je suis morte de faim, annonce Savina en se jetant sur le panier à pique-nique, lorsque nous revenons vers la plage.

Sortant de l'eau la peau toute fripée, je me mets plutôt en quête de coquillages et de jolis morceaux de bois flotté en vue d'agrandir ma collection. J'adore chasser ce type de trésor ! C'est gratuit et ça me fait de fabuleux souvenirs.

Mon amie insiste.

— Tu viens ? Je ne veux pas commencer sans toi.

Je vais lui répondre d'attendre rien qu'une minute lorsqu'un bruit sur ma gauche attire mon attention. *OMG !* 😮 Des chevaux ! Une demi-douzaine de cavaliers conduisant leurs montures au ras de l'eau foncent tout droit vers... moooi ! En tête, un ado aux cheveux longs qui doit avoir mon âge.

— Faites attention ! m'écrié-je.

En vain. Mon cri se perd au travers du bruit des sabots. Le garçon affiche un sourire béat, mais son regard est fixe. Il ne semble même pas me voir, en fait ! À la dernière seconde, je me jette sur le côté, effectuant une triple roulade vers la mer, dans une tentative désespérée d'échapper aux sabots meurtriers. Ouf ! Essoufflée et le cœur battant, je ne fais qu'entrevoir les autres cavaliers qui poursuivent leur chemin sans ralentir. Je viens d'échapper à une fin horrible, parole de Jules !

— Tu as vu ça ? m'indigné-je.

— J'ai bien vu, oui, répond mon amie, les yeux également agrandis par l'effroi. C'était toute une bande de jeunes suivis par un adulte qui devait être leur moniteur. Ils avaient l'air un peu bizarre, en particulier celui en tête. Tu as remarqué ? Il ne t'a même pas jeté un regard.

— Il ne m'a pas vue, tu crois ?

Elle frémit.

— J'avoue que je n'en sais rien. J'espère qu'il ne l'a pas fait exprès…

Elle secoue la tête comme pour chasser les mauvais esprits.

— Heureusement, tu es saine et sauve. Tu as remarqué leurs chevaux ?

— Euh ! J'avoue que je n'ai pas eu le temps d'y prêter attention.

— Celui du moniteur mis à part, ils étaient tout petits.

— Oh !

Mon amie me fait gentiment la bise.

— Oublie ça et viens manger.

— D'accord, fais-je, sans quitter des yeux le groupe qui n'est pas très loin.

À moins d'un kilomètre, ils semblent ralentir. Mais oui, les voilà qui descendent de leurs montures. Puis l'ado en tête distribue ce qui ressemble à de grands sacs poubelle.

— J'ai bien envie d'aller leur dire ma façon de penser ! bougonné-je.

— Ne te fatigue pas, ça ne vaut pas la peine, répond mon amie en regardant à son tour dans leur direction. Mais qu'est-ce qu'ils font ? On dirait qu'ils ramassent des trucs.

— Des coquillages, tu crois ?

— Pour les mettre dans des sacs poubelle ? Ça m'étonnerait beaucoup !

Penchés, les garçons continuent néanmoins leur étrange cueillette. J'ai l'impression qu'il s'agit de bouts de papier et de bouteilles. Ils se proposent peut-être de revendre ces dernières pour le montant de la consigne... Après un moment, ils remontent à cheval et s'en vont, leurs sacs poubelle accrochés à leur selle.

Mystère !

Le reste de l'après-midi se déroule sans autre nuage. Par contre, je passe pas mal de temps à scruter l'horizon, dans la direction où ont disparu les cavaliers. Je suis bien décidée à ne pas me laisser surprendre si jamais ils décident de revenir…

17 H

Finalement, la surprise est tout autre.

— Salut les filles ! fait une voix familière.

Ma mère et María sont venues nous rejoindre.

— On vous dérange ? se moque gentiment notre guide.

— Mais pas du tout, répond Savina du tac au tac. Installez-vous juste un peu plus loin. Que personne ne s'imagine que vous êtes nos mères.

María pouffe de rire tandis que ma mère semble la trouver un peu moins drôle.

— Moi qui croyais que vous seriez heureuses de nager avec nous !

— Nous ne sommes pas mécontentes, m'man. On est juste un peu occupées.

— À faire quoi ?

— Ben, à se faire bronzer en bavardant, comme tu vois.

— Bon, bon, d'accord, grommelle-t-elle en posant sa serviette un peu plus loin et en ouvrant un livre.

Pauvre maman. Elle a parfois du mal à comprendre à quel point il est important pour les ados de passer du temps entre eux, loin de leurs parents… Heureusement que María est là pour lui tenir compagnie ! Les deux ne tardent pas à abandonner leur lecture pour jacasser comme des pies.

— Et son mari à elle ? demande maman. C'est tout de même bizarre qu'elle ne soit pas mariée.

— Melína est veuve.

— Oh ! La pauvre. Elle n'a pas d'enfants ?

— Un fils et une fille, tous deux mariés et installés à Athènes. Mais son frère habite juste à côté et, apparemment, il vient la voir tous les jours et il l'aide au besoin.

— Tu le connais ?

— Je l'ai rencontré au marché avec Melína la dernière fois que Savina et moi sommes venues rendre visite à mon amie Aleka.

— Comment se fait-il qu'il ne se soit pas marié de son côté ?

— Je ne sais pas, il n'a probablement pas encore trouvé la perle rare. Notre arrivée aujourd'hui est peut-être un signe du destin… Tu devrais y réfléchir.

Elle éclate de rire.

— María ! s'écrie ma mère en faisant mine de lancer son roman dans sa direction. Je te défends d'envisager ce type d'hypothèse.

De vraies enfants ! pensé-je.

21 H

Nous sommes rentrées autour de dix-neuf heures trente, lorsque le soleil a commencé à baisser. María a proposé de nous emmener manger dans un petit restaurant situé un peu plus haut sur la colline.

— La vue sur le port illuminé de Skyros y est imprenable, a-t-elle promis.

Nous nous sommes donc douchées et changées. La douche m'a fait un bien fou, même s'il n'y avait qu'un mince filet d'eau. Le sel de mer a tendance à coller sur la peau, tu sais ?

Désireuses de faire bonne impression, maman et moi avons troqué nos shorts contre des tenues plus appropriées pour une sortie au restaurant : une robe chemisier toute simple pour moi, et une chic robe de mousseline vert émeraude au corsage délicatement brodé pour ma mère, ainsi qu'un léger châle de la même couleur destiné à couvrir ses épaules.

— Cette couleur fait ressortir le vert de tes yeux, fais-je, admirative. Dommage qu'il n'y ait personne ici pour te faire la cour.

J'accompagne la dernière phrase d'un clin d'œil polisson. (Je sais, la blague est un peu grosse… 😄)

— Ne dis pas de bêtises, choupinette. Ta compagnie et celle de Savina et María me suffisent amplement. Tu es prête ?

— Je meurs de faim !

J'ai toujours de l'appétit après un après-midi de plage. Souhaitons qu'ils servent des spaghettis à ce restaurant !

Je sors la première et constate que María et Savina nous attendent déjà à l'extérieur.

— Wow ! Savina, tu es trop jolie !

— *Efharistó,* me remercie la jeune fille, en rosissant de plaisir. Tu es super belle toi aussi.

Ma mère me suit.

Alors qu'elle vient à peine de poser le pied hors de la maison, une sombre silhouette se précipite sur elle… 😮

… un bouquet de fleurs sauvages à la main. 😄

— Mais qu'est-ce que… ?

María, Savina et moi essayons vraiment de nous retenir d'éclater de rire. Peine perdue ! Vêtu d'un costume noir élimé, le frère de Melína sourit de toutes ses quelques dents, les pupilles dilatées par une admiration quasi enfantine. Tétanisée par l'étonnement, ma mère ne bouge pas d'un cil. Tendant maladroitement son bouquet, l'homme murmure quelque chose que je ne comprends pas.

— Qu'est-ce qu'il dit ? chuchoté-je à l'oreille de Savina.

— Il dit qu'il la trouve belle comme un ange.

Réagissant enfin, ma mère dit « non, non » en secouant la tête de gauche à droite et tente de s'esquiver. Mauvaise tactique ! L'homme insiste et ne la lâche pas d'une semelle, brandissant toujours bien haut son bouquet.

— Mais enfin, María, aide-moi ! Dis-lui que je ne suis pas libre.

— Je veux bien, mais il a vite remarqué que tu ne portes pas d'alliance. Et puis, as-tu oublié que dire “*naí, naí*” en secouant la tête, ça veut dire “oui, oui” ?

— Cesse de faire la maligne et fais-le disparaître, ordonne ma mère qui semble avoir perdu tout sens de l'humour.

— Comme tu voudras.

Notre guide se met à parler à toute vitesse. Son ton est sec, presque brutal. L'homme semble vouloir protester, mais il finit quand même par s'éloigner la tête basse, ses fleurs toujours à la main.

— Le pauvre ! ne puis-je m'empêcher de m'exclamer. Maman ! Tu es impitoyable !

— Juliettttte ! Mêle-toi de ce qui te regarde, je te prie.

— Hi ! hi ! hi !

Savina, María et moi rions tellement que nous ne savons plus si c'est l'air de ma mère ou celui de son soupirant éconduit qui nous fait le plus rigoler. Le fait est que je me retiens pour ne pas me rouler par terre et que mes côtes sont douloureuses.

Sacrée m'man ! Elle est irrésistible ! ☺

21 H 30

Le restaurant choisi par María offre une vue sur la mer d'un côté, et sur le village en contrebas de l'autre. C'est un endroit simple, mais vraiment charmant. Les murs intérieurs et extérieurs sont en crépi blanc, le mobilier est en bois peint en bleu. Le fond des chaises est canné, c'est-à-dire garni de brins de jonc de mer entrelacés, et des branches de laurier ont été peintes à la main sur les dossiers. L'éclairage extérieur est assuré par des guirlandes d'ampoules suspendues entre les oliviers, et des massifs de bougainvilliers mauves et roses décorent et embaument la terrasse. J'ai un pincement au cœur en me disant que cet endroit est certainement le lieu le plus romantique où il m'ait été donné de dîner. Dommage que Gino ne soit pas là ! Pire, je ne pourrai même pas lui raconter ma journée en rentrant ce soir... ☹

Il n'y avait plus une seule table de libre à l'extérieur lorsque nous sommes arrivées, mais devant notre déception, le patron a simplement sorti une des tables qui étaient inoccupées à l'intérieur. Rien ne semble jamais compliqué par ici. C'est *chill* !

Dans la plus pure tradition grecque, notre gentille guide a discuté des plats disponibles avec le patron. Ensuite, elle a expliqué à ma mère qu'il allait nous apporter toutes sortes de bonnes choses à manger, tant que nos estomacs tiendraient le coup.

— On ne peut pas voir le menu ? s'est étonnée maman.

— Ça ne fonctionne pas vraiment comme cela ici, explique María. Pour les Grecs, un repas est un acte social et la nourriture est commandée pour la table et non pas pour chaque individu. On va nous apporter une variété de plats afin que vous puissiez goûter différentes spécialités. Tant que nous viderons les assiettes, on continuera à nous apporter de nouveaux plats. C'est comme ça.

— Tu crois qu'ils ont des spaghettis ? chuchoté-je à l'oreille de maman, inquiète.

— Hum ! J'en doute un peu, répond-elle sur le même ton. Mais ne te fais pas de souci, si on nous apporte une variété de plats, il y aura certainement quelque chose pour toi.

Espérons-le !

Puis, se tournant vers María, maman reprend.

— Mais quelle est la spécialité de l'île exactement ?

— Les poissons et les fruits de mer, évidemment. Après tout, nous sommes sur une île de la mer Méditerranée.

Ah ben ouais ! (Seulement, le hic avec les fruits de mer et le poisson, c'est que je n'aime pas trop ça. Et toi ?) 😛

22 H

Les choses ne tardent pas à se gâter, du moins pour moi. Les premières assiettes posées au centre de la table proposent : deux sortes de petits poissons ayant conservé leurs têtes (des sardines et des anchois, me précise Savina) ; des petits crabes entiers, carapaces et yeux inclus ; des coquillages dont je n'ai pas compris le nom ; et, pour couronner le tout, de petites boules ornées de piquants. Des mini porcs-épics ? 😒 Heureusement, le patron a aussi apporté des olives et du fromage féta.

— On va se régaler ! s'exclame mon amie Savina, qui est assise juste à côté de moi.

— Euh ! Ouais… Mais ça, qu'est-ce que c'est ? demandé-je en pointant les boules piquantes.

— Ce sont des oursins. Tu ne connais pas ? s'étonne-t-elle en s'empressant d'en mettre deux dans son assiette.

— Tu es certaine que ça se mange ?

— Mais bien entendu et c'est absolument délicieux, je t'assure ! me répond María en riant. Il faut goûter ! Allez !

— On fait comment ? s'informe prudemment ma mère, à son tour.

— Le dessus a déjà été découpé. Il ne reste qu'à manger l'intérieur.

Elle plonge une cuillère à l'intérieur de la « petite bête », ouvre la bouche et engloutit sa cuillerée en fermant les paupières, comme pour mieux la savourer.

— Miam ! La saveur du corail est très iodée. J'adore !

— Euh ! Mais c'est quoi "le corail" ? insisté-je.

— C'est la partie rose à l'intérieur de l'oursin, répond María. Ce sont des petits œufs.

Réprimant à grand-peine une nausée soudaine, je détourne les yeux et m'adresse à maman en chuchotant, avec un brin d'anxiété.

— On va nous apporter autre chose, tu crois ?

À voir la mine de l'auteure de mes jours, les oursins ne l'attirent pas trop non plus. Pourtant, elle plonge bravement sa petite cuillère dans un oursin et en avale le contenu tout rond, sans mastiquer. Quel courage ! Elle ne fait même pas la grimace.

— J'adore goûter de nouvelles choses, affirme-t-elle en s'adressant à la table.

(La vantarde !)

Puis elle chuchote à mon oreille :

— Ce ne sont encore que des entrées. On nous apportera autre chose dès que nous aurons vidé ces assiettes. Allez, fais un petit effort toi aussi.

— Et alors, Marianne, ça te plaît ? demande María.

— Je dois avouer que c'est pas mal, en effet. Et comment on les fait cuire, ces oursins ?

— Ça se mange cru… C'est très apprécié des connaisseurs.

Oups ! Pauvre maman, la voilà prise d'une quinte de toux incontrôlable. Son teint vire au vert et des larmes roulent sur ses joues tandis qu'elle fait des efforts titanesques pour ne pas rejeter ce qu'elle vient d'avaler.

Fort heureusement, le patron a apporté deux bouteilles d'un liquide transparent. Je suppose qu'il s'agit d'eau plate et je m'empresse d'en verser un peu dans son verre.

— Tiens, bois.

Elle avale d'un trait le contenu. Mais la voilà qui s'étouffe à nouveau. Compatissante, María lui donne de grandes tapes dans le dos.

— Allons donc, ma pauvre amie. Qu'est-ce qui t'a pris d'avaler ton verre d'un trait ?

— C'est, ce, c'était qu-quoi au jus-te ? hoquette ma mère.

— Du *tsípouro*. Une eau de vie typiquement grecque.

— Oh ! C'est bon, mais c'est fort !

— Oui, très bon ! Ici, on ne conçoit pas un repas entre amis sans *tsípouro*. Profites-en.

— J'en profite, j'en profite, répond poliment maman en évitant soigneusement de regarder María.

Oh *boy* ! La soirée risque d'être longue !

Heureusement, j'aime bien les olives…

Mardi 6 août

0 H 30

De retour au gîte, allongée sur mon lit, je hume le parfum des fleurs par la fenêtre ouverte, songeant que je suis bien loin de chez moi et de mes *best friends* restés à Québec, Gino et Gina. Lourde d'avoir trop mangé et peut-être un tout petit peu trop bu, maman s'est endormie dès que sa tête a touché l'oreiller. Et la voilà qui ronfle même tout doucement. 😄 Après les oursins et le *tsípouro,* le patron du resto nous a servi encore tellement de choses que j'ai fini par trouver des plats à mon goût. Quant à Savina, jamais auparavant je n'avais vu une fille manger autant ! Elle était belle à voir. À force de jaser[L] de choses et d'autres et de m'amuser, j'ai fini par manger comme une ogresse moi aussi. J'ai adoré les feuilles de vignes farcies au riz, mais aussi la *moussaka*. Tu connais ? C'est un plat à base de viande hachée. Une sorte de hachis parmentier avec des tomates et de l'aubergine. ☺ J'ai aussi goûté la *patatosaláta*, une salade de pommes de terre, et des *soutzoukakia*, des boulettes de viande au cumin et à la cannelle.

Mais mon plat préféré s'est avéré être le *kreatopita*, de la pâte feuilletée farcie avec de la viande et des légumes. Très goûteux ! Le patron nous a aussi offert une bouteille d'ouzo. Malgré les protestations de ma maman, María a insisté pour que Savina et moi y goûtions rien qu'un peu. Ça goûtait la réglisse noire, mais en plus fort. C'est une boisson alcoolisée. Après deux petites gorgées, j'avais la tête qui tournait légèrement et maman a terminé mon verre.

Au milieu du repas, des musiciens accompagnés de danseurs sont arrivés. Pour notre plus grand plaisir, hommes et femmes portaient leurs costumes traditionnels. Ces dernières avaient de longues jupes blanches avec un tablier rouge pardessus. Leurs corsages étaient ornés de colliers à plusieurs rangs et leurs têtes étaient couvertes d'une écharpe blanche.

Les hommes aussi portaient des jupes. (Je te jure !) Une sorte de jupette blanche, assez courte, sur un genre de legging blanc accompagnés d'une blouse ample blanche, sous une veste rouge sans manche et avec une ceinture assortie.

— Trop drôle, cette minijupe ! ai-je commenté.

— Ce n'est pas une jupe, mais une fustanelle, a rétorqué Savina, l'air on ne peut plus sérieux. Elle est formée de quatre cents plis de tissu qui symbolisent quatre cents années de servitude sous l'occupation ottomane.

— Hein ?

María est venue en renfort de sa fille pour expliquer :

— Les Turcs ont envahi la Grèce au XIVe siècle et l'ont occupée pendant quatre cents ans, asservissant le peuple grec. Une humiliation que personne n'a oubliée.

Je n'ai pas trop compris en quoi cela expliquait qu'on puisse appeler la jupe une « fustanelle », mais je me suis abstenue d'en rajouter. Aux pieds, ils portaient des chaussettes blanches montées jusqu'aux genoux et des chaussures noires ornées d'un énorme pompon noir. Peinant à me retenir d'éclater de rire tellement cette ornementation me semblait ridicule, j'ai ajouté, pince-sans-rire :

— Et ce pompon, il représente aussi quelque chose ?

— On appelle ces chaussures des *tsarouchia*, a fièrement répondu mon amie. À l'origine, elles ont été conçues pour les combats de corps à corps. Elles sont lourdes, dures, résistantes et stables.

Fabriquée à la main, chaque chaussure pèse environ trois kilos. Le pompon servait à cacher une lame qui permettait aux soldats désarmés de continuer à se défendre avec leurs pieds. Astucieux, non ?

Absolument surréaliste ! ai-je pensé. Décidément, mieux valait cesser de poser des questions si je ne voulais pas des réponses hallucinantes.

Tous masculins, les musiciens portaient sensiblement les mêmes habits que leurs confrères danseurs. Deux hommes chantaient à tour de rôle en jouant du *bouzouki*. Les autres les accompagnaient à la flûte ou en frappant sur d'étranges percussions. J'ai reconnu le *bouzouki* parce que notre professeur de musique en a apporté un en classe, une fois. C'est l'instrument national grec. À mi-chemin entre le ukulélé et la guitare, il mesure environ soixante-dix centimètres de long, est doté de trois doubles cordes, et la forme arrondie de sa caisse de résonance rappelle celle d'une poire.

Lorsque les danseurs ont eu terminé leur numéro, les musiciens ont continué à jouer et des personnes se sont spontanément levées pour danser à leur tour, profitant peut-être de l'euphorie provoquée par quelques verres de *tsípouro*. À mon grand étonnement, seuls des hommes ont investi le plancher de danse, jeunes ou vieux.

Claquant des doigts, les bras à l'horizontale ou levés vers le ciel, sautillant d'un pied sur l'autre sans partenaire, ils se déplaçaient avec grâce, esquissant de lents mouvements vers la droite et la gauche ou effectuant une sorte de tournoiement autour d'un point fixe, encerclés et applaudis par l'assemblée, leurs visages reflétant autant de dignité que de plaisir.

— Ils dansent le *zeibekiko,* a commenté María.

J'étais bouche bée. Connaissant ma mère, je sais qu'elle aurait aimé se joindre à eux, mais elle n'a pas osé bouger, redoutant sans doute que ce ne soit pas approprié pour une femme.

Enfin, au grand désarroi de l'auteure de mes jours, María a insisté pour payer l'addition. Je sais ! Ça n'a pas de sens ! Surtout quand on considère que le pays est en pleine crise et que les ménages peinent à joindre les deux bouts. Maman était tellement mal à l'aise que j'ai cru qu'elle allait cesser de respirer. Puis elle s'est souvenue avoir lu quelque part que payer l'addition est étroitement lié à la notion d'hospitalité, ici, en Grèce, et qu'il n'est pas coutume de partager la facture, même s'il n'est pas rare d'assister à des discussions un peu rudes pour savoir qui aura l'honneur de le faire. Elle s'est donc reprise et a remercié notre hôte de la façon la plus chaleureuse possible.

Ces dernières vingt-quatre heures ont été absolument épiques ! Je suis impatiente d'être à demain pour découvrir la suite. Pas toi ?

7 H

Je m'éveille et la première pensée qui me vient à l'esprit est : Où suis-je ? Mes narines détectent un parfum qui n'est pas celui de ma chambre et les contours de mon lit me semblent différents. En ouvrant les yeux, je me rappelle. Je suis en Grèce avec ma mère et nous devons aller visiter un ranch aujourd'hui ! Je me lève comme une flèche. J'ai hâte ! J'ai toujours rêvé de monter à cheval. Le lit de maman est déjà vide. L'horloge de mon iPad indique 7:05. Ouvrant les volets, je constate que le ciel est sans nuages. La journée promet d'être fantastique !

7 H 15

Le petit-déjeuner est servi sur la terrasse. Sur la grande table de bois, Melína a déposé de quoi soutenir une armée. Il y a des œufs cuits durs, du pain aux olives, des feuilletés aux épinards et au fromage féta (miam, miam !), des tomates fraîches coupées en quartiers, des oranges, des pêches et du yogourt bien épais, généreusement arrosé de miel. Je croyais connaître le yogourt grec parce que maman en achète à l'épicerie lorsque nous sommes à la maison, mais celui de notre hôtesse n'a rien à voir avec ceux que j'ai goûtés jusqu'à présent. Comment dire ? Il est si doux, si onctueux, si épais qu'il se mange comme le plus délicieux des desserts, même sans miel.

María nous apprend que l'île compte pas mal de centenaires. Elle attribue la longévité des insulaires à la diète méditerranéenne, c'est-à-dire à une alimentation riche en fruits, légumes, légumineuses, huile d'olive, fromages et poissons. Avec les nombreuses marches et les collines à monter et à descendre à pied tous les jours, ces gens font aussi pas mal plus d'exercice que les Nord-Américains, ça saute aux yeux !

La bouche pleine, maman goûte à tout en faisant moult commentaires et en posant des tas de questions. Elle s'informe sur les coutumes, les habitudes de repas, la vie de famille, la musique. María répond de son mieux ou transmet les questions à notre hôtesse qui, pour sa part, multiplie les allers et retours entre la terrasse et la cuisine. Elle apporte tant à manger que je ne pense pas avoir faim avant ce soir. Il faut dire que tout est délicieux. Moi qui n'ai pas tant d'appétit le matin d'habitude !

— Le grand air te fait du bien, commente ma mère, ravie.

Melína est particulièrement gentille avec elle, remarqué-je. Elle répond à ses questions avec empressement et en souriant sans arrêt, l'encourageant à continuer. À son tour, elle se permet aussi quelques questions. María, qui fait la traduction simultanée, ne semble pourtant pas transmettre toutes les paroles de la vieille dame.

— Que dit-elle ? s'enquiert maman. Elle veut savoir quelque chose, non ?

— Tu veux vraiment que je te traduise ? demande María avec un sourire espiègle.

— Mais bien entendu. Je serai heureuse de lui répondre.

— Elle demande si tu es mariée.

— Tu peux lui dire la vérité.

— Tu en es certaine ?

— Puisque je ne le suis pas.

— Comme tu veux.

María se retourne vers Melína pour lui traduire la réponse. S'ensuit une conversation animée. Transportée d'enthousiasme, la vieille femme se lance dans un long monologue tout en ne quittant pas maman des yeux. María lui coupe finalement la parole et a même l'air de la gronder. L'air vexé, la vieille dame tourne les talons et rentre à l'intérieur. Ma mère s'en étonne.

— Que se passe-t-il ? Je ne vois aucun inconvénient à satisfaire sa curiosité.

— Elle dit que tu es bien trop jolie et bien trop jeune pour rester seule et élever Juliette sans présence masculine. Elle a mentionné qu'un père digne de ce nom n'aurait certes pas trouvé convenable que vous voyagiez seules toutes les deux, aussi loin de votre maison. Elle m'a demandé si tu étais orpheline.

— J'ai encore ma mère…

— Elle a aussi voulu savoir si tu avais un frère.

— Pas de frère.

— Enfin, elle a mentionné qu'elle aimerait t'aider à trouver un gentil mari grec et qu'elle a… un candidat potentiel en vue. Elle offrait d'organiser un rendez-vous.

María refrène un fou rire.

— Oh !

Ma mère rougit comme une aubergine.

— Je vois. Que lui as-tu répondu ?

— J'ai coupé court en affirmant que les femmes modernes se débrouillent très bien sans homme. Avant de rentrer, elle a ajouté que tu n'as pas conscience des conséquences de ton choix de vie et que si ta famille n'arrive pas à te faire entendre raison, quelqu'un d'autre devra s'en charger.

— Elle a vraiment dit cela ?

— Absolument. Méfie-toi, Marianne, les Grecs se font un devoir de porter secours aux personnes en difficulté, rigole notre guide.

— Bon, bon, cesse de te moquer de moi. Melína est veuve et se débrouille très bien toute seule il me semble, non ?

— Désolée de te détromper, mais sans l'aide de son frère, elle ne s'en sortirait sans doute pas. Songe seulement à toutes les tâches que requiert l'entretien de cette maison plus que centenaire : le jardin, le poulailler, les chèvres qui fournissent le lait nécessaire à la fabrication du yogourt et du fromage, etc.

— Tu as raison, mais ne la rabroue pas aussi fort la prochaine fois. Je ne voudrais surtout pas froisser une hôtesse aussi gentille. Et puis, c'est sans doute agréable de pouvoir compter sur un homme, laisse échapper ma mère, songeuse.

Tandis que les deux femmes continuent à bavarder, je constate que notre hôtesse a disparu. Puis je l'aperçois au loin, sur le sentier menant à la maison qui est située juste au-dessus de la sienne. Elle sera sans doute allée faire une course…

Avec Savina, nous établissons avec enthousiasme le plan de la journée. À neuf heures, une voiture doit passer nous prendre sur le quai pour nous amener au ranch. J'imagine que nous ferons de l'équitation la majeure partie de la journée. Ensuite, de retour chez Melína, Savina et moi aurons probablement la permission de retourner au bord de la mer pendant que nos mères feront la sieste avant le repas. J'adore ce genre de plan ! ☺

J'en suis là de mes réflexions lorsque, sorti de nulle part, un air de musique se fait entendre. La mélodie est aussi accrocheuse que mélancolique. Maman sourit, charmée.

— D'où provient cette jolie musique ? demande-t-elle.

María lève les yeux au ciel.

— J'ai bien peur de le deviner. Je t'aurai avertie, Marianne !

— Hein ?

Surgissant de derrière un bosquet avec un vieux *bouzouki* à la main, le frère de Melína est tout sourire tandis que ses doigts, étonnamment agiles, vont et viennent sur son instrument. Son regard admiratif est fixé sur le visage de ma mère qui trahit de son côté un certain affolement.

Pauvre maman ! Incapables de nous contrôler, María, Savina et moi laissons à nouveau éclater notre hilarité. Discrètement, d'abord, puis de plus en plus fort, en nous tordant dans tous les sens et en nous tapant les cuisses. (Ça t'est déjà arrivé de rire tellement que tu en as eu mal au ventre ?)

La vieille dame est satisfaite d'elle-même. Elle se tient debout près de la porte, arborant le même sourire que son frère. Probablement déchirée entre le désir de fuir et celui de conserver une certaine dignité, maman se lève et remercie poliment l'homme en esquissant un sourire gêné.

— *Efharistó*, dit-elle du bout des lèvres, avec un air figé. Je dois rentrer maintenant. *By-ye ! Yássou-ou !*

Elle accompagne ses salutations d'un petit signe de la main et tourne les talons en direction de la porte. Malheureusement, Melína bloque l'entrée de la maison. Lorsque l'homme pose son instrument sur la table et tend les bras vers elle, faisant mine de la rejoindre, ma mère s'affole soudain. Et s'il allait essayer de l'embrasser ? La panique prenant le dessus sur son désir de paraître bien élevée, elle se met à crier à l'intention de María.

— Maríaaaa ! Ordonne immédiatement à cet homme de s'en aller ! Tu m'entends ? Et dis à Melína que je veux qu'elle renvoie vite ce… ce pot de colle.

— Tu risques de les froisser gravement et définitivement tous les deux, objecte María. Et moi qui croyais t'avoir entendue dire qu'il est parfois agréable de pouvoir compter sur un homme ?

La mère de Savina est décidément bien moqueuse. 😄

8 H 45

Après avoir rassemblé nos affaires pour la journée, nous descendons vers le port pour y retrouver notre transport jusqu'au ranch. J'emporte mon maillot de bain et une serviette de plage. On ne sait jamais ! ☺ J'ai très hâte de découvrir le ranch ! À peine posons-nous le pied à l'endroit même où nous sommes montées à dos d'âne hier qu'apparaît une Range Rover toute blanche. Une jeune femme à l'allure athlétique en descend et vient à notre rencontre. María fait les présentations :

— Je vous présente mon amie Aleka. Aleka, voici Marianne et Juliette.

— Très heureuse de vous rencontrer ! dit maman en tendant la main pour secouer avec enthousiasme celle de la jeune femme. J'admire beaucoup votre travail. Voici ma fille, Juliette.

— Enchantée, fais-je en tendant timidement la main à mon tour.

— C'est moi qui suis honorée d'avoir l'occasion de vous recevoir toutes les deux, répond chaleureusement la jeune femme. Il me tarde de vous faire visiter nos installations et de vous présenter nos protégés.

Sans plus attendre, nous montons à bord du véhicule. Tout en jouant les guides touristiques, Aleka nous conduit à l'intérieur des terres, sur une route poussiéreuse qui s'éloigne du port et du village.

— Notre île compte environ deux mille sept cents habitants, nous apprend-elle, mais, en été, la population double avec les touristes et visiteurs de passage.

Ah bon ! Je ne détecte pourtant pas la moindre âme qui vive dans les alentours.

— Notre ranch est situé plus au sud, dans la partie la moins achalandée. Cette partie de l'île est en fait presque déserte et très sauvage. C'est là que vivent les petits chevaux dont nous nous occupons.

Environ trois kilomètres plus loin, une grande demeure se profile à l'horizon. Puis nous apercevons les chevaux. En totale liberté, ils semblent flâner avec insouciance, broutant de l'herbe à volonté ou galopant joyeusement. Plus loin, en file indienne sur un sentier, je vois un groupe de cavaliers. Savina les a vus aussi :

— Oh ! J'ai trop hâte de monter à nouveau ! laisse échapper mon amie. Arion sera-t-il disponible pour moi ?

— Je suis tellement heureuse que tu aies pu venir aussi, répond Aleka. Bien sûr que tu pourras monter Arion. J'ai demandé qu'on aille le chercher et il t'attend déjà. Puis, s'intéressant à moi :

— Et toi, Juliette, es-tu déjà montée à cheval ?

— Euh ! oui, une fois... deux, plutôt.

Ma mère me jette un coup d'œil étonné, mais ne dit rien. Je lui en suis reconnaissante.

Je veux tellement aller me balader avec Savina que je n'ai pas osé avouer que ce sera ma première expérience. Après tout, compte tenu de la taille minuscule de ces chevaux, ça ne doit pas être tellement compliqué ! De plus, je me suis bien promenée à dos d'âne sans problèmes ! Ça compte pour une fois, non ? Tu es d'accord ?

Mon regard se reporte sur la file de cavaliers. Ça a l'air tellement fun ! Espérons que mon petit mensonge de rien du tout n'aura pas de conséquences...

9 H 30

Après avoir passé une guérite où un homme coiffé d'un chapeau de paille nous fait un signe de la main, nous découvrons non pas une grande maison, mais tout un ensemble de bâtiments aux toits de tuiles en *terracotta*[1]. Et ce n'est pas tout, il

1. *Terracotta* est un mot italien qui veut littéralement dire « terre cuite » et désigne le matériau servant notamment à fabriquer la tuile des toits si populaire dans plusieurs pays d'Europe.

y a aussi une gigantesque piscine et deux terrains de tennis. La voiture s'arrête devant ce qui semble être les écuries.

— Bienvenue à Parádeisos, dit notre hôtesse.

— Mon Dieu ! s'exclame ma mère. Mais cet endroit est magnifique ! Un véritable paradis !

Aleka sourit, manifestement fière.

— Je suis d'accord. Ce ranch appartient à notre famille depuis près de soixante ans et il est bien plus qu'une propriété, à nos yeux. Nous en avons fait non seulement un havre de paix et de réconfort, mais aussi un refuge. Je suis particulièrement heureuse de vous y accueillir afin que vous puissiez parler de notre mission.

— Il me tarde d'en apprendre plus ! répond maman.

— Que diriez-vous que je vous fasse d'abord visiter nos installations, puis que nous nous installions quelque part au frais pour bavarder, vous, María et moi ? Pendant ce temps, les filles iront à cheval…

— Excellente idée !

Au moment de descendre de voiture, je suis très excitée, mais aussi passablement nerveuse. Bon, du calme ! Ça ne doit pas être si difficile que cela si d'autres l'ont fait avant moi. Un jeu d'enfants, sûrement ! ☺

10 H 30

La propriété est immense ! Il y a la grande maison, où vivent Aleka et la cuisinière, mais aussi une serre, des enclos où broutent des chèvres et des moutons, un poulailler, des hangars pour le foin, un gymnase, des toilettes, des douches, une salle à manger à aire ouverte, abritée du soleil grâce à un toit de chaume et dotée d'une table de réfectoire, et quelques dortoirs de moyenne dimension. Un pour le personnel, un pour les garçons, et un dernier réservé aux filles. Ça doit être cool de dormir dans un dortoir !

Nous pilotant d'un endroit à l'autre, notre hôtesse explique la mission que sa famille et elle se sont donnée :

— Depuis toujours, nous avions l'habitude de recueillir des animaux abandonnés ou blessés. Nous avons toujours défendu la cause animale et, du plus loin que je me souvienne, j'ai vu mon père et ma mère soigner les animaux qu'on nous apportait : rapaces, hiboux et autres oiseaux sauvages, chevaux, ânes, chiens, chats, chèvres et moutons.

— Oh ! Moi, j'ai toujours voulu avoir un mouton ou une poule, mais ma mère ne veut pas ! laissé-je échapper, sans réfléchir.

Aleka éclate de rire.

— Si vous vivez en ville, ça ne me surprend pas ! répond-elle.

Je ne sais plus où me mettre !

— Ben, mon amie Laurence, elle vit dans le même quartier que moi et sa mère a installé un poulailler dans leur minuscule cour.

— Encore faudrait-il que nous restions à la maison à plein temps pour nous en occuper, tranche maman.

Évidemment, elle a raison. Grrr !

— La vérité, c'est que nous ne sommes JAMAIS à la maison, grommelé-je. 😐

— N'exagère quand même pas ! rétorque ma nomade de mère. Tu sais bien qu'il faut que je travaille si nous voulons avoir un toit pour nous abriter.

Décidément, elle n'a pas l'air de se rendre compte à quel point j'aimerais parfois que l'on se fixe quelque part pour de bon… Dans un endroit comme ici par exemple ! ☺ Toutes les mères ne voyagent pas pour gagner leur vie, après tout ! Et pourquoi faut-il que la mienne m'oblige à la suivre ?

— Dans les années 1990, poursuit Aleka (qui ne semble pas avoir remarqué notre petit accrochage), nous avons fondé une association destinée à la préservation des plantes rares ainsi qu'à la protection et à l'élevage des animaux menacés. Notre mission s'est ensuite élargie avec l'élevage du cheval de Skyros, une espèce qui vivait sur l'île à l'état sauvage, mais qui était en train de disparaître de la surface de la planète, notamment parce que certains d'entre eux avaient été croisés avec d'autres espèces. Un recensement effectué à cette époque dénombrait environ quatre-vingt-dix chevaux sur l'île, dont quatorze seulement étaient de race pure. Le cheval de Skyros était donc gravement menacé d'extinction, d'autant plus que si une épidémie spécifique aux chevaux devait faire son apparition sur l'île, l'espèce risquait de disparaître à tout jamais.

Devant l'ampleur de la catastrophe appréhendée, nous avons décidé de recueillir ici les derniers spécimens de pure race pour en faire l'élevage. Quelques-uns ont aussi été envoyés vers d'autres îles, dans des ranchs similaires à celui-ci. Il faut dire que le climat de l'île étant aride, le manque de nourriture était un problème majeur pour ces chevaux qui ont été abandonnés à leur sort après avoir servi l'homme pendant des millénaires. Durant des siècles, ils ont été utilisés pour effectuer les récoltes de blé, d'orge et de pois chiches avant d'être remplacés par des moissonneuses-batteuses, dans les années 1960.

— Comme c'est triste, commente maman.

— Oui, mais vous serez heureuse d'apprendre que nous leur avons trouvé une nouvelle vocation. Comme il s'agit d'une espèce de petite taille, au tempérament très doux, le cheval de Skyros sert aujourd'hui de compagnon à des enfants ayant des besoins spécifiques. Lors de leur séjour dans notre camp d'équitation, ceux-ci ont l'occasion de profiter de tous les bienfaits qu'apporte la relation entre le cheval et l'être humain.

— Fascinant ! lance ma mère. Et comment financez-vous vos activités ?

— Grâce à des dons privés, principalement, d'où l'importance de faire connaître notre mission au plus large public possible. C'est là que vous entrez en jeu puisque vous êtes journaliste.

Chemin faisant, nous revoici devant les écuries.

— Quelques-uns de nos chevaux sont sortis avec les enfants qui sont hébergés chez nous cet été, poursuit Aleka. Les autres gambadent généralement en liberté dans les collines, mais j'ai demandé que l'on en selle deux de plus pour vous, les filles. Ça vous dit d'y aller maintenant ?

— Oh ! Ouiii ! s'exclame Savina.

— Euh… oui.

(Mon « oui » à moi est plus timide que celui de mon amie, tu l'auras remarqué…)

Hors de l'écurie, nous trouvons effectivement trois chevaux attelés et attachés à une clôture. Deux petits et un plus grand.

—Regardez qui est là à attendre ! fait Aleka.

—Arion ! s'écrie Savina en s'élançant vers le petit cheval brun à la crinière de la même couleur.

—Je vous présente Arion, Sibulla et Basileus. Ce dernier est le cheval de mon chef d'écurie.

Évidemment, je trouve que les petits chevaux sont les plus *cutes*[L] ! Ça y est, j'ai un coup de foudre ! 😍

Aleka se penche pour caresser Arion avant de poursuivre :

—Après avoir vécu et évolué pendant des siècles dans cette île, les petits chevaux de Skyros ont les jambes particulièrement musclées et ils sont dotés de sabots noirs très durs. Vous voyez ? Ils sont très puissants par rapport à leur taille. Ils sont de plus remarquablement patients, dociles et fiables. Admirez aussi leur couleur. La robe de Sibulla est baie, tandis qu'Arion est un alezan.

—Hein ?

—Le terme "robe" désigne la couleur du pelage du cheval. La couleur du cheval "bai" va du marron au chocolat et sa crinière est toujours noire. La robe de l'"alezan" est dans les mêmes tons que le précédent, mais sa crinière est assortie à sa robe, c'est-à-dire dans une variété de teintes de brun. Alors, Juliette, tu as envie de monter Sibulla ?

— Euh… oui, risqué-je.

— Elle est très docile. Je suis certaine que vous vous entendrez très bien. Et voici Theóphilos, mon chef d'écurie. Il fera la balade avec vous.

Un homme d'un certain âge est en effet sorti du bâtiment à notre arrivée.

— Il s'occupera de Juliette et Savina pendant que nous entrerons au frais dans la maison pour discuter des points à préciser pour votre article, explique Aleka à l'intention de ma mère.

— À tout à l'heure, pitchounette !

— Amuse-toi bien, Savina !

Toutes trois s'éloignent en nous faisant de petits signes de la main.

Mon cœur s'emballe. C'est le moment de vérité !

11 H

— Bon, donc, comme d'habitude, on commence par vérifier si la selle de son cheval est correctement ajustée, commande l'homme avec douceur.

C'est un gentil monsieur au calme olympien, dont le visage buriné respire la bonté. Lorsqu'il m'encourage d'un sourire, je remarque que les sillons de ses yeux s'accentuent encore. Son regard m'incite à prendre confiance en moi…

— Hum ! D'accord.

(Tu sais faire cela, toi ? Bon, ben, encore une fois, je me dis que ça ne doit pas être bien sorcier si d'autres enfants l'ont appris avant moi ! Faisons cela ensemble, si tu veux bien. Sur le dos des deux chevaux, il y a déjà le tapis de selle et sur celui-ci, la selle de cuir. Tu me suis ?)

Essayant d'avoir l'air sûre de moi, je vérifie que la sangle qui maintient la selle en place est passée dans la boucle, que l'ardillon – c'est-à-dire la pointe de métal qui fait partie de la boucle – est inséré dans un des crans, et que le tout est bien maintenu en place sous le passant.

— Alors ? demande Savina qui est déjà en selle.

— C'est parfait ! affirmé-je.

— Tu es capable de grimper ? s'enquiert Theóphilos.

— Bien sûr !

Mon pied droit dans l'étrier, je cherche où m'agripper pour pouvoir me soulever de terre sous le regard impatient de ma copine.

— Agrippe-toi au pommeau ! recommande-t-elle.

— Au quoi ?

— Allez, montre-moi ce que tu sais faire ! m'encourage l'homme avec un sourire bienveillant.

— Bien sûr, fais-je, le visage cramoisi.

Ma main droite agrippant le rebord de la selle, je soulève ma jambe gauche d'un bon élan, et je me retrouve… assise à l'envers, c'est-à-dire le regard en direction du derrière de l'animal. *My God !* Qu'est-ce que j'ai fait ! 😕

Savina rit tellement qu'elle est pliée en deux sur sa selle.

— Je t'ai dit de t'agripper au pommeau, pas au troussequin !

De son côté, Theóphilos reste impassible. Il doit penser que je suis complètement débile ! On n'est pas encore partis et j'ai déjà perdu la face. J'ai tellement honte ! Et pour me remettre à l'endroit maintenant, je fais comment ? 😛

— Ce n'est pas grave, ce sont des choses qui arrivent, m'excuse-t-il.

S'il n'est pas dupe de ma tentative de passer pour plus expérimentée que je ne le suis en réalité, l'homme n'en laisse rien montrer. Je lui en suis reconnaissante.

— Le mieux sera de redescendre, ma grande.

— Hum, ouais.

Un peu piteuse, je m'exécute.

— Cette fois, mets le pied gauche dans l'étrier, ta main gauche sur le pommeau, ici à l'avant de la selle, lève la jambe droite et assieds-toi, recommande-t-il.

— Oui, bien sûr. Merci.

Ça marche ! Je suis bien en selle ! ☺

— Là, voilà, approuve ma copine.

— Ça va très bien aller, ne t'inquiète pas, ajoute le chef d'écurie.

Je n'ose répondre quoi que ce soit cette fois, priant pour ne pas me ridiculiser davantage.

— On y va ? s'enquiert Savina.

— On y va, confirme Theóphilos qui saute sur son propre cheval et prend rapidement les devants.

À ma grande surprise, le cheval de Savina emboîte tout de suite le pas à celui de l'homme, tandis que ma propre monture se met à la queue, l'air de savoir parfaitement ce qu'elle doit faire.

— Oooh !

Malgré le fait que mon cheval ne soit pas bien haut, mon cœur ne tarde pas à se mettre à battre plus vite. Pour pouvoir suivre le grand cheval, les plus petits doivent adopter un pas qui ressemble au petit trot. Je ne m'attendais pas du tout à cela et je ne me sens pas vraiment à l'aise.

— Ça va ? demande Theóphilos en se retournant.

— Ça va très bien, répond Savina.

Je réponds d'une voix beaucoup moins assurée.

— Je, je crois que ou-oui.

— Tu es effrayée ?

— Pas du tout, mens-je.

— Si tu ne te sens pas à l'aise, on peut s'arrêter.

— Non, non, ce n'est pas la peine.

— Alors, on continue.

On désigne par le mot « allure » les différentes façons qu'a le cheval de se déplacer. Le « pas » est une allure marchée, le « trot » est une allure plutôt sautée, tandis que le « galop » est l'allure la plus vive. Pourvu que nos chevaux ne se mettent pas à galoper ! espéré-je. J'aurais peut-être dû avouer mon manque total et absolu d'expérience. Misère ! Nous voilà repartis de plus belle. Je m'accroche !

11 H 30

Soudain, les choses se gâtent ! 😮 Mon corps glisse vers le côté droit du cheval et j'ai l'impression que je ne vais pas tarder à tomber. Que se passe-t-il ? Un coup d'œil à ma selle me permet de constater que ce n'est pas vraiment moi qui glisse, mais la selle tout entière qui semble mal fixée. La gorge serrée, je tente un timide et inaudible « à l'aiiide ! ». Sans succès. Personne ne semble m'avoir entendue et mon cheval continue d'avancer. Vais-je tomber et être piétinée par les sabots de Sibulla ?

Effrayée, je hausse un peu la voix :

— Monsieur The-Theóóó ! ? !

Enfin, il se retourne et, à mon grand soulagement, il réagit immédiatement.

— Wo-ooo !

Alors qu'il arrête sa monture pour en descendre prestement, mon cheval s'arrête aussi. Il était temps parce que j'ai déjà la tête près du sol. Notre guide me tend les bras et me rattrape juste à temps.

— Mais, mademoiselle, je croyais vous avoir entendue confirmer que vous aviez vérifié si la selle de votre cheval était correctement ajustée ?

Son ton est indulgent et un brin amusé. Pas du tout sévère, dramatique ou moralisateur.

— Je... c'est ce que j'ai fait, du moins il me semble. En fait, je ne sais pas vraiment comment le faire, avoué-je en baissant la tête, honteuse. La vérité, c'est que... c'est la première fois aujourd'hui que je monte à cheval.

(Voilà ! Je viens d'avouer que j'ai menti. Vais-je être foudroyée par la colère d'Aléthée, la déesse grecque de la vérité ? 😨 😨)

Monter à cheval n'est pas aussi facile que cela peut le sembler, finalement. Je dois te le dire. Theóphilos me montre avec patience comment vérifier si le cheval est correctement sellé.

— Les chevaux sont des animaux très intelligents. Lorsqu'on ajuste la sangle après avoir déposé la selle sur le tapis, ils ont tendance à gonfler volontairement le ventre et les côtes parce qu'ils n'aiment pas se sentir trop serré. Il faut donc ajuster la selle deux fois. Là, tu vois ? La seconde fois, tu t'assures qu'il n'y a pas plus que l'épaisseur de tes doigts entre le corps de Sibulla et la sangle de la selle.

Je plonge timidement mes doigts entre le flanc de mon cheval et la sangle de cuir.

— Là ! Très bien. La selle ne risque plus de glisser maintenant. Remonte vite et, surtout, détends-toi. Tu y arriveras très bien. Fais-toi confiance et tout ira comme sur des roulettes, mademoiselle Juliette.

Je lui souris timidement. Oui. Je vais y arriver ! Curieusement, c'est après avoir enfin avoué mon inexpérience que je me sens plus sûre de moi.

12 H 30

D'une beauté brute, le paysage du centre de l'île est sublime, bien que la végétation soit rare et que les rochers en constituent l'essentiel. À dos de cheval, c'est encore plus magique. Le bercement provoqué par l'allure de Sibulla me plonge presque dans un état extatique. Le ciel est d'un bleu parfait, la brise tiède qui caresse mes joues est parfaite et le turquoise de la mer, que nous apercevons au loin, est plus que parfait. Je voudrais que cette parfaite journée ne se termine jamais ! ☺

Notre accompagnateur nous raconte que, dans la mythologie grecque, Skyros était le royaume du roi Lycomède, fils d'Apollon, et l'endroit où, selon la légende, Thétis cacha son fils Achille, pour empêcher qu'il ne parte avec les combattants grecs pour Troie. Habillé en fille, Achille a apparemment vécu caché au milieu des filles de Lycomède, jusqu'à ce qu'Ulysse le débusque en employant un stratagème : venu sur l'île déguisé en marchand ambulant, Ulysse remarqua que toutes les filles se précipitaient sur les bijoux, parfums et tissus sauf une, Achille bien sûr, qui s'intéressait plutôt aux armes.

Je fais la grimace ! Se peut-il que cette histoire, hyper stéréotypée, soit vraie ? Que les Grecs y croient ?

— C'est ce que raconte la légende, insiste l'impassible Theó qui ne semble pas comprendre mon scepticisme de fille nord-américaine du XXIe siècle.

Enfin, si ça fait partie des fables de la civilisation grecque, pourquoi m'objecterais-je ? Au Québec, on se raconte bien la légende de la chasse-galerie ! (Tu connais[2] ?) Soudain, je n'ai plus du tout envie de confronter mes valeurs avec celles de qui que ce soit... Après tout, le but ultime des voyages n'est-il pas d'oublier ses préjugés et d'ouvrir son esprit à la différence ?

13 H

Le paysage est montagneux et puis, au détour d'une colline, nous voilà près de la côte. Au loin, j'aperçois un immense paquebot.

— Wow ! Un bateau de croisière, m'extasié-je.

— Oui, encore un autre, fait Theó avant de cracher par terre en signe de mépris.

Je tressaille de surprise.

— Vous n'aimez pas les paquebots ?

— Pfff ! Ces visiteurs sont un véritable fléau !

— Comment ça ?

— Ils débarquent pour passer une demi-journée

2. Il s'agit d'un conte traditionnel qui remonte à l'époque de la Nouvelle-France : Le soir du réveillon de Noël, un groupe de bûcherons décident d'aller rendre visite à leurs amoureuses qui habitent un village éloigné. Cependant, le seul moyen de faire le chemin et de revenir à temps est de conclure un pacte avec le diable qui, par un sortilège, fait s'envoler leur canot dans les airs et les transporte à vive allure. Mais il y aura un prix à payer pour ce privilège...

sur nos côtes et, quand ils repartent, regardez ce qu'ils nous laissent.

D'un mouvement du menton, il pointe la plage qui a effectivement piteuse mine avec ses sacs de chips vides, ses emballages de barres de chocolat, ses canettes de cola et leurs pailles de plastique abandonnées à même le sol.

— Ce sont les croisiéristes qui ont laissé tout ça ? 😲

— Qui d'autre ?

Consternée, je constate que les dégâts s'étendent sur au moins un kilomètre. Puis un petit groupe de sept cavaliers apparaît. Deux adultes et cinq jeunes, me semble-t-il.

— Ce sont nos pensionnaires avec leur éducateur et mon adjoint, commente Theó. Heureusement qu'ils sont là !

— Oh ! fait Savina. On descend les rejoindre ?

— Si cela peut vous faire plaisir, je veux bien. On en profitera pour leur donner un coup de main.

Je me demande ce que Theó a bien pu vouloir dire par : « On en profitera pour leur donner un coup de main… » 😑

13 H 35

En descendant vers la plage, je suis vraiment contente. Ce matin encore, je n'étais jamais montée à cheval, et voilà que je me balade sur le dos de Sibulla et que celle-ci répond docilement à mes commandes. J'ai entendu dire que savoir diriger sa monture est probablement le défi le plus important que doivent relever les débutants. Car, pour que la relation entre l'humain et le cheval fonctionne, il faut qu'ils apprennent à se connaître, à se respecter et à se faire confiance l'un l'autre, et ça ne se fait pas en un jour. Ben, je crois que je suis en train de prouver le contraire. Je suis trop fière ! ☺

13 H 40

Euh ! Je ne sais pas trop ce qui se passe, mais mon cheval vient de s'arrêter pour goûter aux quelques herbes folles qui se trouvent sur notre chemin. Il doit avoir rudement faim parce qu'il a cessé de suivre les autres chevaux qui, eux, ont continué de descendre vers la plage. Voilà que je reste en plan derrière. Si c'était pour un mini casse-croûte, je n'y verrais pas d'inconvénient, mais on dirait qu'il a plutôt décidé de se remplir l'estomac avec absolument TOUT ce qui pousse dans les environs.

— Allez, ma belle ! Les autres s'éloignent déjà. Il faut les suivre ! Que fais-tu donc ? On y va ? l'exhorté-je.

En vain.

Sibulla est soit sourde comme un pot, soit complètement indifférente à mes commandements. Je me sens ridicule ! J'ai beau donner des bisous sonores et faire une pression avec les talons de mes chaussures sur chacun de ses flancs, elle n'obéit pas. Je ne comprends pas… 🙄

Une voiture me semblerait plus facile à conduire ! Le hic, c'est qu'un cheval est un animal et non pas une machine, justement.

— Allez, Sibulla ! Sois gentille. Je suis en train de perdre toute confiance en moi, là ! 😕

(*Help !* Que dois-je faire exactement pour qu'elle m'écoute ? Tu le sais, toi ? Parce que je n'en ai pas la moindre idée et que je commence à désespérer !) Je crains surtout de bientôt perdre Theó et Savina de vue !

— The-Theóóó ?

À mon grand soulagement, l'homme finit par se retourner. S'apercevant de mon désarroi, il laisse Savina continuer et remonte vers moi.

— Alors, mademoiselle, on tire de la patte ?

— Je, je m'excuse. Elle n'a pas dû manger suffisamment ce matin, elle meurt de faim !

— Sibulla est très douce, mais tu dois quand même prendre le temps de l'apprivoiser et apprendre à t'en faire une alliée. Tu comprends ? Comme en amitié. Créer des liens ne se fait pas en un seul jour. Sois patiente. Tu n'es encore pour elle qu'une petite fille parmi toutes les petites filles, mais tu finiras par conquérir son cœur, je te le promets. Bientôt, vous n'aurez plus de secrets l'une pour l'autre et elle t'obéira au doigt et à l'œil. En attendant, essaie de tirer un peu les rênes vers toi et donne de légers coups de talon.

— Des coups de talon ? Vous en êtes certain ? 😮

— Légers, évidemment. Ne t'inquiète pas. Tu t'es très bien débrouillée jusqu'à présent. Allez, on y va !

Et le voilà qui à son tour se met à faire des petits bisous à l'oreille de Sibulla. Presque miraculeusement, la jument redresse la tête et se met en branle, suivant au pas le cheval de Theó, jusqu'à ce que nous ayons rejoint les autres.

J'y suis arrivée ! 😊

13 H 50

À la suite du chef d'écurie, je m'approche du groupe, un sourire aux lèvres.

— Salut, je m'appelle Jules.

Pas de réponse. En regardant de plus près, j'ai un petit hoquet d'étonnement. Les jeunes me semblent un peu… étranges ? (Le mot n'est pas trop à mon goût. Mais je jure qu'il y a de quoi s'étonner.) Les cinq garçons présentent tous un drôle de comportement. Enfin, je trouve…

Celui qui est le plus près de moi se balance étrangement d'avant en arrière sur son cheval, effectuant des mouvements répétitifs avec ses mains et ses pieds, comme s'il n'était pas vraiment sur son cheval, mais dans une chaise berceuse. Le visage du suivant est agité de tics. Le troisième, le plus petit du groupe, semble très impatient et gigote en agitant bras et jambes dans tous les sens, comme s'il lui était impossible de rester en place. Les deux autres présentent un minois sans aucune expression et leur regard est fixé vers l'avant. De plus, aucun de ces jeunes ne semble s'être même aperçu de ma présence… C'est tout de même un peu « particulier », non ?

Il me revient à l'esprit que ma mère a mentionné que la clientèle du ranch était composée d'enfants « différents ».

— Ils sont sourds ? demandé-je en me tournant vers Savina.

— Pas du tout, me répond la jeune fille.

— Ils ont l'air bizarre, insisté-je. Et il n'y a pas de filles…

— Pure coïncidence, répond Theóphilos. D'habitude, les groupes sont mixtes. Cet été, il se trouve qu'il s'agit d'*agória*[3]. Rien de bizarre là-dedans, je t'assure.

S'il le dit !

Deux jeunes hommes accompagnent le groupe. Ils sont montés sur des chevaux de plus grande taille. Ceux-là me sourient en m'adressant quelques mots en grec.

— Que disent-ils ? demandé-je en me tournant vers Savina.

— Ils te souhaitent la bienvenue et se présentent. Le plus jeune, celui qui porte un chapeau de cowboy, est l'adjoint de Theó. Il s'appelle Stéfanos. Quant à l'autre, il est éducateur spécialisé et s'appelle Christos.

Elle me pointe du doigt en disant : « Jules », ce qui semble beaucoup les amuser. Je salue les deux hommes d'un sourire timide avant de m'intéresser de nouveau aux jeunes. Soudain, je reconnais l'un

3. Garçons.

d'entre eux. Le plus grand ! Il s'agit du cavalier qui m'a presque renversée sur la plage de Magazia hier après-midi.

— Eh ! m'écrié-je. On s'est vus hier. Tu te souviens de moi ?

Il m'ignore totalement, comme si j'étais transparente.

— Mais qu'est-ce qu'il a ? demandé-je à Theóphilos.

À cet instant, je me rappelle que nous sommes en Grèce ; il ne parle probablement pas le français. Dommage, parce que je lui aurais volontiers fait part de ma façon de penser !

— C'est Fótis, répond le chef d'écurie. Son prénom signifie “lumineux” en grec. C'est un prénom très ancien et qui lui va à merveille.

— Il est atteint du syndrome d'Asperger, ajoute Savina.

— Du quoi ?

(Qu'est-ce que ça mange en hiver, cette affaire-là ? 😮)

— C'est une forme de trouble envahissant du développement, explique Theó.

— Envahissant ?

— Un trouble dans la famille de l'autisme, si tu veux, précise Savina. Tous ces garçons en sont atteints.

— En raccourci, complète Theó, ça veut dire que Fótis et ses compagnons présentent tous, mais à des degrés divers, une déficience dans leurs interactions sociales, en particulier au regard de la communication. Par contre, ils ont d'incroyables talents et chacun d'entre eux a développé des habiletés dont la plupart des enfants dits "normaux" sont totalement dénués.

— Ah bon !

Je prends quelques secondes pour assimiler l'information et en profite pour observer l'aîné des garçons. Il n'est pas mal du tout, je trouve. Même s'il évite soigneusement mon regard... Il a de beaux cheveux bruns mi-longs et porte un bandana coloré sur le front qui contraste joliment avec son teint basané. Je me demande quels sont ses « incroyables » talents.

Plus jeunes, les autres ne semblent pas avoir plus de huit, neuf ou dix ans. Ils ont l'air tellement vulnérables. Je n'arrive pas à les voir comme des sortes de superhéros. Le plus petit est trop mignon. Il a les cheveux tout bouclés et de grands yeux sombres ourlés de longs cils.

— Les pauvres ! laissé-je échapper.

— Aucun de ces enfants ne fait pitié, rassure-toi, ajoute Theó. Ils sont juste dotés d'une autre forme d'intelligence que la tienne. Il n'y a pas de mal à être différent, tu sais. Dans certains cas, cela peut même représenter un avantage.

Il me gratifie d'un large sourire.

— Et puis, ils montent très bien à cheval, eux, ce qui n'est pas le cas de tout le monde.

(Il est en train de se moquer de moi, tu crois ?) J'avoue que je ne comprends pas trop ce que tout ceci peut signifier. Je suis perplexe. J'ai vu un reportage télévisé sur l'autisme une fois, mais ce que j'ai compris, en substance, c'est qu'il existe autant de formes d'autisme que d'autistes. En fait, ce Fótis aurait l'air « normal », si ce n'est qu'il semble totalement dépourvu de sensibilité...

Je secoue la tête.

Oh ! et puis je déteste les étiquettes ! En particulier lorsqu'elles cherchent à classifier les gens, à tenter de les faire entrer dans de petites boîtes !

L'éducateur, celui qui s'appelle Christos, s'adresse maintenant aux cinq jeunes en nous montrant du doigt, Savina et moi. Contre toute attente, ceux-ci tournent finalement le regard dans notre direction et nous saluent en grec, tous en chœur :

— *Yássou !*

Puis, Theóphilos se charge des présentations individuelles. Outre Fótis, il y a aussi Nícos, Giánnis et Dimitrios. Quant au petit, le plus mignon, il s'appelle Apóllon. Il tente un timide sourire dans ma direction et je craque instantanément.

14 H

Les présentations faites, mon regard s'attarde sur la plage, qui est encore plus souillée que je ne l'avais distingué de là-haut. Le spectacle est vraiment désolant. Quels idiots, ces croisiéristes, quand même ! 😑

Fótis prend la parole. En grec d'abord, puis en français.

— Tout le monde descend ! C'est le moment de nettoyer ! ordonne-t-il. Toi aussi, Xéni, ajoute-t-il en faisant un vague signe de tête dans ma direction.

Je sursaute.

— Hein ? Ai-je bien entendu ? Il parle français ? Et comment m'a-t-il appelée ?

— Tu as bien entendu, fait Theó en souriant. La mère de Fótis est Française et son père est Grec. Mais il parle aussi très bien l'anglais, l'allemand, l'espagnol, l'italien et même le portugais. Fótis a le génie des langues. De plus, pendant son séjour ici, il s'est donné pour mission de nettoyer les plages après chaque escale des paquebots qui nous visitent.

— Et Xéni, ça veut dire quoi ?

— Quelque chose comme “étrangère”, répond Savina.

Je suis bouche bée. Obéissant sans protester, tout le monde descend de cheval, moi y compris. Fótis sort des sacs poubelle de la sacoche accrochée à la selle de son cheval et en fait la distribution. Ensuite, tout le monde se met au travail.

14 H 30

J’essuie la sueur qui coule du bout de mon nez. Ce n’est pas tout à fait ainsi que j’imaginais mon après-midi à la plage, mais, tous ensemble, nous faisons du bon boulot. Je me console en me disant qu’il s’agit d’une bonne cause et que rien ne vaut le travail d’équipe. Et puis, la baignade n’en sera que meilleure tout à l’heure !

De leur côté, les garçons, même les plus petits, prennent cette tâche très à cœur. C’est touchant ! Tout le monde travaille en silence, concentré sur sa tâche. Tout le monde sauf Fótis qui marmonne, mais sans regarder qui que ce soit, comme s’il se parlait à lui-même. J’essaie de comprendre ce qu’il dit. On dirait une interminable énumération :

— Des bouteilles de plastique ; des emballages de tablettes de chocolat ; des boîtes de biscuits vides ; des canettes de boissons gazeuses ; du verre ; du carton ; des cotons-tiges ; du polystyrène ; du polyéthylène ; des millions de kilomètres carrés de plages polluées ; des tonnes de déchets abandonnés dans l'environnement chaque année ; des millions de poissons, de tortues et de mammifères marins qui disparaissent après avoir avalé ces cochonneries. Des millions de kilomètres de plages souillées. C'est mal. Très mal. Très très mal ! À ce rythme-là, si on ne fait pas mieux, ils auront détruit tous les écosystèmes d'ici peu.

Je suis cent pour cent d'accord avec lui ! 😑 😑

15 H

Notre travail terminé, nous sautons tous à l'eau. C'est si bon de piquer une tête dans l'océan ! Avec Savina, nous nous lançons des défis :

— La dernière à atteindre le rocher là-bas est une limace ! fait Savina.

— La première à repêcher une étoile de mer est la championne de la journée, risqué-je à mon tour.

J'aurais bien aimé en profiter pour me mesurer à Fótis, Giánnis ou aux autres, mais ils sont incroyablement réservés et ne semblent pas du tout éprouver le besoin de se mêler à nous, ni même de jouer les uns avec les autres. Seul Christos se permet de les taquiner un peu, sans grand succès, par ailleurs. Je tente quand même ma chance auprès du plus petit, le gigoteur. Il est à la fois comique et irrésistible.

Je m'approche et me penche vers lui, je cherche son regard et pointe ma poitrine en souriant et en disant.

— Salut Apóllon, je m'appelle Jules.

Pas de réaction.

— Ou bien Juliette, si tu préfères. JU-LI-ETTE ! Tu comprends ?

Après un rapide coup d'œil dans ma direction, l'enfant continue de m'ignorer.

— Il ne parle pas du tout ? demandé-je à la ronde.

— Il ne parle pas aux étrangers, répond Fótis, le regard farouche.

On pourrait croire qu'il souhaite protéger le benjamin d'une invasion indésirable. C'en est presque vexant. Je comprends que c'est peut-être le moment de tenter un rapprochement avec l'aîné, justement. En souriant, je rétorque :

— Ah bon ! Mais toi, tu me parles, non ?

Je pousse même l'audace jusqu'à lui faire un clin d'œil.

— Moi non plus, je ne parle pas aux gens que je ne connais pas, réplique-t-il avant de retourner nager.

Tentative ratée ! ☹

15 H 45

Après avoir profité de la mer, nous remontons à cheval. Avec l'accord de Christos et Stéfanos, Savina et moi passons le reste de l'après-midi en compagnie du groupe. Malgré la difficulté qu'il y a à communiquer, c'est formidable d'avoir la chance d'observer la relation que ces jeunes entretiennent avec leur animal. Tous les cinq sont là depuis la fin juin seulement, mais chacun d'eux semble en parfaite communion avec son cheval. Comme si un lien indéfinissable les unissait.

Je les envie.

Ceci dit, de mon côté, au fur et à mesure que l'après-midi avance, je sens que Sibulla et moi nous comprenons de mieux en mieux. Je ne blague pas, je te jure ! Si seulement cette journée pouvait s'étirer en une semaine, je pense que je pourrais réellement m'améliorer…

17 H

Il faut cependant me résigner à rentrer à l'écurie. J'imagine que ma mère a terminé son entrevue avec Aleka depuis un moment et qu'il faut déjà retourner chez Melína. Je suppose également que nous rentrerons à Athènes demain ou après-demain. Et que ce sera le retour à Québec samedi, comme prévu. Soupir ! C'est bien dommage. Je serais volontiers restée au ranch quelques jours de plus ! ☹

En descendant de cheval, j'ai la mine basse et le cœur gros, même si j'essaie de n'en rien laisser paraître.

— Juliette, enfin ! Tu as eu du plaisir ? m'accueille ma mère. J'espère bien que oui parce qu'Aleka nous invite à passer quelques jours ici, au ranch. Qu'en penses-tu ? Quoi qu'il en soit, je viens d'accepter. Ça ne t'ennuie pas, pitchounette ?

Hein ? Je n'en crois pas mes oreilles ! ☺

— Ça veut dire que je pourrai monter Sibulla encore demain et le jour d'après ?

— Tu pourras la monter tant que tu seras ici et autant de fois que tu en auras envie, promet Aleka en souriant.

Je suis folle de joie ! Pour une fois que ma mère exauce sans le savoir un de mes souhaits. (Parions qu'elle se réjouit surtout de pouvoir échapper au frère de Melína ! ☺)

Pendant que Savina et moi brossons nos chevaux et leur donnons à manger, nos mères empruntent la voiture d'Aleka pour aller récupérer nos affaires au village. Youpi !

21 H 30

À l'heure du repas, nous sommes rassemblés autour de l'immense table de réfectoire. Savina et moi, nos mères, Aleka, les pensionnaires du ranch, les employés du ranch, tout le monde, quoi ! ☺

La conversation est une joyeuse cacophonie où s'entremêlent le grec et le français. Maman et María nous font tordre de rire en racontant comment elles ont dû demander l'aide du frère de notre logeuse pour transporter toutes nos affaires de la maison d'hôtes jusqu'à la voiture restée au port. D'après María, le pauvre homme était bien piteux, comprenant que ses chances d'obtenir la main de maman venaient de tomber à l'eau.

— Marianne lui a littéralement brisé le cœur, dit María, en imitant la triste figure du pauvre homme.

— Il croyait vraiment pouvoir l'épouser ? demandé-je, crédule. (Parce que, si oui, ça fait quand même un peu pitié, non ?)

— Je ne crois pas que tout cela était sérieux, non, me rassure maman.

Christos, Stéfanos et Theóphilos ne donnent pas non plus leur place côté blagues et rires sonores. Mais, à l'autre bout de la table, le contraste est étonnant. Les garçons sont si calmes qu'ils semblent éteints. À l'exception d'Apóllon qui gigote toujours autant. Mais la mine sérieuse des cinq pensionnaires détonne dans l'atmosphère joyeuse et décontractée. À plusieurs reprises, je surprends même Apóllon qui se bouche les oreilles avec les mains. Fótis répond poliment quand on lui pose des questions, sans plus. Nícos, Giánnis et Dimitrios font de même. Aucun ne relance la conversation. Pire, Fótis remue parfois les lèvres comme s'il se parlait de nouveau à lui-même. Comme sur la plage cet après-midi. Dieu sait ce qu'il marmonne, cette fois ! À dire vrai, j'ai du mal à détacher mon regard de cet étrange petit groupe.

— Cesse de les fixer ainsi, implore ma mère, il ne s'agit pas d'animaux de cirque.

Je baisse les yeux.

— Ne la gronde pas, me défend Aleka. Elle est curieuse et c'est bien normal. Cependant, Juliette, tu dois savoir que…

— Tu peux m'appeler Jules, l'interromps-je doucement.

(Si je ne m'affirme pas, personne ne comprendra jamais. Tu es d'accord ?)

Sans se démonter, elle se reprend.

— Cependant, Jules, tu dois savoir que tes regards insistants risquent d'intimider nos invités beaucoup plus que tu ne le crois.

Je rougis de confusion. Je ne suis pas fière de moi.

—Vous êtes allées à la plage cet après-midi ? s'informe la jeune femme, changeant de sujet.

—Nous y avons rejoint Christos et les garçons et nous les avons aidés à ramasser les déchets abandonnés par les passagers du paquebot qui avait fait escale dans la matinée, répond Savina.

—C'est épouvantable ce que ces gens sont irrespectueux, ajouté-je. Partir ainsi sans rien ramasser, je n'en reviens pas !

Contre toute attente, Fótis se joint à la conversation. Comme si mes paroles avaient déclenché quelque chose chez lui.

—Il y a pire que les déchets qu'ils laissent, Xéni. Chaque jour qu'elles passent ici, ces villes flottantes polluent l'atmosphère autant qu'un million d'automobiles.

—Ben voyons donc ! m'exclamé-je. C'est vrai ?

—Fótis a malheureusement raison, acquiesce Aleka. Les armateurs construisent des bateaux toujours plus gros, plus longs, plus hauts et emportant toujours plus de passagers. Cette folie des grandeurs est loin d'être sans conséquences. Pour plusieurs, ces géants des mers sont des merveilles, mais pour les environnementalistes, c'est loin d'être le cas. Malheureusement, et sans le savoir peut-être, les croisiéristes participent activement à la propagation de plusieurs problèmes écologiques qui frappent autant les océans que les villes où ils font escale.

Fótis renchérit.

— Ces monstres fonctionnent au mazout, un carburant très polluant. Ils en brûlent des tonnes tous les jours et, pendant leurs escales, les moteurs continuent de fonctionner pour alimenter en énergie les différentes parties du paquebot. Un géant comme le *Harmony of the Seven Seas,* qui a passé la nuit dernière ici, brûle quotidiennement deux cent cinquante mille litres de diesel ! Ce n'est pas la même chose que le voilier grec traditionnel construit pour la mer Égée !

— *My God !* C'est affreux ! 😮

— Au rythme où elle va, la croissance économique ruine les ressources de la planète : plus de la moitié des espèces vivantes auront disparu de la surface de la Terre dans moins d'un siècle, ajoute l'adolescent, la mine sombre.

— Sérieux ?

Je suis abasourdie par ce que j'entends et très impressionnée par le niveau de connaissance de Fótis sur le sujet. Je l'aime bien, finalement. En tout cas, il s'entendrait à merveille avec mon ami Gino !

23 H 30

Allongée sur l'un des lits du dortoir que nous partageons, ma mère, María, Savina et moi, je regarde les photos que j'ai prises ces derniers jours avec mon iPad mini tout en rageant qu'il n'y ait pas la moindre connexion wifi pour donner des nouvelles à Gino et Gina. Je me contente donc d'écouter le chant des grillons en repensant aux péripéties des deux derniers jours. Je ne croyais pas possible de vivre autant d'émotions en quarante-huit heures ! J'ai surtout intégré un nombre incroyable de connaissances et d'informations.

L'aîné des pensionnaires du ranch m'intrigue tout particulièrement. Je partage tout haut mes réflexions avec ma mère qui tape frénétiquement sur les touches de son MacBook pour noter les informations qu'elle a récoltées et qui seront ensuite utilisées dans les différents articles qu'elle prévoit de livrer.

— Il a l'air "normal", Fótis, pourtant… Il n'a pas l'air malade. Il est juste… Enfin, il n'est pas particulièrement sympathique, mais il m'impressionne.

— Il n'est pas malade, ma chérie, explique gentiment maman, il fonctionne tout simplement différemment de toi et moi. D'après une recherche que j'ai effectuée pour un magazine, l'hiver dernier, les principaux symptômes du syndrome d'Asperger touchent à l'interaction sociale, à la communication et à la perception cognitive[4]. L'absence d'habiletés sociales de Fótis est tout simplement le résultat d'un problème de décodage de l'information. Il ne parvient pas à bien décrypter les messages ni à adresser en clair ses propres messages à ceux qui l'entourent.

— Il est né comme cela ?

— Je crois que oui. D'habitude, c'est autour de l'âge de trois ans que les parents réalisent que leur petit est différent. La plupart des enfants affectés sont de sexe masculin, mais pas exclusivement. Par ailleurs, beaucoup de ces jeunes sont très perfectionnistes et ont une mémoire remarquable, tu sais. Fótis a un vocabulaire riche en plusieurs langues. De plus, il a l'oreille absolue et une ouïe particulièrement fine, paraît-il. C'est quand même extraordinaire !

— C'est quoi une oreille "absolue" ?

— C'est un don qui permet de reconnaître les notes de musique sans référence préalable.

4. « Cognitif » désigne les processus mentaux mis en œuvre lors de l'acquisition de connaissances.

— Bon, bon, bon. Je me demande à quoi cela peut bien servir. Le hic, c'est qu'il manque de naturel. Il a même l'air guindé, parfois.

Maman relève la tête, délaissant un moment son ordi.

— Tu sais, ma puce, je crois que tu ne devrais pas te laisser distraire par les différences entre ces garçons et toi. Cherche plutôt à voir ce que vous avez en commun. Tu aimes bien monter à cheval, non ? Et tu as pris du plaisir à le faire avec eux aujourd'hui ?

Je hoche la tête… de haut en bas !

— Tu as raison. J'ai adoré ma journée ! Et j'ai aimé nettoyer la plage avec Fótis et les autres aussi. J'ai appris plein de choses depuis que je suis ici ! ☺

— Alors, oublie le reste et ne retiens que les bons moments. Quant aux pensionnaires du ranch, mon petit doigt me dit qu'il n'est pas impossible que tu arrives à les apprivoiser et à t'en faire des amis fidèles. Tu sais, il faut être patiente pour créer des liens, mais la plupart du temps, ça en vaut vraiment la peine.

Vendredi 9 août

9 H

Depuis trois jours que nous sommes là, je monte à cheval du matin au soir ! Et je ne crois pas avoir jamais été aussi heureuse de toute ma vie. Imagine ! Sibulla et moi nous rapprochons tous les jours un peu plus l'une de l'autre. 😍 Je prends tellement de plaisir à apprendre à mieux la connaître que j'en oublie presque qu'il n'y a pas de wifi pour me brancher sur Instagram !

Sans blague, j'adore cet animal et il me le rend bien. Mon cœur se serre rien qu'à imaginer que je devrai m'en séparer lorsque nous retournerons sur le continent. Lorsque je retrouve Sibulla le matin, de nombreux signes me laissent supposer qu'elle est contente de me voir elle aussi et qu'elle apprécie mes caresses. Bien sûr, je lui apporte des friandises (comme des quartiers de fruits) et elle semble aimer que je la brosse soigneusement le soir, mais surtout elle hennit en m'apercevant et accourt vers moi lorsque je la retrouve dans le pré où elle a l'habitude de brouter. De plus, elle me laisse la seller sans broncher.

— C'est spectaculaire de voir les progrès que tu as faits si rapidement comme cavalière, mais c'est surtout beau de voir à quel point cet animal et toi semblez prendre du plaisir à passer du temps ensemble ! s'exclame Theó lorsque j'arrive devant l'écurie ce matin.

— Je suis totalement folle d'elle !

9 H 30

Les autres matins, Savina et moi avons accompagné Stéfanos, Christos et leurs copains dans leurs expéditions sur les plages. Mais aujourd'hui, comme aucun paquebot n'a accosté la nuit dernière, il est prévu que les garçons aillent plutôt visiter un monastère dans les collines. Ni moi ni Savina n'étions très enthousiastes à cette perspective. Alors Stéfanos a proposé de nous emmener voir une petite plage de sable blanc, apparemment secrète et encore plus belle que toutes celles que nous avons vues jusqu'à présent. Theó ira avec Christos et, si le temps le permet, ils viendront nous rejoindre plus tard. Tant qu'à faire, j'aurais préféré aller me balader seule avec Savina, mais Theó a refusé net en disant que je n'avais pas encore suffisamment d'expérience. 😝

La cuisinière nous a préparé un pique-nique et, comme d'habitude, j'ai glissé mon maillot et ma serviette dans une petite sacoche fixée sur la selle de Sibulla. Stéfanos m'a montré comment l'installer. Il est important que celle-ci soit bien arrimée à la selle. Elle ne doit surtout pas frotter sur le garrot du cheval.

Savina et moi sommes quand même très excitées à la perspective de cette sortie, même si (j'ai peine à l'avouer) je regretterai l'absence des garçons. Eh oui, je m'attache à eux aussi chaque jour davantage. J'ai fini par apprendre à les apprécier, en particulier le plus petit, Apóllon (le gigoteur). Il est trop *cute* avec ses grands yeux bruns ourlés de cils interminables et ses cheveux bouclés ! Son prénom signifie d'ailleurs « le plus beau », m'a appris Aleka. Adorable, non ? Quant à Fótis, ses dons ne cessent de m'étonner et j'en viens presque à le trouver aussi sympathique que les autres. Je l'ai d'ailleurs surpris à me regarder attentivement deux ou trois fois, quand il croyait que je ne le voyais pas. Malheureusement, il persiste à m'appeler « Xéni » plutôt que Jules…

15 H 30

Savina et moi avons passé des heures à nous ébattre dans l'eau chaude. Il y a bien sûr aussi Stéfanos qui nous surveille constamment du coin de l'œil, un peu comme le ferait une *baby-sitter.* 😜

La communication entre lui et moi est plus que limitée parce que je ne comprends pas un mot de ce qu'il raconte, mais il n'est pas beaucoup plus âgé que nous et il s'est mis à rire aux éclats quand nous avons entrepris de l'arroser généreusement. Je pense qu'il doit avoir dix-huit ou dix-neuf ans.

À midi, nous avons dévoré notre pique-nique. (J'apprécie de plus en plus la cuisine grecque, en particulier les petits pains aux olives, la salade grecque avec des tomates, du concombre, de la féta et des olives noires, et la limonade maison à laquelle on ajoute un soupçon de basilic.)

Ensuite, nous sommes retournées à l'eau. Couchée sur le dos, je fais la planche et n'ai aucune envie de mettre fin à cet après-midi de rêve. Je ne me lasse pas de paresser.

Je me surprends même à penser à Fótis… ☺ Avec ses airs farouches de beau ténébreux et sa passion folle (voire son obsession) pour la protection de l'environnement, il a un charme certain, finalement. Et je dois avouer que je n'y suis pas insensible. Hier soir, tandis que nous regardions le soleil couchant embraser l'horizon en dessellant nos chevaux, je lui ai demandé :

— Tu as quel âge ?

— Treize ans, bientôt quatorze.

— Oh, comme moi ! Et tu aimes aussi beaucoup monter à cheval, hein ?

— Oui, beaucoup.

— J'étais contente de nettoyer la plage avec vous cet après-midi.

Il a hésité, l'air de ne pas savoir quoi répondre.

— Bien !

À court d'idées pour poursuivre la conversation, je lui ai fait mon plus beau sourire, celui qui dévoile toutes mes dents. Il a soudain paru intimidé et il s'est mis à regarder fixement le bout de ses chaussures d'équitation.

— Je… j'ai bien apprécié, a-t-il ajouté.

Il est retourné à son cheval sans plus faire attention à moi. Mais le soir, au repas, il m'a jeté des tas de petits coups d'œil furtifs pendant que je riais avec Savina. Puis, maladroitement, il a essayé d'engager la conversation, en évitant toujours soigneusement mon regard.

— Tu savais que, jusqu'à présent, aucune trace ou forme de vie n'a été trouvée ailleurs que sur la planète Terre ?

— Euh, oui.

— Pour le moment, on ne connaît qu'une Terre et c'est pour ça qu'il est important de la protéger.

Je ne voyais pas très bien où il voulait en venir, alors j'ai simplement hoché la tête en guise d'assentiment. (Ça fait un peu drôle quand même de discuter avec quelqu'un qui vous regarde le haut du front plutôt que dans les yeux.)

— Tu es d'accord ou pas ? a-t-il insisté.

— Je suis d'accord.

— Bon, eh bien, ce qu'il faut protéger surtout, c'est la biodiversité, tu vois ?

Là, je n'ai pas répondu, espérant qu'il allait continuer sans me poser plus de questions sur le sujet parce qu'il était en train de me perdre complètement.

— La diversité biologique, c'est la richesse du nombre des formes de vie qui peuplent la planète, qu'il s'agisse de végétaux, d'animaux, de poissons ou d'insectes. Les chercheurs ont identifié et décrit jusqu'à présent 1,7 million de types d'organismes vivants différents.

— Oh ! 😮

— Chaque année, on en découvre de nouveaux, mais, chaque année également, des milliers d'autres disparaissent à cause de notre négligence et de notre inaptitude à les protéger. Toi, moi, tout le monde est concerné.

— Oui, ma mère m'a déjà parlé de cela. Et toi aussi, il me semble…

Pris de court, il a baissé la tête, l'air gêné. Là, je me suis sentie coupable. Il essayait d'être gentil avec moi et je l'accusais de se répéter ! Alors, pour détendre l'atmosphère et me faire pardonner, j'ai voulu lui raconter une blague bien de chez nous[1].

— Sais-tu pourquoi les bélugas sont sur le point de disparaître ?

— Pas exactement.

— Parce qu'il n'y a pas assez de bélufilles…

— Que veux-tu dire ? Ça n'existe pas, des bélufilles ! Où es-tu allée chercher une chose pareille ?

— Je sais que ça n'existe pas. C'est une blague, voyons !

Il n'a pas semblé avoir compris la blague ! Il s'est détourné et ne m'a plus adressé la parole de la soirée. Je l'ai sans doute froissé. J'espère qu'il n'a pas cru que c'est par vengeance que j'ai refusé d'aller visiter le monastère avec eux aujourd'hui ! Je vais de surprise en surprise avec lui et je ne sais trop sur quel pied danser. C'est très déroutant ! N'empêche que je l'apprécie réellement, tel qu'il est. Sérieux !

---

1. On attribue cette blague à la série *Jokes de papa* : www.jokesdepapa.com

15 H 40

Les chevaux, qui nous ont attendus patiemment tout l'après-midi, commencent à donner des signes d'impatience. Nous les avons gardés attachés parce que nous sommes trop loin du ranch pour risquer de devoir rentrer à pied si jamais il leur prenait l'envie d'aller rejoindre les autres au monastère...

J'ai appris à nager en piscine à l'âge de dix-huit mois, mais rien ne bat la formidable sensation de l'eau salée de la mer. (Tu as essayé ?) On y flotte beaucoup plus facilement que dans l'eau douce. Tu sais pourquoi ? C'est Archimède, un scientifique et mathématicien de l'Antiquité grecque, qui en a découvert la cause. Monsieur Cayer, mon prof de maths, nous en a parlé en classe. Un volume d'eau salée pèse davantage que le même volume d'eau douce à cause du poids du sel. Selon le principe d'Archimède, tout corps plongé dans un liquide a un poids apparent plus faible que son poids réel parce qu'il subit une force verticale (dirigée vers le haut), opposée au volume du fluide déplacé. Cette poussée est plus grande dans l'eau salée parce que celle-ci est encore plus dense que l'eau douce (celle de ton bain par exemple) et que cette densité accentue encore le phénomène de la poussée vers le haut.

Tu me suis ? 😛

Oui, je sais, je ne suis pas la meilleure pour l'expliquer. C'est pas grave ! Tu peux me croire sur parole. Faire la planche dans l'eau salée, c'est trop génial parce que tu n'as aucun effort à faire pour rester sur le dos.

15 H 50

Soudain, le cheval de Theóphilos fait irruption sur la plage. Sans prendre le temps d'en descendre, l'homme apostrophe son adjoint en parlant très vite en grec. Il a l'air rudement sérieux et je comprends immédiatement qu'il se passe quelque chose de pas normal. Il s'adresse ensuite à nous, oubliant vraisemblablement que je ne parle pas le grec.

—*OMG !* s'écrie Savina en blêmissant.

—Qu'est-ce qui se passe ? Que dit-il ?

—Il dit qu'il faut rentrer immédiatement. Le petit Apóllon a disparu !

—Quoooi ?

—Ils l'ont perdu de vue pendant la visite du monastère. Au moment de remonter à cheval pour venir nous rejoindre, Theó et les autres ont constaté que le cheval du petit avait disparu, et lui aussi.

—Mais c'est terrible !

Mon cœur se met à battre très vite. Apóllon est désarmant d'innocence et absolument incapable de se débrouiller pour rentrer sans aide, me semble-t-il. Il a pu lui arriver n'importe quoi ! 😨

— Ils ont besoin de tous les chevaux disponibles pour effectuer les recherches. Tu te sens d'attaque ?

— Bien entendu !

Ayant rassemblé en vitesse mes affaires, je saute sur le dos de Sibulla et lui murmure à l'oreille.

— Allez, ma belle, il faut retrouver Apóllon !

16 H 15

Chevauchant sur les sentiers escarpés, tous se taisent, perdus dans de sombres pensées...

— Dis, Theó, nous le retrouverons, tu crois ? finis-je par demander.

— Oui, Jules, nous le retrouverons. Je te le promets, confirme-t-il, sans pour autant quitter son air sombre.

De retour au ranch, nous constatons que les secours se sont déjà organisés. Talkie-walkie en main, Aleka donne des ordres à tous. La situation est critique parce qu'il ne reste que quelques heures avant la tombée de la nuit. Des voisins ayant entendu la rumeur de la disparition d'un petit pensionnaire sont venus offrir leurs services.

La plupart sont à cheval, d'autres sont en véhicule tout terrain. Il y a autant d'ados que d'adultes. Employés, voisins et pensionnaires ont été jumelés en une douzaine de duos. La moitié des effectifs est déjà partie.

— Je veux participer aux recherches, annonce Savina.

— Moi aussi ! m'écrié-je.

— Malheureusement, quelqu'un doit rester ici au cas où Apóllon reviendrait, fait Aleka en secouant la tête. Je préférerais que ça soit vous deux.

— Mais…

— Je ne veux pas prendre le risque de vous perdre vous aussi, tranche-t-elle. De plus, nous avons besoin de vos chevaux pour les ados des alentours qui se sont joints à nous. Ils connaissent la région comme le fond de leur poche, ils nous seront d'autant plus utiles.

— Mais… et ma mère ? m'insurgé-je. Elle ne sait même pas monter !

— Elle et María sont déjà parties avec ma voiture. Quelqu'un doit rester pour garder le fort avec Anna, la cuisinière. Point !

Aleka est inflexible.

Dépitée, je fais la grimace. Si la cuisinière reste ici, je ne vois pas à quoi ça sert de nous confiner sur place, Savina et moi ! 😑 On nous traite comme des bébés alors que nous avons treize ans, bientôt quatorze...

Aleka continue de donner des ordres en grec, s'adressant aux derniers patrouilleurs qui quittent le ranch. Malgré son poids plume, elle s'avère aussi autoritaire qu'un colonel de l'armée de l'air.

— Que dit-elle ? demandé-je à ma copine.

— Elle explique qu'en général les enfants autistes ont un piètre sens de l'orientation. Il faut donc penser à ratisser large, beaucoup plus large qu'il ne serait nécessaire pour un enfant né dans l'île. Elle dit aussi que le point positif, c'est qu'Apóllon est plutôt bon cavalier et que lui et son cheval sont très attachés l'un à l'autre. Par contre, avec le sol accidenté, personne n'est jamais à l'abri d'un accident bête. Il peut être tombé, s'être foulé une cheville, et être incapable de remonter à cheval.

— Mais le cheval serait revenu de lui-même, non ?

— Aleka croit qu'il est très possible que ce dernier ait simplement refusé de l'abandonner. Enfin, elle a aussi mentionné que, çà et là dans la campagne, on trouve des puits d'eau potable asséchés et abandonnés. Ils ne sont pas toujours bien identifiés comme tels, ne comportent ni seau, ni corde et ont plutôt l'allure de simples trous... Elle est inquiète à l'idée qu'Apóllon ou son cheval puissent être tombés dans l'une de ces cavités qui sont généralement très profondes.

—Bon, j'y vais à mon tour, fait Aleka en grimpant sur le dos de son cheval. Allez, les filles, soyez sages. On se voit plus tard !

17 H 30

Restées seules, Savina et moi nous tournons les pouces avec angoisse. C'est pas humain de nous abandonner comme ça sans nous donner quelque chose à faire ! Rien ne m'agace plus que l'inaction. 😑 Nous errons un moment, d'un bâtiment vide à l'autre, puis une idée me vient à l'esprit. ☺

—Dans le fond, on n'a pas vraiment besoin de rester ici puisque la cuisinière est là, dis-je.

—Je suis bien d'accord, mais que veux-tu que nous fassions ?

—Tout le monde est parti soit en véhicule tout terrain, soit à cheval. Personne n'est parti à pied. Pourtant, il me semble que ça pourrait s'avérer utile.

—Que veux-tu dire ?

—Ben, si pour une raison ou pour une autre Apóllon est tombé de cheval, il sera plus facile de l'apercevoir à pied plutôt que du haut d'un cheval, en particulier au trot. Tu ne penses pas ?

Savina semble réfléchir.

— Hum, ce n'est pas bête, en effet. Mais si le petit revenait ?

— S'il revient par lui-même, ou si les sauveteurs le retrouvent avant nous, les autres seront avertis par talkie-walkie et ils reviendront eux aussi au ranch. En voyant les voitures et les cavaliers rentrer, nous saurons qu'ils l'ont retrouvé et nous regagnerons la maison !

— Ouais, tu as peut-être raison.

Elle fronce les sourcils.

— Tu proposes donc de désobéir ?

— Baaah ! Tout de suite les grands mots ! Je propose simplement d'aller explorer les alentours à pied toutes les deux. Pas besoin de nous éloigner vraiment. Je ne serais pas surprise qu'Apóllon et son cheval soient tout près d'ici, complètement inconscients de l'inquiétude qu'ils suscitent. Peut-être même se sont-ils simplement arrêtés pour faire la sieste à moins d'un kilomètre d'ici. Si ça se trouve, Apóllon n'aura pas vu le temps passer et sera très surpris quand il verra tout le branle-bas qu'il a déclenché.

— Tu as raison. Ce serait trop génial qu'on le ramène nous-mêmes !

— Tu es d'accord, alors ?

— Tope là !

Avec enthousiasme, nous nous faisons un retentissant *high five*. (Non mais, je suis tellement géniale parfois ! Tu ne trouves pas ? ☺)

18 H 45

Nous entreprenons donc de ratisser minutieusement les prés des alentours. Chaussées de bottes, nous ne cheminons pas très vite, mais notre optimisme est inversement proportionnel à nos moyens. C'est que le terrain à couvrir est beaucoup plus grand que je ne l'imaginais ! Sans nous en rendre vraiment compte, nous nous éloignons de plus en plus du ranch, allant jusqu'à perdre le bâtiment principal de vue en dévalant une colline.

Bof, pensé-je, la maison se trouve de toute façon derrière cette butte et nous la retrouverons facilement.

— Aaa-póóó-llonnn ! crie Savina.

— Aaa-póóó-llonnn ! crié-je à mon tour.

Alors que le soleil commence doucement à décliner, je place ma main en visière au-dessus de mes yeux et scrute avec angoisse l'horizon. « Allez, Apóllon, montre-toi », imploré-je.

19 H 45

Une heure plus tard, force est d'admettre que nos recherches n'ont donné aucun résultat. C'est assez décourageant. ☹

— Je crois qu'il va falloir nous séparer, annonce Savina en soupirant.

— Comment ça ?

— Ben, parce qu'à ce rythme on ne le retrouvera pas avant le coucher du soleil.

— Je comprends, mais est-ce prudent ? Je veux dire, tous les autres volontaires participant aux recherches le font deux par deux...

— Ils fonctionnent en duos parce qu'ils sont loin du ranch. Nous ne risquons rien à nous séparer puisque le ranch est juste derrière la colline et que nous pouvons nous y retrouver n'importe quand. Je ne suggère pas VRAIMENT de nous séparer puisque nous restons dans les alentours. Je propose seulement que nous gagnions du temps en nous divisant le reste du territoire à couvrir.

Elle fait un geste du bras.

— Tu vas par là et moi par là.

— Hum...

Sa proposition me laisse perplexe. C'est vrai que nous ne risquons pas grand-chose à nous séparer, mais je pense que ça demande tout de même réflexion, non ? (Tu es d'accord ?)

— Bon, tu as peur ou quoi ?

— Moi, peur ?

J'écarquille les yeux de stupeur. Je me trompe ou elle est en train de me traiter de bébé ?

— Je n'ai pas peur du tout, qu'est-ce que tu racontes ? riposté-je.

— Alors, c'est oui ? On ne va tout de même pas y passer la nuit ! On se retrouve ici dans trente minutes, ça te va ?

— Oui, mais ni l'une ni l'autre n'avons de montre, alors on fait comment ?

Elle lève les yeux en l'air en signe d'exaspération.

— Pas besoin d'être précises comme des horloges nucléaires. Je voulais dire plus ou moins dans une demi-heure, plutôt que dix minutes ou une heure. Tu comprends le principe ? Écoute, cette île est vraiment sûre, il ne peut rien nous arriver.

— Il est pourtant arrivé quelque chose à Apóllon…

— Toi et moi savons très bien que nous n'avons pas les mêmes problèmes cognitifs que lui.

— Peut-être, ouais… Mais dans une heure, il fera nuit.

— On sera de retour bien avant !

Un peu à contrecœur, je me rends aux arguments de mon amie. Pas question de la laisser croire que je suis une peureuse ! J'ai quand même un minimum d'orgueil !

20 H 05

Je dois avouer que l'expérience comporte un certain *thrill*[L] qui n'est pas pour me déplaire. Je me sens comme une sorte de *Super Girl* ou de *Wonder Woman* appelée à la rescousse d'un enfant en danger.

(Si c'est moi qui retrouve Apóllon, tu crois qu'on me donnera une médaille ? Mouais... Peut-être pas, t'as raison. Mais on parlera peut-être de mon exploit au journal télévisé de demain, comme ça a été le cas à New York, lorsque ma mère et moi avons réussi à sortir mon amie Caroline des griffes de ses kidnappeurs[2] ! ☺ Que dis-tu ? Bon, bon, bon... mais si c'est moi qui retrouve ce garçon, j'aurai au moins la satisfaction d'avoir pu me rendre utile. Maintenant, tu es d'accord ?)

Pour le moment, je ne vois rien, par contre. J'ai même perdu Savina de vue et je m'enfonce dans

---

2. Il faut absolument que tu lises (ou relises) *Juliette à New York* !

les herbes hautes. Un bruit venu du ciel attire mon attention. Yeux en l'air, j'aperçois un oiseau de grande taille qui fait des cercles très haut au-dessus de ma tête. Un oiseau de proie, sans doute. Un faucon pèlerin ou un aigle royal. Je frissonne. Dotées d'une vue perçante, ces bestioles sont carnivores et se nourrissent principalement des petits animaux qu'elles saisissent de leurs pattes pourvues de griffes acérées. Leur bec, souvent crochu, est très fort et leur permet de déchiqueter des victimes qui font deux fois leur taille et qui sont la plupart du temps encore vivantes ! Brrr ! ! !

La lumière du crépuscule donne une apparence un peu effrayante au paysage. Même la silhouette des quelques arbres disséminés çà et là me semble soudain différente, presque menaçante. Il vaut peut-être mieux me contenter de regarder où je mets les pieds.

20 H 15

Oups ! Soudain, j'ai justement la sensation de perdre l'équilibre ! Oh là là. Je tooombe ! Qu'est-ce qui m'arrive ? AAAAAh !

L'arrivée au sol est aussi rude que la chute m'a semblé interminable. Aïe ! 😣 Je me suis fait mal aux fesses ! Je me redresse avec peine et vérifie que je n'ai rien de cassé. Tout a l'air d'aller. Par contre, il fait drôlement sombre ici ! Suis-je tombée du haut d'une falaise ? En tâtonnant, je constate que je suis plutôt tombée dans une sorte de cavité, toute ronde. Je suis à l'étroit, les parois me semblent en terre battue et malgré mes yeux ouverts, je ne vois rien. Mon cerveau s'affole. Où suis-je ? Ai-je perdu la vue ?

Je lève les yeux en l'air et aperçois l'oiseau de proie de tout à l'heure dans un tout petit bout de ciel. Une évidence se fait un chemin jusqu'à mon esprit. *OMG !* Je suis tombée dans un trou profond. Peut-être même un de ces puits désaffectés dont a parlé Aleka plus tôt.

Je hurle :

— SAVINA !

J'écoute… Pas de réponse.

Je recommence :

— SAVINA ! SA-VI-NA ! SAVINAAAA !

Il faut que je sorte d'ici et vite ! J'ai besoin d'une corde, d'une échelle ! J'ai besoin d'aide.

— À l'aiiiide ! À L'AIDE !!! À L'AI-DE !!!

Je suis seule, il va faire complètement nuit d'ici quelques minutes et je serai bientôt totalement introuvable. ☹

20 H 20

Déjà que je ne bénéficie que d'une minuscule vue vers le ciel, voilà que la lumière se fait de plus en plus timide. Je peux à peine voir les doigts de ma main que j'agite devant mes yeux. Et puis, ça sent l'humidité. C'est dégoûtant… Et je commence à avoir froid.

20 H 30

Il fait maintenant nuit noire et la panique envahit mon cerveau et mobilise pour de bon mes cordes vocales.

— À L'AI-DE ! AU SECOOOURS ! AIDEZ-MOI, QUELQU'UN, JE VOUS EN PRIIIE !!! JE VOUS EN SUPPLIIIIE !!!

Je m'égosille ainsi plusieurs minutes, jusqu'à en avoir la gorge douloureuse et la voix cassée. Puis je tends à nouveau l'oreille. Toujours pas de réponse. Pas d'autre son que ma respiration haletante et le chant des grillons… ☹

Je me laisse aller au désespoir. Je suis au bord des larmes. Toute cette histoire est tellement absurde !

Il faut que je me ressaisisse ! Pleurer sur mon sort ne servira à rien. Et puis, j'ai déjà vécu pire, notamment dans les catacombes parisiennes[3]. Ne m'en suis-je pas sortie grâce à mon courage et à mon leadership ?

20 H 35

Dans l'obscurité, je ne vois plus mes doigts. Regardant vers le ciel, j'aperçois cependant quelques étoiles. Là ! Je reconnais la Grande Ourse. Sa présence me rassure un peu. Je pense à ma mère. Je ne dois pas céder à l'affolement. Je dois ré-flé-chir. Il DOIT certainement exister une solution. Une chose est sûre, le leadership ne sert pas à grand-chose lorsqu'on est seule…

Maman m'a signalé que l'eau potable était souvent rarissime dans les îles grecques. Pire, qu'il n'y en a pas du tout dans certaines régions, comme Hydra, par exemple, où a longtemps vécu Leonard Cohen, son poète préféré. Elle dit que les puits creusés par la population finissent très souvent par s'assécher, ne laissant d'autres choix aux habitants que de chercher continuellement des sources pour pouvoir abreuver leurs familles et leurs bêtes. Ça paraît irréel pour la petite Québécoise que je suis et qui a tendance à gas-

3. Je te conseille aussi de lire *Juliette à Paris* !

piller l'eau et à croire qu'il s'agit d'une ressource inépuisable.

Parlant de ça, j'ai justement la bouche sèche. J'ai soif ! Très soif ! Combien de temps un être humain peut-il rester sans boire et sans manger, tu crois ? Plusieurs semaines sans manger, mais seulement trois jours sans boire, d'après mon prof de science !

J'espère qu'on se rendra vite compte de ma disparition. Mais, j'y pense, il n'y aura sans doute personne pour venir à mon secours avant que l'on ait retrouvé Apóllon. 😮

20 H 45

Je refuse d'envisager de passer la nuit ici ! Et si j'essayais de grimper le long de la paroi de ma prison en enfonçant mes ongles dans la boue séchée ? Hum... Pas sûre. J'essaie quand même, tiens !

Ouch ! Je viens de me casser trois ongles... (Soupir !) Il va me falloir trouver autre chose, sinon... Sinon je risque de périr, tu crois ? Quelle ironie que de mourir de soif au fond d'un puits... 😑

Pire, il paraît qu'il ne pleut que très rarement par ici, mais que lorsque ça arrive, ça tombe tellement que ça provoque des inondations un peu partout. Avec ma chance légendaire, il se pourrait bien que des pluies torrentielles s'abattent soudainement sur la région, que ce trou se retrouve rapidement inondé et que je finisse noyée. 😨 😨 D'un autre côté, si le puits se remplit, j'aurai enfin à boire et je n'aurai qu'à me laisser flotter jusqu'à ce que le niveau de l'eau me permette de sortir !

« Il y a toujours deux côtés à une médaille », me répète continuellement ma mère.

20 H 55

Mon estomac gargouille atrocement. « Mange ta main et garde l'autre pour demain », dit parfois ma grand-mère pour se moquer de moi lorsque je réclame des biscuits avant l'heure du repas. Quelle horrible expression !

Mais j'y pense, tout à coup ! Et si ce puits était habité par des centaines d'araignées que je ne vois pas à cause de l'obscurité, mais qui vont bientôt se balader sur mon corps tout entier ou pire me dévorer toute crue ! ? *OMG !* Voilà mon sang-froid qui se volatilise. 😨 MAMAAAN !

21 H

Dans un effort désespéré pour me rassurer, je tente de me rappeler des chansons que me chantait ma mère lorsque j'étais enfant. C'était quoi les paroles de ma chanson préférée ? Ah oui :

Une chanson douce
Que me chantait ma maman,
En suçant mon pouce
J'écoutais en m'endormant.
Cette chanson douce,
Je veux la chanter pour toi
Car ta peau est douce
Comme la mousse des bois.

La petite biche est aux abois.
Dans le bois, se cache le loup,
Ouh, ouh, ouh, ouh !
Mais le brave chevalier passa.
Il prit la biche dans ses bras.
La, la, la, la[4].

Ah ben, mauzusse[L] ! ☹ La chanson me tire les larmes au lieu de me changer les idées…

4. Le titre de cette chanson est *Le loup, la biche et le chevalier*. Les paroles sont de Maurice Pon et la musique est d'Henri Salvador.

21 H 10

Pourquoi ai-je accepté que nous nous séparions, Savina et moi, sous prétexte que je ne voulais pas avoir l'air d'une peureuse ? Si je sors d'ici vivante, je promets de ne plus jamais laisser mon orgueil me mettre dans le pétrin ! Dire que c'est moi qui ai proposé de désobéir... J'aurais dû suivre à la lettre les recommandations d'Aleka et attendre sagement au ranch. Et je n'aurais pas dû entraîner ma nouvelle amie dans cette aventure. J'espère seulement qu'elle ne sera pas grondée à ma place.

21 H 15

Je n'ose imaginer ce que Gina et Gino, mes *BFFs*, vont devenir si je ne rentre pas de Grèce en un seul morceau. C'est vrai ! Un trio d'inséparables qui perd un de ses membres, ce n'est plus un trio ! ☹

21 H 20

Bon, si je ne me trouve pas quelque chose à faire, je risque de déprimer totalement. J'ai lu quelque part que le fait de se parler à soi-même pouvait être très réconfortant. Il paraît que cela a même un effet curatif sur la santé mentale des prisonniers qui sont privés de contacts avec les autres détenus. Fótis le fait. Ma mère aussi, parfois. Pourquoi pas moi ? Essayons.

Mais que puis-je me dire ? Maman ! Elle dirait quoi pour m'encourager si elle était au fond du trou avec moi ? Sans doute quelque chose dans le genre de : « Allez, pitchounette, relève la tête et souris. Il n'y a PAS de situation désespérée. Il n'y a PAS de situation si critique qu'elle puisse te faire perdre ta bonne humeur. »

Sacrée m'man, c'est facile à dire quand on n'est pas au fond du trou ! 😑

Elle crierait sans doute parce qu'elle a aussi peur que moi des araignées et de toutes les petites bêtes, comme les mulots. On en a trouvé dans notre garde-manger à la maison une fois et elle s'est empressée de sauter sur une chaise en hurlant. Le rongeur était sans doute mort de rire…

21 H 25

Ma mère. Tout ça, c'est de SA faute ! Si on avait passé cette semaine bien peinardes à la maison à regarder des feuilletons télévisés, tout ceci ne serait JAMAIS arrivé ! Je hais les voyages ! 😑 😠

21 H 30

Rectification : ce ne sont pas vraiment les voyages que je déteste, mais le fait que nous n'arrivions jamais à séjourner où que ce soit sans nous mettre sérieusement dans de sales draps, ma mère et moi. Quoi ? Je me suis moi-même mise dans le pétrin ? Tu as peut-être raison, mais pourquoi faut-il que la malchance me coure après dès que je pose le pied hors de chez moi ? Hein, que dis-tu ?

QUOI ? 😑 Non, je ne suis ni imprudente ni étourdie. Seulement, il semblerait que j'aie un karma un peu particulier. Et puis, si tu n'es pas de mon côté, je me demande vraiment pourquoi tu persistes à lire cette histoire…

21 H 35

Je te fais mes excuses. ☹ Sincèrement. Ne me laisse pas tomber, je t'en prie ! Je suis foutue si je ne peux plus compter sur ton soutien. Et tout cela n'est évidemment pas de la faute de ma mère. Je l'avoue. Je ne peux que me blâmer. En plus, les probabilités que je passe la nuit entière dans ce puits se font de plus en plus grandes… J'ai peur.

21 H 40

Devine quoi ? Une goutte de pluie vient de me tomber sur le bout du nez. Oups ! On dirait qu'il y a quelque chose qui se déplace en rampant près du trou ! Pitié, mon Dieu ! J'ai peur du noir ! J'ai peur des insectes ! J'ai peur de me noyer s'il se met à pleuvoir abondamment ! J'ai peur d'avoir trop peur et de finalement mourir de peeeuuurrr ! 😨 Mon cœur bat si fort que je risque très certainement l'arrêt cardiaque ! Je sais, à mon âge, c'est peu probable, mais il paraît que ça arrive lors de trop grandes frayeurs.

21 H 45

Bon... lorsque les temps sont vraiment durs, seules les dures endurent ! (Tu me suis ?) Alors, je fais des efforts surhumains pour ne pas VRAIMENT paniquer pour de bon. (Si un jour mes aventures sont publiées, je n'ai pas envie de passer pour la dernière des poules mouillées.) Les araignées et autres insectes ne sont pas mes amis, mais il y a pire. En plus, si je panique, je vais mourir ! (*OMG !* Le pire, c'est que c'est peut-être vrai !!!)

Respire, Jules, respire ! Lorsqu'elle a reçu la facture de réparation de notre système de chauffage, l'hiver dernier, ma mère a fait de l'hyperventilation pendant plusieurs minutes, puis je l'ai vue faire un exercice de respiration qui l'a aidée à se calmer. Ça se passe comme suit :

D'abord, il faut s'étendre sur le dos. (Ce ne sera pas possible de faire ça ici parce que le puits est beaucoup trop étroit ☹, mais assise en indien, je tente de garder le dos droit !) Ensuite, il faut détacher sa ceinture pour libérer son abdomen et fermer les yeux. (Je ne porte pas de ceinture et je REFUSE de fermer les paupières dans un lieu qui grouille de créatures ayant entre huit et mille pattes !) Après, il faut poser une main sur le ventre et l'autre sur la poitrine. (Ça, je peux le faire. Tu le fais avec moi ?) Puis, il faut prendre le temps d'observer le rythme de sa respiration sans juger ou chercher à y changer quoi que ce soit. (*OMG !* Je respire trop fort et trop rapidement.) Enfin, il faut inspirer profondément par le nez, lentement, gonfler le ventre et expirer lentement en prononçant ce mantra réputé être magique : « ÔMMMM ».

Voilà qui devrait me libérer de tous soucis et stress inutiles.

21 H 55

Le hic, c'est que ça ne marche pas, ce truc ! 😑 Mieux vaut recommencer à chanter !

22 H 10

Dans le noir, je somnole par intermittence. J'alterne les moments où je rêve à moitié éveillée et les moments où je chante pour me donner du courage. Je ne sais plus trop si les gouttes qui me tombent dessus sont de la pluie ou des larmes…

Il était un petit na-vi-re, il était un petit na-vi-re,
Qui n'avait ja-ja-jamais navigué, qui n'avait ja-ja-jamais navigué, ohé ohé !
Il entreprit un long vo-ya-ge, il entreprit un long vo-ya-ge,
Sur la mer Mé-Mé-Méditerranée, sur la mer Mé-Mé-Méditerranée, ohé ohé !
Au bout de cinq à six se-mai-nes, au bout de cinq à six se-mai-nes,
Les vivres se, se, se mirent à manquer, les vivres se, se, se mirent à manquer, ohé ohééé !!!
On tira z'à la courte pail-le, on tira z'à la courte pail-le.

Pour savoir qui, qui, qui serait mangé, pour savoir qui, qui, qui serait mangé, ohé ohé !
Le sort tomba sur le plus jeu-ne, le sort tomba sur le plus jeu-ne,
C'est donc lui qui, qui, qui fut désigné, c'est donc lui qui, qui, qui fut désigné, ohé ohé !

Je pense que cette chanson est finalement encore plus triste que celle de tout à l'heure. Mais qu'est-ce qu'elles ont, ces chansons pour les enfants, à vouloir nous faire pleurer ? Merdouille ! Mon moral est en train de descendre au trente-sixième dessous…

Et qu'est-ce qu'elle fait, ma maman ? ☹

22 H 20

Hein ?

On dirait que j'entends quelque chose !

Une sorte de grondement sourd.

Un orage qui se prépare ?

Un tremblement de terre ?

Compte tenu de ma chance grandiose, tout me semble possible…

Pour conjurer le sort (et dans un effort surhumain pour ne pas perdre la raison), je continue à chanter. De plus en plus fort !

— Oh là là. Arrête ! Tu chantes atrocement faux, Xéni.

Mais… je rêve ou je viens d'entendre une voix ? Est-ce vraiment à moi qu'on s'adresse ? Je suis peut-être morte de soif et montée au paradis ? À moins qu'il ne s'agisse d'une hallucination. C'est sûrement ça ! Mieux vaut recommencer ma ritournelle.

— Je t'en supplie, épargne mes oreilles et attrape plutôt cette corde !

On dirait presque la voix de…

— FÓTIS ! m'écrié-je.

Le bruit ! Il s'agissait des sabots de son cheval sur le sol !

— C'est bien toi, Fótis ?

— Ouais. Tu n'as rien de cassé, Xéni ?

— Non, je crois que ça va.

(J'avoue que j'aurais préféré entendre mon prénom plutôt que « l'étrangère », mais je crois que ce n'est pas le moment de critiquer.)

— Je vais te lancer un bout de corde que je viens d'attacher à la selle de Sibulla.

— Sibulla ?

Se peut-il qu'elle soit avec lui ? Mon cœur s'emplit de gratitude !

— Ne me remercie surtout pas. C'est elle qui t'a trouvée. Je suis venu avec la jument plutôt qu'avec mon cheval parce que je me doutais bien qu'elle me mènerait à toi. Elle est très intelligente et apparemment… elle t'aime.

Je vais enfin sortir d'ici ! L'émotion me submerge et je n'arrive plus à articuler un mot. Les larmes coulent le long de mes joues. Je saisis la providentielle corde lancée par le garçon et essaie de me hisser à la force de mes bras, mais je n'arrive pas à grimper. Je laisse échapper un juron. On dirait que mes membres ne suivent plus. Je suis épuisée.

— Attends. Attache la corde autour de ta taille et Sibulla va te tirer.

S'adressant doucement à la jument, le garçon la fait s'éloigner lentement des abords du puits. Ce faisant, je suis effectivement tirée vers la sortie. M'aidant de l'appui de mes bottes sur la paroi, je remonte à la surface presque sans difficulté.

Couchée par terre, je laisse échapper un cri de soulagement. Fótis me tend la main pour m'aider à me redresser. Sans trop m'en rendre compte, je lui tombe dans les bras et l'étreins de toutes mes forces en sanglotant.

Je suis sauvée !

— Tu m'as sauvé la vie, Fótis. C'est TOI qui m'as sauvée !

— Je suis content de t'avoir trouvée, Jules.

Hein ? Comment m'a-t-il appelée ?...

Jules.

Comme le font mes amis les plus chers.

Il esquisse un sourire, mais son visage ne laisse paraître aucune émotion.

— Et Apóllon ? demandé-je.

— Theóphilos l'a trouvé. Il s'était endormi sur une plage, son cheval près de lui. Ils sont rentrés au ranch à peine une demi-heure après ton départ.

— Savina ?

— Elle se morfond et ne se pardonne pas d'avoir suggéré que vous vous sépariez.

— Ce n'est pas de sa faute. Tout est de la mienne !

— Ce n'est pas bien du tout ce que tu as fait. Ta mère est très inquiète.

Elle doit mourir d'inquiétude, oui ! Pauvre maman ! ☹

Mais pour l'heure, je soupire de soulagement.

— Je suis tellement contente qu'Apóllon soit sain et sauf !

Samedi 10 août

7 H

Le soleil qui se lève sur Skyros traverse la fenêtre de ma chambre, et je ne crois pas avoir jamais autant apprécié sentir ses rayons sur mon visage. Je m'étire en bâillant. J'ai dormi comme jamais auparavant. Comme un loir. ☺

Quoi ? Tu veux savoir ce qui s'est passé à mon retour au ranch hier soir ? Bien sûr. D'accord.

Lorsque Fótis m'a ramenée, tout le monde avait à nouveau quitté les lieux pour partir à ma recherche. Anna a contacté Aleka par talkie-walkie et ma mère n'a pas tardé à revenir en hurlant :

— JULIEEEETTE ! Merci, mon Dieu, j'ai cru que j'allais devenir folle ! Tu n'as rien, mon bébé ? Tu n'es pas blessée ? Que t'est-il arrivé ?

— Je vais bien, m'man. Fótis et Sibulla m'ont retrouvée.

— Comment as-tu pu me faire une chose pareille ? Tu seras privée de sorties pour le reste de l'été !

Sacrée m'man. Elle m'adore, mais son naturel ne tarde jamais à revenir au galop…

— Viens là que je te serre dans mes bras, ma pitchounette.

Après la soirée difficile que je venais de passer, j'avoue que je l'ai laissée me donner du « pitchounette » sans rouspéter. Et puis, sans blague, je ne connais pas de lieu plus réconfortant que les bras de ma maman !

8 H 30

Nous prenons notre petit-déjeuner sur la longue table du réfectoire. Pour maman et moi, il s'agit de notre dernier repas sur l'île puisque nous devons rentrer au Canada dès aujourd'hui. À dix heures pile, un petit avion nous conduira depuis Skyros jusqu'à l'aéroport d'Athènes. Là, un vol d'Air Canada nous ramènera à la maison. J'avoue que je ne serai pas fâchée de retrouver Gino et Gina. Cependant, une drôle de sensation me serre la gorge et l'estomac. Un virus ? Je ne crois pas.

Ce matin, j'ai tenu à m'asseoir avec les garçons plutôt qu'à côté de ma mère ou de Savina. María, qui est une photographe émérite, nous bombarde de son appareil. Installée entre Apóllon et Fótis, et faisant face à Savina et Theóphilos, je me sens très émue. À l'école, en cinquième année[L], la maîtresse nous a fait lire un ouvrage d'un auteur français nommé Antoine de Saint-Exupéry. Ça s'appelle *Le Petit Prince* et ça raconte l'histoire d'un petit garçon d'une autre planète en voyage sur la Terre qui fait la connaissance d'un renard.

Des bouts de phrases me reviennent en mémoire :

— Qu'est-ce que signifie "apprivoiser" ?

— C'est une chose trop oubliée, dit le renard. Ça signifie "créer des liens..."

— (...)

— Tu n'es encore pour moi qu'un petit garçon tout semblable à cent mille petits garçons. (...) Mais, si tu m'apprivoises, nous aurons besoin l'un de l'autre. Tu seras pour moi unique au monde.

Sans prévenir, les larmes envahissent mon visage. Je dois faire face à l'évidence, la pensée même de quitter mes nouveaux amis me brise le cœur !

— Allez, Jules, ne pleure pas ou je vais pleurer aussi, murmure doucement la voix de Fótis à mon oreille. Tu vas gâcher les photos.

Tournant les yeux vers lui, je constate qu'il évite encore une fois mon regard. Alors, je lui prends la main et la serre doucement, pour ne pas l'effaroucher, et je fais de même avec la petite main d'Apóllon. Et là, un miracle se produit ! Comme si nous partagions les mêmes pensées, Fótis récite à mon oreille deux phrases tirées elles aussi du *Petit Prince* :

On ne voit bien qu'avec le cœur. L'essentiel est invisible pour les yeux.

9 H 30

À l'aéroport, les adieux avec nos nouveaux amis sont déchirants ! Maman sanglote dans les bras de María et moi dans ceux de Savina. Je n'aime pas cet instant où je réalise que c'est peut-être la dernière fois que je vois quelqu'un qui m'est cher… Finalement, je ne déteste pas voyager, mais en revanche je déteste les séparations. ☹

(Si tu te mets à ma place, tu comprendras.)

Une fois installée à bord du petit appareil, je me mets à rêvasser. J'ai la tête pleine de souvenirs heureux et je sais que, dorénavant, dès que j'apercevrai un cheval, quelle que soit sa taille, je penserai immanquablement à Sibulla, Christos, Apóllon, Fótis et à tous les autres.

Adío[1], mes très chers amis !

10 H

Maman vérifie que ma ceinture est bien attachée.

— Alors, pitchounette, prête pour de nouvelles aventures ?

— Tu rigoles, j'espère. Je n'ai pas l'intention de quitter la maison du reste de l'été.

— J'aimerais te satisfaire, ma chérie, mais je suis au regret de t'annoncer que ce ne sera pas possible.

— Oh nooon ! Je t'en prie, m'man ! On ne pourrait pas rester tranquilles pour une fois ?

— Au beau milieu des vacances d'été ? Pas question, voyons. Il faut profiter du fait que tu n'as pas à manquer les classes !

— Tu veux dire que tu as déjà une nouvelle destination en tête ?

— Évidemment !

1. Au revoir.

Je grimace.

— Et je peux savoir où tu as l'intention de m'emmener ?

Elle se penche vers moi et chuchote le nom à mon oreille… Mes yeux s'arrondissent de surprise.

— Tu me niaises ? Tu dois vraiment effectuer un reportage là-bas ?

— Absolument ! Ça te fera plaisir de venir ?

— Je n'arrive pas à croire à ma chance ! ! !

(Tu veux savoir où nous allons, hein ? T'inquiète ! Tu n'auras pas longtemps à attendre avant de l'apprendre. ☺)

Sur les pas de Juliette

MINIGUIDE DE TA VISITE À ATHÈNES !

Athènes ! Ce mot presque magique évoque les dieux de l'Olympe, le soleil, les îles, la moussaka, le yogourt grec et le fromage féta. Mais la Grèce, c'est beaucoup plus que cela, je te le jure !

Tu t'intéresses à l'archéologie et à l'histoire ? Cette ville est le berceau de la culture occidentale et il y a des sites archéologiques et des musées hallucinants à visiter. Tu aimes flâner dans les marchés ? La tradition des marchés grecs est millénaire. Ils sont magnifiques et on y trouve de tout, pour toutes les bourses. Tu adoreras marchander avec les vendeurs qui sont toujours amicaux. Tu es aussi gourmande que moi ? Tu seras gâtée en Grèce parce que les bonnes choses à manger ne manquent pas. À Athènes, modernité, charme et histoire se conjuguent en harmonie. Et comme le sens de l'hospitalité des Grecs est une tradition sacrée, je te promets un séjour aussi surprenant qu'inoubliable !

Kalo taxídi[1] ! ☺

1. Bon voyage !

ARRIVER ET SE RENDRE AU CENTRE

Il est probable que tu arrives en Grèce en atterrissant comme moi à l'aéroport d'Athènes, baptisé « Elefthérios-Venizélos » en l'honneur d'un ancien homme politique.

De là, te rendre au centre d'Athènes est trop facile. Il y a les taxis qui attendent par dizaines à l'extérieur des terminaux. Si toi et ta famille le préférez, il y a aussi la ligne bleue du métro qui assure la liaison avec le centre-ville. Enfin, le bus express X95 peut vous amener place Syntagma, comme il l'a fait pour ma mère et moi.

MONNAIE

L'euro a remplacé la drachme, l'ancienne unité monétaire du pays, en 2002. Il existe sept billets arborant les douze étoiles de l'Union européenne, soit les billets de 5 € (gris), 10 € (rouge), 20 € (bleu), 50 € (orange), 100 € (vert), 200 € (brun-jaune) et enfin de 500 € (violet). Les pièces de monnaie sont au nombre de huit : celles de 2 €, 1 €, 50 c, 20 c et 10 c sont dorées, tandis que celles de 5 c, 2 c et 1 c sont de couleur bronze.

Avertis aussi tes parents qu'il vaut mieux prévoir d'emporter un peu d'argent liquide en petits billets parce que tous les commerçants n'acceptent pas les cartes bancaires.

SE DÉPLACER

Le métro, le bus et la ligne de tramway sont définitivement les moyens à privilégier pour se déplacer dans Athènes. L'itinéraire de la ligne de tram longe la côte où sont situées les plages d'Athènes. C'est ultra pratique !

Pour te rendre sur les îles, tu as le choix entre l'avion et le bateau. Les deux options sont intéressantes parce qu'elles offrent toutes deux un point de vue inoubliable à l'arrivée. Sais-tu qu'il existe plus d'une centaine d'îles habitées en Grèce ? Incroyable ! Autant dire qu'il y en a pour tous les goûts et tous les budgets. Au départ de l'immense port du Pirée, il y a plusieurs compagnies de « ferries ». La plupart sont modernes, rapides et confortables, comme ceux de la compagnie Blue Star Ferries. D'autres sont plus vieux, plus lents et moins chers. Enfin, pour les îles les plus proches d'Athènes, la compagnie Flying Cat et quelques autres proposent des catamarans ultra rapides. Quel que soit votre choix, il est vivement recommandé de réserver le plus longtemps possible à l'avance.

Pour en savoir plus, consulte le site Internet du port (en anglais) :

http://www.olp.gr/en/

Tu peux aussi visiter le site Internet du métro (en grec et aussi en anglais) :

http://www.oasa.gr/

ATHÈNES
Marché central
Acropole d'Athènes
Théâtre de Dionysos
Parthénon
Portique des caryatides
Musée de l'Acropole
Port du Pirée

Monastiraki
Parlement grec
Place Syntagma
Jardin national d'Athènes
Plaka
Plage de Voula
N

Enfin, le site Internet du tram et du bus est en grec, mais jettes-y quand même un coup d'œil par curiosité :

http://www.stasy.gr/

CLIMAT

En Grèce, il fait beau toute l'année et il ne pleut que rarement. S'il arrive qu'il neige en hiver, c'est chose rare. L'automne et le printemps offrent des températures douces et agréables. C'est le moment idéal pour visiter le pays. Enfin, en été, il fait très, très, très chaud ! Il n'est pas rare en effet que le mercure se maintienne au-dessus des 30 °C, allant jusqu'à atteindre 40 °C. 😮 Athènes a la réputation d'être suffocante de juin à août. Prépare tes bagages en conséquence !

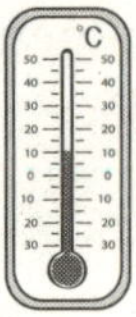

ÉLECTRICITÉ

Comme partout en Europe, le courant électrique est de 220 volts plutôt que de 110 volts comme en Amérique du Nord. De plus, les prises électriques n'ont pas la même forme qu'au Canada et les fiches des appareils électriques sont rondes

plutôt que plates. Tu dois donc posséder un adaptateur pour pouvoir brancher ton iPad ou tout autre appareil électrique nord-américain.

RELIGION

Les Grecs sont à plus de 95 % de confession chrétienne orthodoxe, et les rites et valeurs religieuses sont profondément ancrés dans leurs mœurs.

VISITER

Il y avait tant de choses à voir à Athènes que j'ai eu bien de la peine à choisir. Voici donc les visites que je considère incontournables ! Tu me pardonneras d'avoir dû faire un tri parmi mes coups de cœur…

L'ACROPOLE

L'Acropole est la colline sacrée dédiée à la déesse Athéna, sur laquelle ont été érigés la plupart des monuments historiques de la cité qui font la fierté des Athéniens. Attention, l'accès au site est payant. Le billet permet cependant de visiter les principaux sites antiques. Je t'énumère ici mes bâtiments préférés, ceux à ne surtout pas manquer !

Tu peux aussi en faire la visite virtuelle à cette adresse : *http://www.acropolisvirtualtour.gr/*

• LE PARTHÉNON

Classé parmi les monuments historiques les plus célèbres au monde, le majestueux Parthénon était à l'origine un temple érigé à la gloire de la déesse Athéna. Son toit a disparu depuis longtemps, mais on le reconnaît grâce à ses magnifiques colonnes de marbres cannelées. Il a été inauguré en l'an 438 avant Jésus-Christ. Avoue que c'est presque un miracle d'avoir la chance d'en admirer les vestiges encore aujourd'hui.

• L'ÉRECHTHÉION

Un autre temple et le dernier à avoir été érigé sur cette colline. C'est là que tu pourras admirer les six caryatides, ces admirables colonnes sculptées représentant des jeunes filles qui soutiennent le toit du portique avec leur tête. Il s'agit indéniablement de mon monument préféré à Athènes, bien que les statues elles-mêmes soient des reproductions !

• LE THÉÂTRE DE DIONYSOS

Cet amphithéâtre grec est l'ancêtre de nos théâtres actuels et le premier théâtre au monde. Tu pourras en admirer les gradins, arrangés en hémicycle[2], ainsi que la scène circulaire tout en bas. C'est sur ce site qu'ont été présentées les premières pièces de l'histoire, composées par Eschyle, Sophocle, Euripide et Aristophane.

Ouais, je sais, écrire pour le théâtre était réservé aux hommes à l'époque ! Pire, tous les rôles étaient également joués par des hommes, même les rôles féminins. Tu te rends compte ? Malade !

• LA PROMENADE ANTIQUE

Tu peux aussi admirer les différents sites de l'Acropole en déambulant sur une promenade piétonne longue de trois kilomètres qui en fait le tour et qui relie le théâtre Dionysos aux quartiers Monastiráki et Pláka. Celle-ci est particulièrement agréable au coucher du soleil.

2. Demi-cercle.

LE MUSÉE DE L'ACROPOLE

En bas de la colline, ce musée rassemble les trésors trouvés sur le site de l'Acropole et qui ont été sauvés du pillage. Il s'agit d'un remarquable édifice contemporain dont les salles racontent avec ingéniosité deux mille ans d'histoire de la Grèce. Moi qui d'habitude n'aime pas trop les musées, je dois dire que j'ai vraiment apprécié celui-là. J'y ai appris beaucoup de choses intéressantes. Notamment que certains des trésors de l'Acropole sont aujourd'hui présentés dans d'autres musées du monde, dont le British Museum, en Grande-Bretagne, plutôt qu'en Grèce, parce que Lord Elgin, l'ambassadeur britannique au pays au XIXe siècle, a réussi à sortir plusieurs statues et pièces sculptées du pays, dont des portions entières du bas-relief du Parthénon et même une caryatide. ☹ Il paraît que la Grèce réclame en vain la restitution de ces trésors depuis des années. Tu parles d'une affaire !!!

Si tu prends le métro, il faut descendre à la station Akropoli, comme pour voir le Parthénon d'ailleurs.

Pour en savoir plus : *www.theacropolismuseum.gr*

LE QUARTIER MONASTIRÁKI

À Athènes, il n'y a pas que les monuments qu'il faut voir ! Monastiráki est le quartier du marché aux puces, des stands et des brocantes, le paradis des amateurs de magasinage à petit prix. Couleurs, odeurs, textures, personnages : le dédale de ses rues est un véritable festival pour les sens, une fête, un incontournable. C'est aussi le quartier le plus typiquement grec de la capitale et c'est là que se trouvent la plupart des bâtiments les plus jolis et les plus anciens. Tu voudras peut-être marchander pour acheter une paire de sandales en cuir, un *bouzouki*, un *flokáti* ou une éponge de mer. Tous ces objets sont des exemples de souvenirs très caractéristiques du pays.

En métro, il faut descendre à la station Monastiráki (lignes bleue et verte). Attention, en période estivale, il vaut mieux se méfier des pickpockets !

LE QUARTIER PLÁKA

Que ce soit pour flâner sur les terrasses de ses *tavernas*[3], pour déguster un yogourt glacé ou pour faire du lèche-vitrine en déambulant sur les trottoirs de ses innombrables boutiques, Pláka est l'un des quartiers les plus appréciés des visiteurs étrangers. La meilleure façon de s'y rendre est de descendre du bus, du tramway ou du métro à la station Syntagma, qui jouxte le quartier. Là, toi et ta famille pourrez vagabonder au hasard des rues en descendant du côté opposé à l'hôtel du Parlement. Tu m'en donneras des nouvelles !

LE QUARTIER SYNTÁGMATOS

Tout près de Pláka, le quartier où se trouve la place Syntagma ne manque pas d'intérêt lui non plus. C'est à cet endroit que se trouvent, entre autres, le parlement et le jardin national. *Plateia Syntágmatos*, comme l'appellent les Grecs, est la place centrale

3. Petit restaurant grec servant une cuisine simple, souvent familiale.

d'Athènes. Une sorte de passage obligé, puisque la plupart des lignes du réseau de transport en commun y transitent.

• LE SIÈGE DU PARLEMENT GREC

Tu dois absolument voir ça ! Le bâtiment est assez joli, mais c'est la relève de la garde[4] qui est spectaculaire. La tombe du soldat inconnu et l'avant-cour de l'hôtel du Parlement sont en effet gardées par des hommes en uniforme. On les appelle les *evzones*, les gardes présidentiels. Ces derniers portent l'uniforme traditionnel, c'est-à-dire la fustanelle et des chaussures à pompons, et ils ont une démarche on ne peut plus spéciale. Ça vaut le spectacle, je te jure. Ma-la-de !

4. Une petite cérémonie spectaculaire qui a lieu à heures fixes, lorsque les gardes en faction sont remplacés par d'autres.

- **LE JARDIN NATIONAL**

Véritable oasis de fraîcheur, tu auras plaisir à fréquenter ce jardin en période de canicule… ☺ L'entrée est gratuite et il est situé non loin de la place Syntagma.
(*Plateia Syntágmatos*).

LA PLAGE

Si jamais tu séjournes suffisamment longtemps à Athènes pour pouvoir aller à la plage, je te suggère celle de Voula, au sud du port du Pirée. C'est la plus jolie et il y règne une atmosphère de station balnéaire plutôt agréable. Tu y verras peu de touristes, mais beaucoup de jeunes de ton âge !

Pour t'y rendre, tu peux prendre le tramway place Syntagma, mais le trajet est assez long.

Si tu as la chance d'aller dans les îles grecques, tu seras servie côté plages. Il y en a de toutes les sortes, allant de la simple plage de galets à celle proposant le sable le plus fin. Amuse-toi bien !

MANGER

En Grèce, manger est un acte de socialisation, un rite qui s'accomplit en bonne compagnie et qui dure longtemps dans la convivialité, l'abondance et la gratitude. Partager un repas avec une famille grecque est donc non seulement une expérience, mais aussi une fête. Les Grecs savent faire durer le plaisir. Enfin, la cuisine de ce pays du bassin méditerranéen est saine, savoureuse, et ne manque pas de variété. Les marchés, *estiatórios*[5], *tavernas* et cafés n'attendent que toi.

Si tu es aussi gourmande que moi, il te faut absolument goûter ces spécialités :

- Les ***spanakopitas***, des entrées que l'on retrouve partout en Grèce et qui sont des petites pochettes de pâte filo remplies de fromage et d'épinards. Délicieux !
- Les ***souvlakis*** et les ***gyros***. De la viande de porc ou d'agneau servie en brochette ou en sandwich dans du pain pita et accompagnée d'une sauce *tzatzíki*, à base de yogourt crémeux et de concombres. Très bon et surtout vraiment copieux !

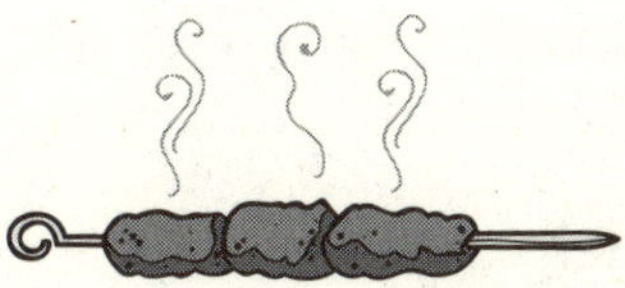

5. Restaurants grecs traditionnels.

- La ***moussaka***, un gratin d'aubergines et de viande hachée épicée. Très bon ! (C'est ce qui se rapproche le plus du hachis parmentier. ☺)
- La **salade grecque**, composée de morceaux de concombres et de tomates, avec des olives, des morceaux d'oignons rouge et une généreuse portion de fromage féta déposée sur le dessus. Miam !
- Le **yogourt au miel** ! Tellement mais tellement délicieux !
- Les ***loukoumádes***, sortes de mini beignets frits, trempés dans du miel et saupoudrés de cannelle. Sublime !

LE MARCHÉ CENTRAL

Il faut absolument convaincre tes parents de t'amener au célèbre marché central. C'est un monde en soi ! Immense, bouillonnant, bruyant, coloré, surprenant, odorant, ce marché te permettra de plonger à plein nez dans la culture culinaire de la Grèce. Viandes et poissons sont d'un côté tandis que les fruits et légumes sont de l'autre. Il est ouvert du lundi au samedi, de 6 h 30 le matin à 15 h l'après-midi.

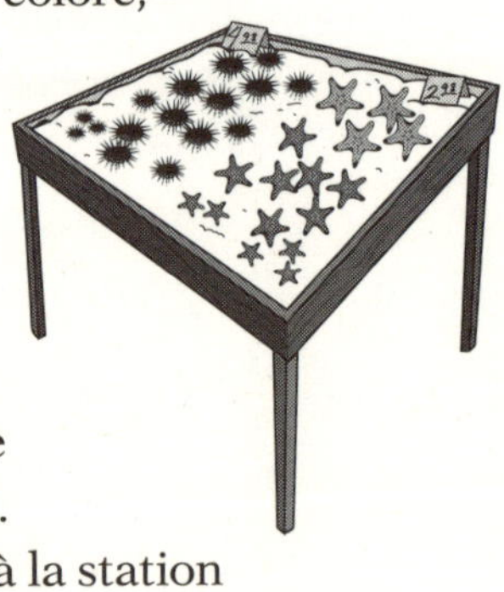

Avec le métro, il faut descendre à la station Monastiráki (les lignes bleue et verte).

POURBOIRE

En Grèce, le service est généralement inclus dans la note du restaurant mais, d'après ma mère, il est de bon ton et tout naturel de marquer son appréciation en laissant tout de même un pourboire, soit un certain pourcentage de l'addition à votre serveur ou serveuse.

UN PEU D'HISTOIRE

Aucune autre histoire n'a été aussi déterminante pour nos sociétés occidentales que celle de la Grèce, berceau de la démocratie. Les racines de celle-ci sont cependant si anciennes et si complexes qu'il est difficile de les situer exactement. L'histoire de la Grèce antique, telle que nous la connaissons, nous est surtout parvenue à travers les écrits de divers hommes célèbres. Savais-tu que les premiers Jeux olympiques ont été inventés et organisés par les Grecs ? Pour te permettre de t'y retrouver, voici quelques dates approximatives soulignant la carrière de certains des plus connus.

CHRONOLOGIE

2000 av. J.-C. Arrivée estimée sur le continent grec des premiers locuteurs de langue grecque.

776 av. J.-C. Premiers Jeux olympiques, près d'Olympie.

750 av. J.-C. Vie et carrière d'Homère, le poète à qui l'on doit *L'Odyssée* et *L'Iliade*, deux classiques de la littérature grecque.

560 av. J.-C. Vie et carrière de Pythagore, philosophe, mathématicien et scientifique grec.

455 av. J.-C. Vie et carrière d'Hérodote, historien et géographe grec à qui l'on doit la première histoire de l'humanité.

447 av. J.-C. Début de la construction du Parthénon.

425 av. J.-C. Vie et carrière de Socrate, célébrissime philosophe grec.

400 av. J.-C. Vie et carrière d'Aristote et de Platon, autres célèbres philosophes grecs.

250 av. J.-C. Vie et carrière d'Archimède, physicien, mathématicien et ingénieur.

1896 À Athènes, premiers Jeux olympiques de l'ère moderne organisés par le Comité international olympique. Ils ont eu lieu en avril.

2004 Jeux olympiques d'été, XXVIIIe Olympiade de l'ère moderne, à Athènes encore une fois. Ils ont eu lieu en août.

20xx Visite de Juliette.

20xx Ta visite.

LE GREC POUR LE VOYAGE

La langue grecque est l'une des plus anciennes d'Europe, sinon LA plus ancienne. Elle a plus de trois mille ans, imagine ! À l'oreille, attends-toi à être complètement dépaysée. À la lecture, c'est pire, évidemment, puisque l'alphabet grec est indéchiffrable pour la majorité d'entre nous. Pour t'aider un peu, j'ai mis la traduction en alphabet latin. ☺ Cependant, il n'existe apparemment pas de système de translittération[1] universel de l'alphabet grec vers l'alphabet latin, alors l'orthographe que je te propose est… approximative. (S'il y a un Grec dans la salle, s'il vous plaît, soyez indulgent !) Enfin, sois patiente, le grec est plus difficile à apprendre que certaines autres langues. Il faut y mettre le temps nécessaire.

Attention, le « oui » et le « non » grecs sont accompagnés de petits gestes qui prêtent à confusion : pour dire non, ils lèvent la tête et les yeux vers le ciel. Pour dire oui, ils inclinent la tête légèrement sur le côté. 😮

1. La translittération est l'opération qui consiste à substituer une lettre (graphème) d'un système d'écriture à une lettre d'un autre système… Par exemple de l'alphabet grec vers l'alphabet romain.

FRANÇAIS	**GREC**
Salut (familier) Bonjour	*Yássou* *Kaliméra*
Bonsoir	*Kalispéra*
Bonne nuit Au revoir	*Kaliníhta* *Adío*
Pardon	*Signómi*
S'il vous plaît	*Parakaló*
Merci	*Efharistó*
Oui	*Naí* (Prononce « né »)
Non Ami, Amie	*Óhi* *Fílos, Fíli*
Je m'appelle… Comment allez-vous ?	*Mé léné…* *Ti kanété ?*
Combien ça coûte ?	*Pósso káni ?*
Où se trouve… ?	*Pou iné… ?*
Un	*Ená*
Deux	*Dío*
Trois	*Tría*
Quatre	*Téssera*
Cinq	*Pénde*
Six	*Éksi*
Sept	*Éptá*
Huit	*Októ*
Neuf	*Enéa*
Dix	*Déka*

Kalo taxídi ! – Bon voyage !

QUESTIONNAIRE

Tu crois avoir tout retenu de cette nouvelle aventure ? Tu as fait tes propres recherches et tu es imbattable en histoire grecque ? Teste ici tes connaissances ! ☺

1. Comment appelle-t-on la déesse protectrice de la cité d'Athènes ?

a. Aphrodite
b. Vénus
c. Némésis
d. Athéna
e. Artémis

2. Trouve l'intrus dans cette liste de célèbres philosophes.

a. Platon
b. Aristote
c. Socrate
d. Pythagore
e. Descartes

3. Je suis une caryatide. Qui suis-je exactement ?
   a. Une des filles de la déesse Athéna
   b. Une des colonnes de l'Érechthéion
   c. Une des petites-filles du dieu Apollon
   d. Une des artères principales de la ville d'Athènes
   e. Une tunique de lin drapé constituant le costume traditionnel de la femme grecque

4. Dans lequel de ces quartiers se situe le marché aux puces d'Athènes ?
   a. L'Acropole
   b. Plaká
   c. Monastiráki
   d. Psyrí
   e. Skyros

5. Dans la liste qui suit, quel plat contient de l'aubergine ?
   a. La *moussaka*
   b. La salade grecque
   c. Le *tsípouro*
   d. La *patatosaláta*
   e. Le *souvláki*

6. Quel citoyen grec fut le premier historien ?
   a. Platon
   b. Hérodote
   c. Zorba le Grec
   d. Homère
   e. Sophocle

7. Qu'est-ce que la frise du Parthénon?

a. Un détail de la tenue des caryatides
b. Le sentier pédestre qui fait le tour de l'Acropole
c. La coupe de cheveux qui était populaire à l'époque d'Hélène de Troie
d. Une variété très populaire de yogourt glacé grec
e. Une bordure ornementale en forme de bandeau qui se trouvait tout autour du temple

8. Qu'est-ce qu'une fustanelle?

a. Une sorte de tarte à la crème typiquement grecque
b. Une jupe plissée traditionnelle portée en Grèce par les hommes
c. L'espace situé entre les os du crâne des nouveau-nés
d. Un moule utilisé pour faire des biscuits
e. Une écharpe portée par les femmes pour montrer qu'elles sont mariées

9. Quel mathématicien grec a été le premier à expliquer pourquoi on flotte plus facilement dans l'eau salée que dans l'eau douce?

a. M. Cayer, le professeur de mathématiques de Juliette
b. Isaac Newton
c. Pythagore
d. Archimède
e. Einstein

10. De quelle couleur est la crinière du cheval bai ?

a. Noire
b. Marron
c. Rousse
d. Blonde
e. Grise

11. Qu'est-ce qu'un *bouzouki* ?

a. Un garde traditionnel du siège du Parlement grec
b. Une sorte de beignet grec
c. Une sorte de tambour typiquement grec
d. Un instrument de musique à cordes très répandu en Grèce
e. L'ancienne unité monétaire de la Grèce

12. Qu'ont en commun tous ces noms propres : Eschyle, Sophocle et Euripide ?

a. Tous sont des philosophes grecs
b. Tous désignent des dieux
c. Ce sont les noms de célèbres auteurs de théâtre grec
d. Ce sont des noms d'îles grecques
e. Aucune de ces réponses

Réponses
en page 485

Ton carnet de visite

Date : ______________________ **Météo :** ______________

Visites du jour : ______________________________________

____

____

____

____

Avec qui ? ______________________________________

Tes impressions : ______________________________________

____

____

____

____

____

____

____

____

____

____

____

Date : ____________________ **Météo :** ______________

Visites du jour : ______________________________

____

____

____

____

Avec qui ? ______________________________

Tes impressions : ______________________________

____

____

____

____

____

____

____

____

____

____

____

____

____

____

Date : ______________________ **Météo :** ______________

Visites du jour : ____________________________________

____

____

____

____

Avec qui ? ____

Tes impressions : ______________________________________

____

____

____

____

____

____

____

____

____

____

____

____

____

____

Date: ________________ **Météo:** ____________

Visites du jour: ________________

Avec qui? ________________

Tes impressions: ________________

Date : ____________________ **Météo :** ______________

Visites du jour : ________________________________

____

____

____

____

Avec qui ? ________________________________

Tes impressions : ________________________________

Date: ____________________ **Météo:** ______________

Visites du jour: ______________________________

Avec qui? ______________________________

Tes impressions: ______________________________

Date : ______________________ **Météo :** ______________

Visites du jour : ____________________________________

____

____

____

____

Avec qui ? ____________________________________

Tes impressions : ____________________________________

____

____

____

____

____

____

____

____

____

____

____

____

____

____

Date: ______________________ **Météo:** ______________

Visites du jour: ____________________________________

____

____

____

____

Avec qui? ____________________________________

Tes impressions: ____________________________________

____

____

____

____

____

____

____

____

____

____

____

____

____

____

Date: ______________ **Météo:** ______________

Visites du jour: ______________

Avec qui? ______________

Tes impressions: ______________

Date : ____________ **Météo :** ____________

Visites du jour : ____________

Avec qui ? ____________

Tes impressions : ____________

RÉPONSES AU QUESTIONNAIRE

1. **d.** Athéna est la protectrice de la cité d'Athènes. C'est aussi la déesse de la sagesse, de la stratégie guerrière, des arts et de la science.
2. **e.** Seul Descartes n'est pas un philosophe grec. (Il était Français. ☺)
3. **b.** Une des colonnes de l'Érechthéion.
4. **c.** Si tu as répondu **e.** (Skyros), tu ne fais décidément pas la différence entre une île et un quartier d'Athènes. C'est bien dommage.
5. **a.** La *moussaka*. Au cas où tu aurais répondu **c.**, sache que le *tsípouro* est une eau de vie grecque…
6. **b.** Hérodote.
7. **e.** Une bordure ornementale qui se trouvait tout autour du Parthénon.
8. **b.** Une jupe plissée traditionnelle portée en Grèce par les hommes.
9. **d.** Archimède. Si tu as répondu **e.** (Einstein), tu dois savoir que celui-ci était plutôt physicien.
10. **a.** Noire.
11. **d.** Un instrument de musique à cordes.
12. **c.** Ce sont trois noms d'auteurs de théâtre grec, plus précisément d'auteurs de tragédies.

REMERCIEMENTS

L'écriture d'un livre est un processus qui se fait en solitaire. Les auteurs s'inspirent parfois d'eux-mêmes, mais souvent aussi des gens que le destin met sur leur route.

Si j'ai le privilège de pouvoir vous offrir cette aventure à Athènes, c'est que ma fille et moi y avons fait la connaissance de María et de sa fille adolescente, Savina. Je les remercie toutes deux avec affection pour le temps qu'elles nous ont accordé, pour leur hospitalité et pour leur générosité. Nous avons visité Athènes en leur compagnie, nous avons mangé, bu, écouté de la musique et eu énormément de plaisir à profiter de tout le temps qu'elles ont bien voulu partager avec nous. Sans vous deux, les filles, ce livre n'aurait pu voir le jour. Je souhaite de tout cœur que notre amitié traverse les années !

À Stoneham-et-Tewkesbury, au Québec, Tristan et Pierloup Roberge-Nickner, les formidables propriétaires du ranch Excursions Jacques-Cartier[1], ont eu la gentillesse non seulement de nous inviter à monter

1. http://www.excursionsjacquescartier.com/

avec eux, mais aussi de répondre à toutes nos questions concernant la relation entre le cheval et son cavalier. Ces gens font un travail formidable avec leurs chevaux qui vivent en liberté sur leur immense propriété. Un sincère et énorme merci, les gars ! Grâce à vous, nous avons pu nous mettre dans la peau de véritables apprenties cavalières, et ce n'est pas rien.

Enfin, mes remerciements à Aliki Steen, membre fondatrice de SILVA[2], une association sans but lucratif basée à Corfou et œuvrant pour la protection et la sauvegarde du petit cheval de Skyros, l'hipparion hellénique antique. Bien que je me sois permis une certaine liberté avec les personnages et les lieux où se situe mon récit, nos conversations ont été la base de mon inspiration.

---

2. http://www.horseart.org

LEXIQUE JULIETTE À HOLLYWOOD

12 **Cellulaire** – Portable.

13 ***Cute*** – Mignon.

Niaiser – Se moquer de, charrier.

14 **Secondaire** – Au Québec, on fréquente l'école primaire pendant sept ans, de 5 à 12 ans (une maternelle suivie de la première à la sixième). Ensuite, on passe à l'école secondaire pendant 5 ans (de la première à la cinquième). Une fois le diplôme d'études secondaires obtenu, on poursuit avec deux années au cégep afin d'obtenir le diplôme d'études collégiales qui permettra à ceux qui le désirent d'entrer à l'université.

15 ***OMG*!** – Oh, mon Dieu ! Abréviation de *Oh, my God !*

25 ***Best/BFF*** – *Best friend forever,* meilleure amie.

Magasiner – Faire les magasins, faire du shopping,comparer les prix.

28 ***Chill*** – Cool, sympa.

39 **Malade** – Génial, excellent, qui sort de l'ordinaire.

41 **Tuque** – Bonnet. « Attache ta tuque ! » veut dire « Tiens-toi bien ! »

116 ***Hot*** – Génial ; chaud.

LEXIQUE JULIETTE À ATHÈNES

255 ***Weird*** – Bizarre, fou.

275 **Niaiser** – Se moquer de, charrier.

280 **Malade** – Génial, dingue, fou, incroyable, excellent, qui sort de l'ordinaire.

288 ***BFF/Best*** – *Best friend forever,* meilleur(e) ami(e).

Magasiner – Faire les magasins, faire du shopping, comparer les prix.

300 ***Chiller*** – Vient de l'anglais *to chill* et signifie « se détendre, passer du bon temps ». On rencontre aussi l'adjectif *chill* (il est *chill*) qui signifie « cool, sympa ».

307 ***OMG!*** – Oh, mon Dieu ! Abréviation de *Oh, my God!*

351 **Jaser** – Bavarder (sens beaucoup plus neutre qu'en France où « jaser » signifie « médire, parler en mal dans le dos de quelqu'un »).

372 ***Cute*** – Mignon, charmant.

422 ***Thrill*** – Frisson.

429 **Mauzusse** – Juron gentil (non grossier).

443 **Cinquième année** – Au Québec, on fréquente l'école primaire de 6 à 12 ans, de la première à la cinquième. Ensuite, on va à l'école secondaire, de 12 à 17 ans.